ZHONGGUO XIAOSHUO
100 QIANG

中国小说100强（1978—2022）

工作人

张抗抗 著

北京联合出版公司
Beijing United Publishing Co.,Ltd.

图书在版编目（CIP）数据

工作人 / 张抗抗著. -- 北京 : 北京联合出版公司, 2023.9
（中国小说100强）
ISBN 978-7-5596-7162-2

Ⅰ.①工… Ⅱ.①张… Ⅲ.①长篇小说－中国－当代 Ⅳ.①I247.5

中国国家版本馆CIP数据核字(2023)第150900号

工作人

作　　者：张抗抗
出 品 人：赵红仕
出版监制：张晓冬　范晓潮
责任编辑：牛炜征
特约编辑：和庚方　张　颖
封面设计：武　一

北京联合出版公司出版
（北京市西城区德外大街83号楼9层　100088）
北京兴星伟业印刷有限公司印刷　新华书店经销
字数162千字　650毫米×920毫米　1/16　17印张
2023年9月第1版　2023年9月第1次印刷
ISBN 978-7-5596-7162-2
定价：58.00元

版权所有，侵权必究
未经书面许可，不得以任何方式转载、复制、翻印本书部分或全部内容。
本书若有质量问题，请与本公司图书销售中心联系调换。
电话：010-65868687

中国小说 100 强（1978—2022）丛书

编委会

丛书总策划

张　明　　著名出版人
张　英　　资深媒体人

编委主任

吴义勤　　中国作协副主席
　　　　　中国小说学会会长

编　委

吴义勤　　中国作协副主席、中国小说学会会长
宗仁发　　《作家》杂志主编
谢有顺　　中山大学教授、中国小说学会副会长
顾建平　　《小说选刊》副主编
张　英　　资深媒体人
文　欢　　作家、出版人

总　序

"中国小说100强"（1978—2022）是资深出版人张明先生和腾讯读书知名记者张英先生共同策划发起的一套大型文学丛书。他们邀请我和宗仁发、谢有顺、顾建平、文欢一起组成编委会，并特邀徐晨亮参与，经过认真研讨和多轮投票最终评定了100人的入选小说家目录。由于编委们大多都是长期在中国文学现场与中国文学一路同行的一线编辑、出版家、评论家和文学记者，可以说都是最专业的文学读者，因此，本套书对专业性的追求是理所当然的，编委们的个人趣味、审美爱好虽有不同，但对作家和文学本身的尊重、对小说艺术的尊重、对文学史和阅读史的尊重，决定了丛书编选的原则、方向和基本逻辑。

从文学史的角度来说，1978年以后开启的新时期文学是中国当代文学的黄金时代，不仅涌现了一批至今享誉世界的优秀作家，而且创造了许多脍炙人口的文学经典，并某种程度上改写了20世纪中国文学史的版图。而在中国新时期文学的经典家族中，小说和小说家无疑是艺术成就最高、影响力最大的部分。"中国小说100强"（1978—2022）就是试图将这个时期的具有经典性的小说家和中国小说的经典之作完整、系统地筛选和呈现出来，并以此构成对新时期文学史的某种回顾与重读、观察与评判。呈现在读者面前的这套丛书是对1978—2022年间中国当代小说发展历程的一次全面、系统的整体性回顾与检阅，是中国当代文学经典化的重要成果，从特定的角度集中展示了中国新时期文学在小说创作方面的巨大成就。需要说明的是，与1978—2022年新时期文学繁荣兴盛的局面相比，100位作家和100本书还远远不能涵盖中国当代小说的全貌，很多堪称经典的小说也许因为各种原因并未能进入。莫言、苏童、余华等作家本来都在编委投票评定的名单里，但因为他们已与某些出版社签下了专有出版合同，不允许其他出版社另出小说集，因而只能因不可抗原因而割爱，遗珠之憾实难避免，而且文学的审美本身也是多元的，我们的判断、评价、选择也许与有些读者的认知和判断是冲突的，但我们绝无把自己的标准强加于别人的意思。我们呈现的只是我们观察中国这个时期当代小说的一个角度、一种标准，我们坚持文学性、学术性、专业性、民间性，注重作家个体的生活体验、叙事能力和艺术功力，我们突破代际局限，老、中、青小说家都平等对待，王蒙、冯骥才、梁晓声、铁凝、阿来等名家名作蔚为大观，徐则臣、阿乙、弋舟、鲁敏、林森等新人新作也是目不暇接，我们特别关注文学的新生力量，尤其是近10年作品多次获国家大奖、市场人气爆棚的新生代小说家，我们禀持包容、开放、多元的审美立场，无论是专注用现实题材传达个人迥异驳杂人生经验、用心用情书写和表现时代精神的现实主义作家，还是执着于艺术探索和个体风格的实验性作家，在丛书里都是一视同仁。我们坚信我们是忠实于自己的艺术理想、艺术原则和艺术良心的，但我们并不认为自己的角度和标准是唯一的，我们期待并尊重各种各样的观察角度和文学判断。

  当然，编选和出版"中国小说100强"（1978—2022）这套大型丛书，除了上述对文学史、小说史成就的整体呈现这一追求之外，我们还有更深远、更宏大的学术目标，那就是全力推进中国当代文学"经典化"的历程和"全民阅读·书香中国"建设。

从1949年发端的中国当代文学已经有了70多年的发展历程，但对这70多年文学的评价一直存在巨大的分歧，"极端的否定"与"极端的肯定"常常让我们看不到当代文学的真相。有人认为中国当代文学达到了前所未有的高度和水平。王蒙先生在法兰克福书展上就说：中国当代文学现在是有史以来最繁荣的时期。余秋雨、刘再复甚至认为中国当代文学的成就远远超过了现代文学。也有人极端否定中国当代文学，认为中国当代文学都是垃圾。他们认为现代文学要远远超过当代文学，中国当代文学连与现代文学比较的资格都没有。比如说，相对于鲁（迅）、郭（沫若）、茅（盾）、巴（金）、老（舍）、曹（禺）这样大师级的人物，中国当代作家都是渺小的侏儒，根本不能相提并论，两者比较就是对大师的亵渎。应该说，与对中国当代文学的肯定之声相比，对当代文学的否定和轻视显然更成气候、更为普遍也更有市场。尽管否定者各自的角度和出发点不同，但中国当代作家、作品与中外文学大师、文学经典之间不可比拟的巨大距离却是唱衰中国当代文学者的主要论据。这种判断通常沿着两个逻辑展开：一是对中外文学大师精神价值、道德价值和人格价值的夸大与拔高，对文学大师的不证自明的宗教化、神性化的崇拜。二是对文学经典的神秘化、神圣化、绝对化、空洞化的理解与阐释。在此，我们看到了一个非常有趣的悖论：当谈论经典作家和文学大师时我们总是仰视而崇拜，他们的局限我们要么视而不见要么宽容原谅，但当我们谈论身边作家和身边作品时，我们总是专注于其弱点和局限，反而对其优点视而不见。问题还不在于这种姿态本身的厚此薄彼与伦理偏见，而是这种姿态背后所蕴含的"当代虚无主义"。这种"虚无主义"的最大后果就是对当代作家作品"经典化"的阻滞，对当代文学经典化历程的阻隔与拖延。一方面，我们视当下作家作品为"无物",拒绝对其进行"经典化"的工作,另一方面又以早就完全"经典化"了的大师和经典来作为贬低当下泥沙俱下的文学现实的依据。这种不在同一个层面上的比较,不仅毫无意义,而且只能使得文学评价上的不公正以及各种偏激的怪论愈演愈烈。

其实,说中国当代文学如何不堪或如何优秀都没有说服力。关键是要进行"经典化"的工作,只有"经典化"的工作完成了才有可能比较客观地对当代的作家作品形成文学史的判断。对当代的"经典化"不是对过往经典、大师的否定,也不是对当代文学唱赞歌,而是要建立一个既立足文学史又与时俱进并与当代文学发展同步的认识评价体系和筛选体系。当然,我们也要承认,"经典化"问题是一个非常复杂的问题,并不是凭热情和冲动一下子就能完成的,但我们至少应该完成认识论上的"转变"并真正启动这样一个"过程"。

现在媒体上流行一些对于中国当代文学经典化冷嘲热讽的稀奇古怪的言论,其核心一是否定中国当代文学有经典、有大师,其二是否定批评界、学术界有关"经典化"的主张,认为在一个无经典的时代,"经典"是怎么"化"也"化"不出来的,"经典化"是一个实实在在的"伪命题"。其实,对于文学,每个人有不同的判断、不同的理解这很正常,每一种观点也都值得尊重。但是,在"经典"和"经典化"这个问题上,我却不能不说,上述观点存在对"经典"和"经典化"的双重误解,因而具有严重的误导性和危害性。

首先,就"经典"而言,否定中国当代文学早就不是什么新鲜事,对当代文学的虚无主义态度在很多人那里早已根深蒂固。我不想争论这背后的是与非,也不想分析这种观点背后的社会基础与人性基础。我只想指出,这种观点单从学理层面上看就已陷入了三个巨大误区:

第一个误区,是对经典的神圣化和神秘化的误区。很多人把经典想象为一个绝对的、神圣的、遥远的文学存在,觉得文学经典就是一个绝对的、乌托邦化的、十全十美的、所有人都喜欢的东西。这其实是为了阻隔当代文学和"经典"这个词发生关系。因为经典既然是绝对的、神圣的、乌托邦的、十全十美的，那我们今天哪一部作品会有这样的特性呢？如果回顾一下人类文学史，有这样特性的作品好像也没有。事实上，没有一部作品可以十全十美，也没有一部作品能让所有人喜欢。在这个问题上，我们应该明确的是，"经典"不是十全十美、无可挑剔的代名词，在人类文学史上似乎并不存在毫无缺点并能被任何人所认同的"经典"。因此，对每一个时代来说，"经典"并不是指那些高不可攀的神圣的、神秘的存在，只不过是那些比较优秀、能被比较多的人喜爱的作品而已。从这个意义上说，当今中国文坛谈论"经典"时那种神圣化、莫测高深的乌托邦姿态，不过是遮蔽和否定当代文学的一种不自觉的方式，他们假定了一种遥远、神秘、绝对、完美的"经典形象"，并以对此一本正经的信仰、崇拜和无限拔高，建立了一整套关于中国当代文学的伦理话语体系与道德话语体系，从而充满正义感地宣判着中国当代文学的死刑。

第二个误区，是经典会自动呈现的误区。很多人会说，是金子总是会发光的。但对文学来说，文学经典的产生有着特殊性，即，它不是一个"标签"，它一定是在阅读的意义上才会产生意义和价值的，也只有在阅读的意义上才能够实现价值，没有被阅读的作品没有被发现的作品就没有价值，就不会发光。而且经典的价值本身也不是固定不变的。如果一个作品的价值一开始就是固定不变的，那这个作品的价值就一定是有限的。经典一定会在不同的时代面对不同的读者呈现出完全不同的价值。这也是所谓文学永恒性的来源。也就是说，文学的永恒性不是指它的某一个意义、某一个价值的永恒，而是指它具有意义、价值的永恒再生性，它可以不断地延伸价值，可以不断地被创造、不断地被发现，这才是经典价值的根本。所以说，经典不但不会自动呈现，而且一定要在读者的阅读或者阐释、评价中才会呈现其价值。

第三个误区,是经典命名权的误区。很多人把经典的命名视为一种特殊权力。这有两个层面的问题:一,是现代人还是后代人具有命名权;二,是权威还是普通人具有命名权。说一个时代的作品是经典,是当代人说了算还是后代人说了算?从理论上来说当然是后代人说了算。我们宁愿把一切交给时间。但是,时间本身是不可信的,它不是客观的,是意识形态化的。某种意义上,时间确会消除文学的很多污染包括意识形态的污染,时间会让我们更清楚地看清模糊的、被掩盖的真相,但是时间同时也会使文学的现场感和鲜活性受到磨损与侵蚀,甚至时间本身也难逃意识形态的污染。此外,如果把一切交给时间,还有一个前提,那就是对后代的读者要有足够的信任,要相信他们能够完成对我们这个时代文学的经典化使命。但我们对后代的读者,其实是没有信心的。我们今天已经陷入了严重的阅读危机,我们怎么能寄希望后代人有更大的阅读热情呢?幻想后代的人用考古的方式对我们这个时代的文学进行经典命名,这现实吗?我不相信后人对我们身处时代"考古"式的阐释会比我们亲历的"经验"更可靠,也不相信,后人对我们身处时代文学的理解会比我们亲历者更准确。我觉得,一部被后代命名为"经典"的作品,在它所处的时代也一定会是被认可为"经典"的作品,我不相信,在当代默默无闻的作品在后代会被"考古"挖掘为"经典"。也许有人会举张爱玲、钱钟书、沈从文的例子,但我要说的是,他们的文学价值早在他们生活的时代就已被认可了,只不过很长时间由于意识形态的原因我们的文学史不谈及他们罢了。此外,在经典命名的问题上,我们还要回答的是当代作家究竟为谁写作的问题。当代作家是为同代人写作还是为后代人写作?幻想同代人不阅读、不接受的作品后代人会接受,这本身就是非常乌托邦的。更何况,当代作家所表现的经验以及对世界的认识,是当代人更能理解还是后代人更能理解?当然是当代人更能理解当代作家所表达的生活和经验,更能够产生共鸣。因此,从这个角度来说,当代人对一个时代经典的命名显然比后代人更重要。第二个层面，就是普通人、普通读者和权威的关系。理论上，我们都相信文学权威对一个时代文学经典命名的重要性，权威当然更有价值。但我们又不能够迷信文学权威。如果把一个时代文学经典的命名权仅仅交给几个权威，那也是非常危险的。这个危险表现在什么地方呢？就是几个人的错误会放大为整个时代的错误，几个人的偏见会放大为整个时代的偏见。我们有很多这样的文学史教训。在这个问题上，我们既要相信权威又不能迷信权威，我们要追求文学经典评价的民主化、民主性。对一个时代文学的判断应该是全体阅读者共同参与的民主化的过程，各种文学声音都应该能够有效地发出。这个时代的文学阅读，最理想的状态应该是一种互补性的阅读。为什么叫"互补性的阅读"？因为一个批评家再敬业，再劳动模范，一个人也读不过来所有的作品。举个例子：现在我们一年有5000部以上的长篇小说，一个批评家如果很敬业，每天在家读二十四小时，他能读多少部？一天读一部，一年也只能读三百部。但他一个人读不完，不等于我们整个时代的读者都读不完。这就需要互补性阅读。所有的读者互补性地读完所有作品。在所有作品都被阅读过的情况下，所有的声音都能发出来的情况下，各种声音的碰撞、妥协、对话，就会形成对这个时代文学比较客观、科学的判断。因此，文学的经典不是由某一个"权威"命名的，而是由一个时代所有的阅读者共同命名的，可以说，每一个阅读者都是一个命名者，他都有对经典进行命名的使命、责任和"权力"。而作为一个文学研究者或一个文学出版者，参与当代文学的进程，参与当代文学经典的筛选、淘洗和确立过程，更是一种义不容辞的责任和使命。说到底，"经典"是主观的，"经典"的确立是一个持续不断的"过程"，"经典"的价值是逐步呈现的，对于一部经典作品来说，它的当代认可、当代评价是不可或缺的。尽管这种认可和评价也许有偏颇，但是没有这种认可和评价，它就无法从浩如烟海的文本世界中突围而出，它就会永久地被埋没。从这个意义上说，在当代任何一部能够被阅读、谈论的文本都是幸运的，这是它变成"经典"的必要洗礼和必然路径。

总之，我们所提倡的"经典化"不是要简单地呈现一种结果，不是要简单地对一个时代的文学作品排座次，不是要武断地指出某部作品是"经典"，某部作品不是"经典"，不是要颁发一个"谁是经典"的荣誉证书，而是要进入一个发现文学价值、感受文学价值、呈现文学价值的过程。所谓"经典化"的"化"实际上就是文学价值影响人的精神生活的过程，就是通过文学阅读发现和呈现文学价值的过程。可以说，文学的经典化过程，既是一个历史化的过程，更是一个当代化的过程。文学的经典化时时刻刻都在进行着，它需要当代人的积极参与和实践。因此，哪怕你是一个对当代文学的虚无主义者，你可以不承认当代文学有经典，但只要你还承认有文学，你还需要和相信文学，还承认当代文学对人的精神生活具有影响力，你就不应该否定当代文学经典化的重要性。没有这个"经典化"，当代文学就不会进入和影响当代人的生活，就失去了存在的意义。每一个人，哪怕你是权威，你也不能以自己的好恶剥夺他人阅读文学和享受文学的权利。

从这个意义上说，当代文学的经典化当然是一个真命题而不是一个伪命题。在一个资讯泛滥的时代，给读者以经典的指引是文学界、出版界共同的责任，而这也是我们编辑出版这套书的意义所在。

最后，感谢张明和张英先生为本套书付出的辛劳，感谢北京立丰天文化传播有限公司、北京金圣典文化有限公司的资金支持，感谢全体编委和北京联合出版公司各位编辑，感谢所有对本套丛书的出版给予大力支持的作家和他们的家人。

是为序。

吴义勤

2022年冬于北京

目 录
Contents

忏　悔____1

残　忍____55

工作人____88

请带我走____164

把灯光调亮____214

忏 悔

那天我上街。街上人很多。我走过一条街又一条街,脚脖子酸疼。但我仍是不停地走着,因为我记不起来我原来打算到哪里去。况且我老觉得身后有一阵拖拖拉拉的脚步声在尾随着我,那脚步似乎很犹豫,总也不超过我,弄得我心慌意乱。有好几次我听见有人喊着一个什么名字,我弄不清是不是喊我,因为我忽然记不得自己的名字了。我的记性不大好。当然并不是所有的时候都是这样,比如说领工资呀什么的,我绝对不会弄错。还有……没有什么了。现在一般来说使用自己名字的时候很少,少极了,反正大家都差不多,这个名字和那个名字吃的想的都差不多,彼此略有混淆或张冠李戴也无伤大雅,除了领工资。不过,这个名字和那个名字,工资其实也是差不多的。

我继续走着。绞尽脑汁地希望能记起来我要到哪里去。

我走完一条胡同,又横穿过一条马路。正当我在马路中央躲避汽车时,我突然顿开茅塞。急忙回身——却同背后的一个人撞在一起。

"哎呀呀，果然是你噢！"她欢天喜地地叫起来。"我喉咙都要喊破了，你就是不睬，我还当认错了人哩。"

喇叭四起。我们退到人行道上。

"你真是不认得我了？"她有一点失望的样子。

我摇摇头，没好意思说我连自己的名字都不大记得。

她便告诉我她是谁谁谁，什么什么时候曾经同我在什么什么地方一起工作过。她离开得很早，是那地方第一批保荐的大学生。现在在一个什么单位工作。她现在还记得当初我在连队做值日时没有把炕灰倒掉、差点惹出一场大火的事。她的记性真好。

她又说眼看快过年了，四面八方的人都回到这个城市来同家人团聚，趁这个机会，过去的老同学老朋友老战友在一起聚一聚，实在再好不过了。许多年不见，那些人中明星呀企业家呀万元户呀局长呀已经出息了不少人，聚一聚是很有好处的。

她叫我年初二下午到昭庆寺广场的旗杆下去集合。

我同意了。我想反正到时候我会忘记的。

"你还没有想起我来吗？"她又瞥我一眼。

我吸吸鼻子，我好像闻到一股什么气味，鼻孔奇痒。我揉鼻，做深呼吸。当然，什么气味也没有。隔着那么保暖保味的冬装，会有什么气味散发出来呢？除了香水，是的，是香水味，从她耳根和头发上泛滥出来，香得我怪纳闷：假如没有什么不妙的味道要掩盖，干吗喷这么多香水？

她很胖。丰满白皙，睁眼闭眼眼角绝无皱褶。头发乌亮，像戴着一只黑色头盔。但从那没有一丝皱纹的笑容里，我却看出她绝不比我年轻。她穿一件仿貂皮的短大衣，土耳其纱巾熠熠生辉。浑身上下没有一丁点儿唤起我回忆的东西。

我说了声对不起就走了。因为我已经想起来我要去医院。不抓紧时间,恐怕一会儿又忘了。

"香榧子"被指导员逐到引嫩工程去当炊事员后,以后我再没有见过她。

她原名项菲,只因她身上总有一股淡淡的甜甜的香味儿,我们这些南方知青就管她叫香榧子。那香味儿当然不是香水味,而是一种天生的自然而然的人的气味。后来不知怎么搞的,那些北佬,尤其是臭气烘烘的男北佬也都闻到了这味儿,也学着我们管她叫香榧子。再后来分场主任和总场党委书记也叫她香榧子。她的本名只在宣布对她的处分时才使用。幸而处分几乎是每年一次,所以她的本名还有相当的使用价值。

处分尽管频繁,对香榧子来说倒没有什么实质性的损失,她本来就不是团员,开除是开除不到哪里去的;工资也无从降起,本来就是最低的一级农工;监督劳动也不可能,因为她屡屡犯的是生活错误。

让她去引嫩工程出民工之前,她在离开分场二里地的猪号干活。在指导员勒令她滚到只见猪不见人的猪号去之前,她同我在一个园艺排,同我们大家一起住集体宿舍的大炕上。

那大炕长无比,晚上躺下时可见一溜整齐的人头,如十里长宴上的酒坛子,朝乌黑破旧的天棚伸展开去,一眼望不见尽头。炕虽广阔,每个人的领地却极其有限。一条单人褥子还得卷起三分之一,刚好容下一个脊背和臀部,都往一个方向倾斜。早晨叠完被子,只见花花绿绿的褥单子,七高八低波浪一般起伏。如此狭窄的空间里,香榧子的香味岂不要被众人吮吸殆尽了么?

所以香榧子被逐去猪舍,我想她应该是求之不得。但她却眼泪汪汪抽抽嗒嗒地磨蹭了两天，她一定是还在惦着他。第三天她的铺盖被人扔出了门外，她才终于走了。过了些日子，我去猪号看她，偌大一个破茅屋里，一面光溜溜的大炕，就只三个行李卷，行李与行李之间，宽绰得还能放下几个行李。那行李卷上坐着一个又肥又壮的哑巴姑娘，是个鹤岗下乡青年。还有一个黄头发的，听说她爸是本场的二劳改。

没人肯到这又脏又远的猪号来。让她来这儿当然是对她的惩罚。不过香榧子哭过几天之后总算恍然大悟，她不可能有比这更好的去处了。她在这儿得到的温暖将会比以往任何时候都多。她破涕为笑，把自己的褥子铺得又宽又平，小镜子擦得又明又亮。果然不久以后她黄瘦的小脸重又圆圆地泛出红晕，鬈曲的刘海和毛茸茸的小辫蓬松松地越发迷人。她再没有工夫到连队来看我，有几次下工后我走二十分钟找到那里，她的炕上总是坐着些个酒气熏天的男人，贼眉鼠眼地同她闹作一团。她已经把他忘了？但愿如此。他不是个值得记住的男人。我曾犹豫了很久要不要把他的事告诉她。终于还是忍住了，每次我走过他的身边总要提前深呼吸一口气，牢牢地憋住免得闻到他身上那股酸腥的臭胳肢窝味儿。自从他掉转屁股投向那个黑咕隆咚的女指导的怀抱，他就把指导员身上那股跳到天池也洗不去的味儿移植过来了。哪怕他们走到外星球，我都能闻出那种我生下来就恶心的气味。可香榧子哪怕同一百个男人睡觉，她也还咬一口香香的香榧子。

说是这样说，我还是为她担心。吃了上次那样的亏，现在她总明白怀孕是怎么回事了吧。可这该死的猪号四周，野地连着野地，灌木连着灌木，有的是幽会场所。他们把香榧子弄到这么个前不着村后不着店的地方来，就不怕她摆脱不了那些纠缠再荣获一次处分么？

那年冬天奇寒，雪没膝，风整日整夜鬼哭狼嚎。春节前半个月，连队探家的人，几乎走了个大半。那个猪号的哑巴班长回了鹤岗，黄头发姑娘回了关里家，只剩下香榧子一个人，守着那些饿得嗷嗷叫唤的猪。连里留下没走的，便是那些垂涎欲滴的痞子样的家伙。

我记得我探亲回家前，提醒过香榧子离那些人远点儿，她冷笑一声，什么也没说。

如果那次我留下不走陪她过冬，香榧子也许不会发配去嫩江而从此一发不可收拾。

但那次我是非走不可的，因为我非常非常想见一个人。如果香榧子那次同我一道走就好了，也许她永远不会知道堕胎是怎么回事。但香榧子是注定了要走上那条路的。因为那时世上似乎根本没有什么可走的路。

三个月后我回到连队。放下东西就急忙到猪号去。香榧子正在打行李。她的脸色苍白一无血色，乌黑卷曲的头发变得枯黄平直。

我哭了。我说：是谁？

不知道。她淡淡答：不止一个。

为什么？我顿时愤怒，为她这样的若无其事。为什么？我嚷道。无地自容。

她拽着绳子的手垂下来，绳扣一个接一个地解开。她的嘴唇动了动。我害怕。她低声说。天一黑，玻璃窗上一只只绿的狼眼睛……没人陪，我睡不着……

她的脖颈里依然散发出一阵若有若无的温热的芬芳。

你打算怎么办？

去嫩江呗，随便到哪里。我早想开了。说句实话，灯一关，男人都是一样的，同谁也是那么回事，你自己要不觉得什么，便也没什么。何况那些人都是真心真意的，他们帮我劈柈子挑水烧猪食，也没亏待我……

她的口气平淡无奇，就像说她养了一群鸭子或别的什么。她已经丝毫不感到羞耻和痛苦了，我极度震惊，头皮发麻，狠狠一甩门，头也不回地跑回了连队。

她就这样去了嫩江。

她走了以后许多天，我收工时路过猪号，却还闻到空气里飘荡着一种清淡苦涩的气息，似乎是香榧子留下的气息。可原来她头发的香味明明是有一种甘甜味儿的……

听说香榧子到嫩江以后又堕过几次胎。究竟是几次，传说不一。回来的人说，那儿工资高，她在工地管烧水，活儿不累，她竟比以前胖多了。但她总是一次也没回来过。

有时我想，香榧子如果不是个女的就好了。

但她却天生是个女人。她的一切快乐和希望，都从她身上那淡淡的香味中发散传导给喜欢她的人。她没有办法叫别人不喜欢她。不过，终究她先前是曾经真心真意地喜欢过一个人的。是一个。这个人伤了她的心之后，就如同一朵鲜花被人捏碎，花瓣飘零，谁捡谁要就由不得她了。

那个有狐臭的家伙是香榧子在园艺排时，第一个也是唯一的男朋友。半夜军训时他在黑暗中喊口令，威风得像一位将军。香榧子一连几个星期天天同我谈他的嗓子和眉毛，后来一到天黑她便不见了。后来她开始笨手笨脚地织起一件男人的毛衣来，再后来……

再后来，有一天出工前，那个女指导员当着园艺排全体姑娘的面，问香榧子为什么这个月没有请特别假。特别假是按上头政策对女知青生理期的特殊照顾，谁要是有了情况，可以留在家里当两天烧水扫地的值日生。这两天对每个人都至关重要。

香榧子涨红了脸，低下头说：没来。

我手心稀湿。我宁可她撒谎。果然晚饭后她就被叫去连部谈，回来时眼睛红肿，独自唏嘘到熄灯后，终于趴在我耳边说：我，我大概，那个了……

当时我竟也慌慌张张地信以为真，我甚至还考虑要不要给她姐姐写信。因为她父母还在工厂的牛棚里没放出来。我就没有想到再多问几句关于"那个"的一些问题。我对此既一无所知也羞于出口。直到香榧子被记了大过，背起铺盖准备到猪号去报到的那天早上，她突然气急败坏地从厕所跑回来，一把抓住我说：来了！怎么回事？来了！

过了好久以后，我才总算弄明白，她同那个威风凛凛的排长之间，原来什么实质性的事儿也没发生过。充其量他们只是在小河边的柳苑子下接过几次吻。那时候她真是个不谙世事的傻丫头，她真以为接吻了就会怀孕，连孩子怎么生出来的都不知道。可是，仅仅两年……

那个擅长接吻的排长说她造谣可耻、资产阶级臭小姐本性难移，企图用糖衣炮弹拉他下水，从此同她一刀两断。

她哭哭啼啼去了猪号。从此她脱胎换骨面目全非。一年后她离开猪号去嫩江的时候，从容不迫焕然一新。她走时穿一件当时罕见的闪光涤纶上衣，很有些炫耀的意思。

她走了很久以后，她住过的铺位上，总有悠悠的香气在夜半向我袭来。我常看见她披散着一头湿漉漉乌油油刚洗过的卷曲的头发，对着小圆镜一个劲地梳扯，总想把它们拽成我们那样直发形的高粱秆才肯罢休。但她一松手，那些弯弯绕绕的黑丝线便又恢复了原状。气得她噘起嘴嘟嘟囔囔，生下来就是这样的！就算全部剪掉，长出来的新头发还是这样的！

她特别爱洗头，洗了头便满屋飘香。我总看见她坐在炕沿上梳她的头发，一双大眼睛骨碌骨碌风车似的回转，卷起些树叶儿纸片在她身前身后打旋……

那时她是个多么可爱的姑娘，她去嫩江那年还不满十九岁。听说后来她父母都病死了，没有人接她回南方去，她便在那儿嫁了人完事。

都去给我抓鱼！

统统都去，抓鱼去！

连长的裤腿卷到膝，鼻尖上沾着泥星，大嗓门传几里地，军令如山。

我们都被赶进水稻田。扑通扑通的青蛙一样，水深漫到大腿。嫩绿青翠的稻苗漂浮在水田的一片汪洋之中，只露着东歪西倒的苗尖尖。半尺长的鲫瓜子，在稻根和脚趾之间窜动。半蹲半跪地守候在那里，几分钟可抓一条。

那是从水库闸门里放下来的水。连下了几日暴雨。水库满了，年年都要送来许多鱼。

鱼抓多了，用麻袋装。仓库里有的是麻袋。

都来给我抓鱼！

连长吆喝。

晚上食堂改善生活！

鱼汤真香呵！口水都要淌下来了。

我做梦都梦见喝鱼汤。

麻袋满了，被拖上池埂。有牛车把它拉走。连长叫走了几个姑娘去卸车收拾鱼。

天傍黑，太阳被挤得扁扁，终于收工。暮色中，一瘸一拐走过连长的宅院，忽然风中刮过那么一股浓腥浓腥的气味。趴在板墙缝一瞅，连长家前院的晾衣绳上，挂满了一串串用嫩柳条穿上的鲫瓜子……

这天晚上食堂吃的是炒土豆片,土豆片上有一股生锈的铁腥味儿。从此我一闻到那味儿就恶心。

鱼腥味持续了多日,连长将它们晒成了鱼干,然后踪影全无。

我决定到邮局去一次。我得去买些纪念邮票、取汇款、订报刊,还得寄一个包裹。我要办的事都写在一张小纸片上,甚至连先后的次序都安排妥当。不这样做的话,唯恐到时候会把我要办的事忘个精光。

那个穿绿邮服的长发披肩的姑娘,从高高的柜台后面把我填好的包裹单又交还给我,用纤细的手指点着一个空格子说,寄什么?填上!

我愣在那里。我忘了我要寄的是什么。可能是衣服,也可能是鞋,我胡乱写上了其中一个。

她把缝好的包裹递还给我,态度和悦无可挑剔:打开,得检查一下!

我把缝好的线扯开,她便象征性地摸了一下,然后点了点头。她仍然不知道我寄的是什么。我也不知道。我松了口气。我按照小纸片清点了一遍我的计划,竟是从未有过地圆满。

我回到家里。

从随身的拎包里掉出一只网兜。是网兜。我为什么要带着一只网兜去邮局?我一定又忘了什么事。

我坐在沙发上闷闷苦思了十分钟,毫无头绪。那个空空的网兜像只黑暗中嗡嗡嘤嘤的蚊子,从你耳边掠过,一巴掌下去,以为击中无疑,拉开灯,仍是一个空空。有好几次眼看是拍住了,伸开手,却又让它从指缝里摇摇晃晃地飞去。萤火虫般地闪烁,我根本逮不住它,即便有一回飞到了唇边,死死用牙咬碎了吐出来,却又即刻飞散开去难以辨认。

我的脑袋塞满了一团团黏糊糊的糨糊一般的东西。我什么也想不起来。

我的记性真是坏得一塌糊涂。

寄啥,填上!

镇上邮局那个干巴老头,用细瘦的手指点着包裹单上的一个空格,冲着我嘟嘟囔囔。

我不知道寄的啥。那是别人的邮包。我只不过是个临时代办。我的工作是管分场的通讯报道,只因分场的邮递员回家探亲了,让我暂时替一替的。那时候寄邮包都得让邮递员带到镇上邮局去寄。我可不懂那些规矩。

打开,得检查检查。

老头隔着镜片,用极怀疑的目光看我。当然,一般来说,只有知青隔三岔五收到家里的邮包,没有往外寄邮包的。大豆高粱有什么可寄的呢?

那是一只十分光滑的小木盒子,也许不久前从南方来。被刨去了原先的墨迹,用蓝钢笔在淡黄色的木板上新写了南归的地址。

我用老头扔给我的一把钳子,撬开盒边上的小铁钉,我发现我干这个同男生差不多。掀开盒盖,上面是一层破旧的黑棉絮,里头露出两只深色的玻璃瓶。

是酱。我指着瓶子上贴的商标告诉那老头。

啥酱?

辣酱呗。

辣酱?没听说往家寄辣酱的,打开看看!

我只好将那瓶子抠出来。透过深茶色的玻璃，里头什么也看不清，似乎只是一些辣酱一样的、黏糊糊的东西。我贴着瓶盖闻闻，有一股酒味，还有甜蜂蜜味儿，说不上什么味儿。

是咳嗽糖浆。我说。

我瞅瞅——

他便将瓶子接过去，对着阳光照照，又晃了晃，然后将那瓶盖一挑，放在鼻孔下拼命闻，又用小手指长长的甲盖从瓶里钩出绿豆大点糊糊，在舌头上舔了舔。紧接着脸一白，眉毛陡然矗立，半天，抖出几个字：蜂王浆哇？！

一时我并未反应过来蜂王浆是什么。看他的脸我只以为他是被蜂子螫了一下。现在各个分场连队都有蜂场。我心想他既然确实了包裹的性质，总算检查完毕，快点封箱过秤好赶路。于是一只手伸过去拿箱盖，却被那只青筋络络的手一把按住。

你回去叫他上分场开证明来，才给寄！

他将那只未加封的邮包迅速抱起放进了柜台里面，他威严得像那水漫金山中的法海和尚。

他？我这才想起去看刚才填写的包裹单上的寄件人姓名：五分场慕东。

幸亏那时候，十几年前，我的记性还没有受到损伤，我极迅速地记起了这个叫作慕东的人，还记起了他在当天早上交给我邮包时候那副鬼鬼祟祟的模样。他可真狡猾，还有点儿心虚，要不为什么只写五分场而不写他的连队呢？难道这样一来我就会不知道他的"单位"了么？我当然知道他是蜂场的养蜂员，还知道他是全场的什么标兵。他亲带人到荒草甸子上去开辟蜂场，一箱蜂子起家，现在已发展到30几箱；他养的蜜蜂安全越冬成活率达90%，还试验成功了用土法提取蜂王浆的技术……

我一下子想起这么多,因为我写过一篇关于他的通讯报道,登在农垦报上。

我的脸如涂了一层辣椒末,热辣辣地疼。我没有勇气请求老头把那木盒子还给我。我不敢抬头看他,就好像我是一个窃贼,或是一个帮凶……

让分场写个证明来才给寄,回去吧!老头毫无表情。

我跳上自行车没命地骑,车把子一个劲来回晃。穿过公路桥时,我终于无缘无故掉在了水渠里。那天我尝到了没顶之灾的味道。水深齐脖,我一跺脚露出了脑袋了,水从我头顶哗哗往下淌。就在那瞬间,我想起那次我走了十几里路到蜂场去采访他的情形。他用一只其大无比的搪瓷杯,为我沏了满满一杯蜜糖水,笑嘻嘻地说:

你是稀客,优待你。平日,我们自己都舍不得喝哩!

水很甜,有一股清香。我咕嘟咕嘟地喝得很是过瘾。

他和他的伙伴们正坐在窗口一只木板钉起来的方桌前,全神贯注地用一只极细的镊子,从产浆框的蜡制平台里夹出一只只米粒大的蜜蜂幼虫,然后再用一支4号广告笔,从那只小手指粗细的碗状平台中灵活地抠出黄豆那么一点点大的糊状物,再把它刮在一只罐头瓶里。瓶子里黏糊糊的东西刚盖了一个底。我津津有味地看他们不厌其烦地刮着,刮了许久那瓶子也不见满起来。那小蜡碗里的东西实在太少了,我真佩服他的耐心。他长得什么样子我早已忘了,只记得他眼皮下和额头上各有一个蜂子螫起的大包,红通通的,像一枚印章。

我提了许多问题,然后把他的回答记在一个小本子上。他回答些什么我当然记不得了,只记得他说:

蜂王浆是个好东西,广阔天地不是大有作为的吗?

后来他叫人带我去参观蜂场，到处有嗡嗡的蜜蜂飞来飞去，绕着我的脸颊和脖颈，我怕挨螫死活不敢靠近。反正写一篇报道材料已经足够。最后我们站在一口土井旁边，一个面孔红红的青年指着井沿上的一根绳子，告诉我蜂乳刮满了一瓶就浸泡在井水里，否则这么热的天气，几个小时蜂乳就会变，除非用酒和蜂蜜拌匀才不会坏。井是他们自己挖的，北大荒的井水凉得像冰镇汽水一样。井里的蜂王浆攒多了，就放在一只保温桶里，送到镇上收购站去。那玩意很值钱。收入当然上交连队，那时候可没有奖金这一说。

我记得我很感动。那些广告笔、保温桶，都是他们自己花钱从南方探亲时带回来的。还有这破马架、菜地、蚊子小咬……

回去以后我连夜就把报道写出来了。不久后慕东便到管局去讲用。他偶尔到分场来，看见我总是极严肃的样子。我心里很佩服他。

我拽着沟边的柳条爬出了水渠。我记得那会儿太阳突然变得青光光的，田野一片昏暗。几只乌鸦聒噪，从我头顶飞过，我浑身无力。

过了几天，慕东到分场来办事，看见我，轻声问：那邮包，寄了？

我点点头。不知为什么，我没对他说，邮局老头让他去开张证明的事。我知道他不可能去开什么证明，他是劳模，他很快就要填表了。若是领导知道他把公家的蜂乳寄给私人，可就破坏了他大有作为的前程。

我知道他那只精心包装的邮包，永远不会到达包裹单上的地址了。我再去邮局的时候，老头似乎早已忘了此事，而慕东竟也从没有来查询过邮包的下落，似乎他将它们装进了木盒便完成了任务，完成了一个心愿。收不收得到就同他无关了。尽管为了把那样浓稠、那么纯净的蜂乳装满两只辣酱瓶子，他付出过那么多的工夫和心思。

又没油了?

说,食堂的豆油都哪去了?

上星期刚从仓库拉来一桶,连大馃子都没炸上一会,咋就没了?就算把你的花花肠子全抹一遍油,也要不了这么多!

男生们把食堂管理员挤在屋角的酸菜缸边,当当敲着喝完汤边上不沾一点油星子的饭盒,很像要揍他的样子。

我们已经很久没有在自己碗里看见、闻到那金黄色黏稠黏稠的豆油的气味了。只在下乡第一年过国庆节,食堂给大伙做过一次炸鱼,鱼吃光了,留在碗底里的油就像镀了一层金,好多日子也洗不净。我真喜欢北大荒的豆油,隔着油瓶望去,透明的杏黄中略微沉浮着些小米粒儿似的气泡,珍珠串儿一般放光。好像把一个秋天成熟的谷草玉米和豆子,统统都压缩收藏在了这里,调出了这样深沉明洁丰富的金黄色。我甚至总想象喝酒喝水那样去喝它一口。可是当用它做出酥黄菜、挂浆土豆或是熘豆腐,如金链金钗金珠子放在眼前,那样的新鲜光艳,又叫人不舍得动筷。

可大多数时候,我们的饭盒里碗里总是清汤寡水的白花花一片。舔完碗边上的几个油星子,扛起锄头去铲地,无边无际的大豆地,绿海一般翻腾。

总不知这些大豆都长了荚没有。

总不知那些荚都拉回场院没有。

总不知油坊的磨坏了没有。

我有一个理想,就是某一次探亲回杭州,能捡到一只酒瓶,洗干净了,灌上满满一瓶豆油,给妈妈带回去。我们当然不用它炒菜,只是放在窗台的阳光下,欣赏里头那些沉沉浮浮的金珠子。

当然这不可能。我上哪里去弄这么一瓶豆油呢?

快说，油哪去了？

男生把饭盒敲得当当响，他们马上要揍他了。

——前儿个，连长买走了些。

多少？

大约莫……二十来斤儿……

他们松了手。人渐渐散开，一张张缺少油水滋润的黑黄的脸垂下去，都在心里问着：连长要那么多油作什么？油毕竟不能当饭。

我终于抓住了记忆中那只一闪一灭的萤火虫。毫无疑问，我刚才是打算去买蜂乳。那种一盒十支装的口服蜂王浆。稀释得像药水，不，像豆油一样。而不是那种黏糊糊的糨糊状的纯蜂乳。那种蜂乳是买不到的，怪不得我总记不住。不过我还是相信，长期服用蜂王浆，可以增强记忆，恢复脑力，延年益寿。哪怕它是你当年很想尝尝的豆油呢！否则，慕东这样聪明又高尚的人，在养蜂场时怎么敢做出相当于偷窃那种事情？

幸亏再没别人知道这些。那老头大概早已不在人世了。慕东早回了城。

我不喜欢那盒磁带的封面设计和颜色，所以我很少、几乎从来不听那盒磁带。这一天我从外头回来，发现它从抽屉里被拿了出来，放在茶几上。音乐在响着，文不对题。

你知道这首是什么曲子？他问。

肺气肿喘息奏鸣曲。我回答。

别打岔。再好好听听。

风箱和鸭子协奏曲。

有一点接近了，再想想。

我忘了，对不起。

是不知道还是忘了？

忘了才不知道。不知道才忘。

你总该听得出是什么乐器，比如说，一种什么琴——他简直像在哄小孩。这是专用这种乐器演奏的一首有名的曲子。

我厌烦起来。

我什么也记不得，我说。你知道我从来没记住过一首曲子。我尤其讨厌手风琴！

你看看，我说你不至于连手风琴都听不出来吧。

我惊愕地张大嘴。我是说了手风琴吗？

当然那是一支手风琴曲。不要说它是用电子琴伴奏，就是用拖拉机伴奏，我也听得出来。我还知道这首曲子叫作《花儿与少年》。

我走过去关掉了收录机。我不想把什么都想起来。一个人记忆的负担太重，脑子大概会吃不消的。何况早年间，你曾在静寂无声的地方听过那个曲子，在天低云暗的荒原上，让它在你心拨开一隙晴光，那么今天，躺在舒适的沙发上来重温它实在有点装腔作势，令人索然无味。

二嫚把小廖用五十块钱卖掉的那只手风琴，用八十块钱赎回来之后，每天收了工，便就把自己关在机库旁边的那个小屋里，再不出来。

从小屋的门缝和屋顶的油毡纸下，便传出咕咕嘎嘎的琴声。

那琴声多半只有一个旋律，听起来很单调。总是那一句，反反复复。有点像伤风的鼻息，一声声抽吸，有时冷不丁跳出一个刺耳的音符，嗷地一声尖叫，音阶极其不准。外头来的人决计听不出那是首什么曲子，只有二嫚自己能够跟着这琴声哼出低低的歌来。琴音不准怨不得二嫚，因为这琴叫二嫚先前的男人摔过一回，摔得几乎不响了。

后来小廖凑和着修了修，卖给了分场小学校的唱歌老师。这琴原是小廖从南方背来的，跟了他四年，他在下乡前就参加了宣传队，伴奏"抬头望见北斗星"什么的。琴摔坏了之后，他自然就不拉琴了，他那样的人如果拉一个破琴，太掉价。

然而二嫚却特别珍爱这把琴，宝贝一样地藏在她的被窝里。白天有人到她屋里去，是决看不见这琴的。只有当天黑下，河堤上的拖拉机声号子声统统平息下来，在工地上一片宁静的寂寞中，才能听见那个单调兴奋的琴音。还有一缕微弱的煤油灯光，从小屋里似有似无地泄出，又缓缓升起，消融在帐篷上空久久不去的袅袅炊烟之中。假如悉心静听，有时可听到几个不协调的和弦，咳嗽似的跳跃。和声如同牛哞一样沉闷、压抑，她好像把三个手指都一起按在了同一个键上。

二嫚的手指短粗，干硬的皮肤上有许多小小的裂口。她说小廖第一次教她拉琴的时候，她总怕自己的手指头会把琴键磨坏。小廖笑话她，说她假如学会了拉琴，手指头就会在琴键上磨得又滑又亮。小廖会疼人。她告诉我。那段时间我和二嫚一块儿在工地食堂做饭，二嫚什么话都对我说。

二嫚的丈夫在工地上开"热特"，他叫蔡福，长得矮胖胖，一个蒜头鼻子。大家都叫他菜墩儿。菜墩儿留着两撇小胡子，眉毛恰好同胡子的方向相反，朝两边太阳穴箭似的发射出去。这样菜墩儿看上去就不怎么和善，加之他爱喝酒，喝了酒就骂骂咧咧的。什么王八羔子，你这没尿的东西，可花花了。菜墩儿识字不多，但骂起人来才华横溢。他八岁从关里来这儿投奔他舅舅，自小在农场长大。除了会开车、喝酒和打牌，就不会啥别的了。谁也闹不明白他凭啥那么牛气，他出车到镇上办事，遇有个半道招手截车的知青，他便佯作慢腾腾地减速要停车的样子，待知青绕到车后正扒着车厢板往上爬，他却将车猛地发动起来，噔噔地窜出老远，把那些可怜的小毛孩子甩在公路上，自个儿驾车扬长而去，好几次差点儿甩出人命。

菜墩儿的心肠真狠。

分场的职工家属都不待见他，他混到二十七八岁，农场的姑娘没一个愿嫁给他。偏偏他也不是个巴结当官拍上欺下的家伙，主任也不得意他。于是组建水利队时，便一脚将他踢到工地上来，与我们沦为一类。

那时候他刚刚掏尽多年积攒的腰包，在关里老家娶了个媳妇来。

那媳妇便是二嫚。

二嫚长得不算好看，瘦瘦小小的个头，两根乌亮的辫子柔顺地搭到腰上。黑红的面颊上，一边一个浅浅的酒窝。从那泉眼似的酒窝里，漫出无忧无虑的笑声。她爱笑，凡是她没听说过的事儿词儿话儿，她都会没头没脑地笑起来。笑够了，抿着嘴悄悄走开去干活，一脸的心满意足。

二嫚的老家穷，吃不饱饭。嫁到这白面柴火管够的国营农场，有菜墩儿旱涝保收的工资，还有那些说话做事都时时令她惊异好奇的知识青年，二嫚的日子真是好过得很。她干活从不吝惜自己的力气，偌大的一缸白面，叫她搓揉起来，就像洗手绢儿似的轻巧。从她来了工地以后，包子啦发糕啦烙饼啦三天两头地换花样。还有用水萝卜缨子韭菜花大头菜梗子老黄瓜生香瓜子腌的小咸菜，拌上点儿辣椒末末和熟豆油，又下饭又爽口，一分钱二分钱就买得。

都说菜墩子没积下德倒撞了大运，娶了这么个又巧又勤快的媳妇，男生们心里不服，可不服不行。哪怕有人恨菜墩儿，也不恨二嫚，心里叹着二嫚的好。

一春天，二嫚还没有娃。吃了晚饭，手里拿着一副鞋底儿，到我们住的帐篷里来。连队开会，本没有她的份儿，她却不走，缩在角落里，两只日渐圆浑起来的胳膊，一动不动地支着下巴颏，睁大了眼连个哈欠都不打。那神情明明是个依着奶奶时听故事的孩子。有几次我从一边偷偷地注视她，觉得她那坦诚无邪的眼睛里，流泻出一种淡淡的哀怨和饥渴，瞳仁里两朵跳跃的烛光，藏匿在一层若有若无的迷茫中……往往报纸念完了许久，她还托腮坐在那里发呆。

二嫚，有人说你在老家是个团支书呢！

二嫚，他们说你会唱歌儿……

二嫚，你会写信，起码念到六年级吧……

我们爱同她打趣。帐篷里清一色的知青很乏味。况且你问什么，她从不恼。垂下头，脸涨得红红，用她那个清脆的山东口音嘟哝一句：快别说了，都要羞死俺了。给俺讲讲你老家那个西湖吧，是有个白蛇传不是……我猜她一定是会唱歌儿的。在大草甸的苇丛里，小声儿唱给自己听；在她家里那小屋子的板铺上，夜深人静的时候，哼给她丈夫听……

当然这只是我的想象。那个菜墩儿，他也配？别提那个菜墩儿了，有一天大清早二嫚来生火做饭，眼睛红得像个熟李子，问她怎么了，死活不吭气。半天半天问急了，终于哇地一声哭，扑在我肩上。

她说他赌输了钱，便喝酒，喝上了劲，整夜不让她睡觉，……她不愿意，他便揍。揍完了，又跪在地上求她……

她撩开衣衫，便露出一块块紫的青的伤痕。她把脸埋在掌心里，哭了好久。我这是第一次看见她哭。

这么说，二嫚过得并不快活。我早该想到的。我不知该怎么安慰她。

就在那时候，小廖从南方探亲回来了。他一回来，收工后河堤上便响起了他的手风琴声。

从二嫚听见那琴声的第一天起,她就有一点儿失魂落魄的样子,那会儿她正在发面,沾满面粉的手,一把扳住了我的腕子。

那是啥?是个啥?听声儿像个口琴,有这么大的口琴?咋就在胳肢窝底下出声儿?

我告诉她那是手风琴。要用很有力气的胳膊鼓起风来才能奏出音乐。

就像大灶上的鼓风机,她恍然大悟,哈哈地乐了。我看倒像那个红灯记,啥伴唱来?钢、钢琴,我在画片儿上见过。像是把个钢琴挂在脖子上了,吊着那排大马牙!

我们哈哈大笑,二嫚笑得把面盆都扣了。那会儿她可真高兴,她说让蔡福给她在镇上买支口琴来,蔡福说:那玩意顶啥?等你生了娃,回分场住,给你买炕琴。

炕琴是炕上的柜子,同口琴风马牛不相干。

伶俐曾有过一支口琴,在水渠边吹了一支《花儿为什么这样红》,又在连队国庆联欢时,吹了一支《莫斯科郊外的晚上》,口琴让连长没收了。

伶俐去找连长要口琴,连长说:

吹口琴不渴么?渴了喝啥?

喝水呗。

喝水?缺个字儿,差点儿意思。

喝——喝茶。伶俐恍然大悟。下半年回家探亲,给连长带了两铁盒子茶叶。那盒子是四两装的。

连长说:喂鸟哪!

伶俐便把留给自己喝的那罐子也给了连长。

连长说：你超假了，这车票不能报销。

伶俐便把她妈从箱底里，掏出一条新的真丝被面给了连长老婆。想想还少点，又加了一袋奶粉和一双袜子。

连长把那条被面反反正正看了老半天，咧嘴，乐了，把那袋奶粉扔还给她，说：留你自个儿喝吧！

伶俐对我说：连长喜欢不易坏的东西。

伶俐后来上了大学当了工农兵学员。临走前偷着告诉我，她给了连长一块上海表，塞在一只空的茶叶罐里。

我问：是他让你走，你谢他？还是你给了他手表，他谢你？

她说：当然是他谢我，才让我走。又加一句：奇怪的是，他从不戴那块表。

我说：他是怕别人知道呗。

她摇摇头：他也不喝茶水，喝白水，但他喜欢茶叶啊被面儿啥的。有人说他想调回山东老家去，把好东西都孝敬给场长。

连长是转业兵，在这待了十七八年。他也想家，和我们一个样。

伶俐走时，连长老婆给她包了一顿饺子，还给煮了十个鸡蛋路上吃。

以后只要那手风琴声一响，二嫂就扬起脖子眯起眼，痴痴地望河堤出神。夕阳下，小廖的影子拉得老长，两只胳膊一开一合的，像两只扇动的翅膀。

手风琴真好听。二嫂每回总要叹口气，好像责怪自己至今才知道世上有这样一种乐器和声音。俺在老家时，光听过二胡和笛……

说实话，小廖的手风琴拉得不怎么样，总像撒气漏风似的，拉了四年多，也没啥长进，否则他早就进了场部宣传队。但他爱拉琴，一拉起来就没完没了。他拉琴时身子总冲着我们女生的帐篷，我们都盼着有个女生能成为他的知音。可惜女生有眼光的人不多，没人在月光下走出帐篷，迎着他的琴声走去。他说话略有一点结巴，嘴巴瘪瘪的像个老太婆，干活有气无力，只有眼睛不闲着，总是骨碌骨碌地往女生这边扫。

他如果知道他如今真有了一个忠心耿耿的听众，他会怎么样？他如果知道了他的知音竟是菜墩儿的老婆二嫚，他又作何感想？

看着二嫚日日这样眼巴巴地寻他的琴声，望他的身影，甚至卖饭时趁人不备，塞给他几个专为他包的大馅儿包子，而他竟全然不觉，我有些不忍了。

一个雨天的中午，他不知怎的坐在我们食堂门前的桦木堆上拉琴，我纳闷了一会，才明白原来女生们都在食堂的棚子里，帮我们义务摘菜准备包饺子。

小廖，过来！我叫他。二嫚想要看看你的琴，开开眼。

他不大情愿地走过来，眼睛瞟着另一边。

二嫚却慌了神，拼命在围裙上擦她的手。待小廖走到跟前，她已满脸通红。嗫嚅半天，说出一句：你拉得真好！

二嫚的嗓门大，声音传进了棚子里去，姑娘们都探头出来，小廖顿时容光焕发。二嫚用一根食指，小心翼翼地触了一下琴键，怯怯地问：难学吗？

不难，难什么？谁想学，我包教。小廖冲着棚子挺了挺胸脯。当然，他的慷慨不是为了二嫚。

无人响应，一个个脑袋都缩回去了。谁都明白这个玩意不是通向城市的钥匙。一天累得贼死，敢有这份闲心？再说钱呢，谁有几百块钱，买得起这么个不能吃不能用的东西？就算有钱又上哪儿去买呢？差不多在下乡的第二年，知青们就已懂得务实了。

只有二嫚没走，盯住那琴，怔怔地发一番呆，突然说，你教我吧！

小廖也愣了愣，回头瞅瞅那笑声盈耳的大棚，使劲咽一口唾沫，说了声行。

二嫚有点站立不稳，傻傻地笑着，伸手抱起那琴来。手微微颤抖着，不知往哪里伸。小廖忙上前托住，帮她把宽厚的皮背带套在肩上。二嫚手足无措地呆立着，小廖抓过她的手，一只按在键上，一只塞进琴左侧的把手带，大声说：看好了，就这样——左手往外拽，再往里一压，就出声儿了！

二嫚憋足劲往琴上使，先把琴的风箱拽开了，然后揉面那样，双手使劲往里一挤。突然，琴键上爆发出嘎的一声，惊天动地，惊心动魄——

哎呀好呀，吓死俺了。她一步跳开去，鼻尖上冒出粒粒汗珠。俺还以为哪儿来了只大鹅哩。

她脖子上还吊着那把琴，身子和琴一起哆嗦颤悠。我也忍不住哈哈大笑。

就这样，真真假假地，二嫚跟着小廖学上了手风琴。

小廖对二嫚学琴，教得十分认真耐心，好像是为了气一气那些有眼无珠的女知青。

每当菜墩儿傍晚出车去打夜班，开饭完了以后，二嫚就让我去叫小廖到食堂门前的样子堆这儿来，趁着天将黑没黑的那点晚霞的余光，咕咕嘎嘎地开张。当然二嫚不懂五线谱，小廖也无意让她从豆芽菜学起。他教她学琴，充其量只是教她拉个歌儿罢了。不过从那时我确信了二嫚是会唱歌的,因为没过多久,我从那上气不接下气、断断续续的琴声中听出,她居然拉出了《花儿与少年》的头几句。

她学得可真快。

她拉琴时,我多半坐在一边发呆。她不让我走,说我在旁边,她的胆子能大些。她总是先割好了艾蒿,逆着风燃点上,让那些浓浓的烟雾把蚊子赶跑。有时小风簌忽换了方向,烟呛得我眼泪鼻涕直淌。我从那淡蓝的烟气中逃开,却见她抱琴而坐纹丝不动,泪光盈盈的眼睛里,闪烁着我从未见过的金色火苗。那排洁白如玉的琴键,如修葺一新的石阶,从她的眼底里伸展到天尽头……我想,她大约陶醉在用自己的手指弹奏出来、笨拙杂乱、瓮声瓮气的音响中了……

她开始帮小廖洗衣服,补衣服。有时开饭小廖来晚了些,她便从厨房里拿出不知藏在哪儿的炒菜或是几个煮鸡蛋,笑眯眯地看着小廖舔嘴抹舌咽下。没过多久,干脆连被单褥单和几年没洗一回的油黑锃亮的破棉袄旧毛衣,都一股脑儿捧来让二嫚替他拆洗。二嫚有求必应,洗净了衣服,还把自己家留着的一包新棉花,拿出来给他絮添上。脱了线的毛衣袖子也重新织了一遍。她的琴一日日有着缓慢而不可否认的进步。她似乎终于能把《花儿与少年》结结巴巴地从头到尾拉下来了。

二嫚的眼里终日喜气洋洋。

小廖说我,那个……那个叫啥……叫啥乐感,说我乐感好。

小廖说,我假如生在城里,同她们一样聪明。

小廖说,就先学这支歌。学会了,学得滚瓜烂熟了,再学新的。他说这样不易忘记。

嗳,你说小廖咋还没女朋友呢?多好个人……

变化就这样悄悄发生,她不像以前那么爱笑了,眼睛里时常飘过幽怨迷离的乌云。喜欢一个人静静地呆坐一边，望着远远的地平线出神。她蒸出的馒头不是碱少了就是碱多了，还焖出了一锅夹生饭，让我隐隐感到不安。

现在小廖已经不需我去请了。只要菜墩儿一走，他便主动背琴而来。常常是他拉一段、二嫚拉一段，一段段地示范指点，给二嫚吃上了小灶，居然不厌其烦。这一日傍晚，我在木墩子上坐了一会，觉得腿上有蚊子咬，嫌那艾蒿烧得不好，站起来想去拨火，无意抬头，见小廖的两只手都落在二嫚的手上，捏得紧紧，二嫚并没有恼。那琴声，忽然中止了，四野静寂，只听见两人的鼻息。

我进退两难，终于悄悄走开去。

连队里开始有人在背后嚼舌。说二嫚与小廖如何如何。百十号人，就在这几顶帐篷几间破房里住，谁能瞒过谁呢？况且除了吃饭干活，也没有别的事可做。那一日送饭去工地，竟有人当着小廖面开起玩笑来，玩笑开得放肆。小廖却满不在乎，嘿嘿一乐，答道：这有啥？叫二嫚跟她老头说说，以后咱们坐车都方便啦！

众人哄笑。我恨不得给他一嘴巴。

收工后，我到他的帐篷门口把他叫了出来：小廖，你别太嘚瑟，二嫚有男人。我的声音发抖。

他冷笑一声。她愿意，你管呢！他说。以后也不用你来陪她学琴了，碍事！

说完就走。

我追上他，对他说人不是手风琴，不能拉开再合上。他不哼不睬，一副刀枪不入的模样。

那以后，假如菜墩儿白天出车，小廖便堂而皇之地请起病假来。他不知用什么法子贿赂了连长，连长眼开眼闭。而菜墩儿当然是什么也不知道,他人缘不好,没人给他通风报信。开春时他挨着机库那堵破墙,自己用一块块土坯搭成的小屋,现在公然变成了"琴房"。

不过从那儿传出琴声的时候却很少。那扇小门悄悄闩上时,世界都沉默了。

二嫚变得恍恍惚惚的。她总似有难言的隐衷,欲言又止。她躲避我的目光,有时做着饭,无意回头,见她满面泪痕。

你倒是咋了?丢了魂似的。我问。

她摇摇头,叹口气,不答。半晌,突然说:假如这满甸子的苇子,割了能卖钱,该多好。

你想家了?没钱回家?

不。她缓缓说。我想要是有钱买个琴,就不用老借小廖的了。

小廖不是顶愿意借给你使的么?

不,你不知道……

似有什么触了她的痛处,她背过脸去。

她仍然只会拉那《花儿与少年》,不过,终于是一日日有腔有调有节奏的了。

我仍有一种不祥的预感。我不能也不敢告诉她,假如她和小廖之间真的发生了什么,她和小廖各自付出的代价绝不会是一样的。

苇子渐渐发黄变白,苇棒一天天挺立结实,大雁一行行南飞。等到下了霜再上了冻,水利队就该暂时撤回分场放假了。也许到那时候,该死的《花儿与少年》就会永远地结束。许多事情当我们没有能力阻止它发生的时候,就只好祈盼它早日终止。我早已看透了小廖,他用他那架破琴在换二嫚那颗完整的心。虽然,他要的只是一个女人。

偏有几日又回暖,竟又闷热起来。似乎是为了犒劳水利队一夏天的辛苦，场部派来了放映队。那天晚上，就在河堤上支起了银幕放电影。全队几乎都去了，不记得是个什么片子，只记得电影演到一半时，从机库那里传来一阵阵粗声粗气的辱骂声，又听一会，那叫骂声越发大了。我心一紧，赶忙悄悄溜出来往机库那边跑。天已黑尽，借一片月色，竟看见菜墩儿把二嫚按在她家门前的地上，手里操一根皮带，发疯似的抽她，一嘴白沫，也听不清骂些什么。二嫚只是咬着嘴唇，不哭不闹，任凭皮带没头没脑落在她肩上身上，辫子散开了，羽毛似的飞起。我一把将菜墩儿拦腰抱住，叫二嫚快跑。菜墩儿一伸胳膊，将我推个趔趄，回身举起皮带又要抽。我抬头，见二嫚已从地上翻身爬起，却不跑，迎面朝地上的一个什么东西扑了过去，将它死死抱住，继而，哇地一声号起来。

我看清了，是那架手风琴，它中间的风箱被撕裂了，大口似的张着。

二嫚抱住它，半跪在地上，蜷缩着身子，眼泪如雹子似的砸下来。如果这时候菜墩儿的皮带把她抽死，她也毫无感觉。菜墩儿愣了一会儿，悬在空中的手垂下来，半响，猛地吼道：

"你还有脸哭，我叫你这辈子再摸不上这琴！"

说着就一脚踢过来，琴再一次落地，发出一声鬼哭狼嚎似的怪叫。二嫚默默地走过去，她已经不再哭了。她抱起琴，像抱起自己的孩子。忽然回过头，冲着菜墩儿咬牙切齿地说出一句话：

"俺不过了。"

这晚她来帐篷和我睡在一铺。一宿无话，她没有向我说明菜墩儿发作的起因，我也不便多问。料想是有难以出口的经历。可她睡得很香，很沉，好像终于把许多天来的重负卸去了，又好像她说出那四个字，早已深思熟虑过了。可是她真要同菜墩儿离婚，以后的日子怎么过呢？小廖绝不会……哦，刚才菜墩儿毒打二嫚的时候，小廖根本不知躲哪儿去了。

那以后拖了些时日，他们终于是双方去了总场，拿回来各奔东西的离婚证。于是偏僻冷落的水利队，很是热闹了一阵子，人们纷纷传说放电影那晚上的情形，而我差不多是最后一个知道的：那天晚上菜墩儿趿着一双布鞋去看电影，看了一半，觉着脚下蚊子咬得凶，便回家去找靴子穿。这儿的人看露天电影都穿高筒雨靴，省得挨咬。他敲门，门插上了。二嫚半天才来开门，说是头痛先回了。菜墩儿找靴子半天没找着，想起在板铺下，伸手去摸，却摸着一只脚，吓得他蹦到门外，却见一条人影从床下蹿出，夺路而逃。

看电影的人散时，二嫚已被我领去宿舍，没有几个人知道。至于后来传说得这么有声有色，当然是菜墩儿为了让人同情而到处散布的。他每次讲完了，总要补上一句："那臭娘们还想跟我离婚？离就离，看我不出两月再找个黄花闺女！你当小廖会娶她，做梦去吧。他敢回来，揍不死他！"

小廖果然一连几个月没露面，听说是回老家了。来年开春，他回来办关系，还没忘了把琴拾掇一遍，卖给别人了。而菜墩儿为了赌气，果真在两个月内娶了邻近屯子的一个姑娘，调到九分场去了。

第二年开江化冻之后，水利队又回到原来的龙王庙旧址安营扎寨，我也从南方探亲回来，我发现二嫚已把自己的行李搬到那个小房。一冬的风雪侵袭，小房已有些摇摇欲坠。二嫚用破油毡纸苫了屋顶，钉严了门窗，似乎要在那里头住一辈子。

"你还是同我们一块儿住宿舍吧。"我说。

"不，"她的头垂得很低，"我想拉琴，怕吵了别人……"

仅仅一个冬天，她过去那油黑乌亮的辫子变成了一堆蓬松萎黄的干草。腮上的酒窝，被两道细细的皱纹拧歪了。一夏天，她都用那只伤风漏气的琴，拉一支我从未听到过的新歌。她再没有拉过《花儿与少年》，虽然她已拉得很流畅了呢。

那年夏末，我调到场部去工作，离开了水利队。她没有来送我，在"热特"的引擎声中，我隐隐听得从小屋那儿传来一种单调的琴声，听起来它已不大像是手风琴了。它始终重复回旋着一句，听不出来那是什么曲子。

这阵子上街，总闻着一种叫人垂涎欲滴的香味，从街面旮旯里冒出来。那香味儿好怪，不是什么油炸臭豆腐或是烤羊肉串之类，直钻鼻腔的，颇有刺激性的浓烈香气；也不是韭菜炒鸡蛋、桂花藕粉那样平常日日可以闻见的沁肺爽气的清香。这香味似曾相识，从极远的异地传来，把人团团围住，立时挣脱不得，热辣诱人的香味弥漫了五脏六腑，钻透骨髓，头顶脚底乱窜。深吸几口，初时只觉血脉沉重，四肢雷击似的瘫软，昏昏欲睡；继而感到通体灼烈，热血沸腾，不知不觉地生出了气力和精神来。

我沿香味飘来的方向寻去。我自知我是极熟悉这个气味的。只可惜它的名称就在嘴边，我却无论如何没有办法把它说出来。我明明知道它是什么，但我却忘了它是什么，我的鼻眼嘴同时敞开，我恨不能将那香味放在舌上嚼一嚼，它却踪影全无。

踏破铁鞋。

昏黄的暮色中，我望见街边的一棵光秃秃的梧桐树下，有几只矮矮的小方桌，矮得同凳子一样。说它是桌子，因为它的四边还有几只更矮的小矮凳。每只小桌子上放着一只炭火熊熊的小炉子。有只桌子旁边已围上了人，那小小的炉子上有一只硕大的砂锅，锅里爆出哔哔剥剥的响声。那叫人的肠肚翻江倒海卷巨澜的奇异香味，正从那砂锅里传出来。

我在靠边的一只小桌子旁边坐下来。店主走过来招呼。"这是夜市吗？"我问，"是夜市。"他回答。"来一份。""好咧——"

黄鳝那年冬天死在场部医院里。

我过了好久才听说这个消息。

我似乎并没有怎样的震惊，我甚至暗暗松了口气，他是罪有应得。我居然闪过这样的念头，否则，他这样的人，不死也终归会进监狱，判个无期什么的。

我的心肠会变得如此冷硬，出乎我自己的意料。其实黄鳝活着的时候同我关系还不错，因为我曾帮他写过几份检讨。黄鳝只念到小学毕业便遇到大风大浪，后来糊里糊涂跟着巷子里的"头儿"们来了北大荒。他出身挺好，三代血统工人。如果不误入歧途，满可以入团入党走一条阳光大道。但在城里闲散游逛的三年，养成了他游手好闲的习性。他去郊外的水田钓黄鳝，一次能钓十几条。黄鳝这个外号就是这么来的，一直从南方带到了北大荒。到了农场后，他仍然重操就业，夏天上工时间溜去水渠捞虾，秋天割黄豆，他就在地里用黄豆秸点火，把铁锹擦亮了，在火上烤黄豆，香飘田野……为此连长没少让他写检讨，但任他怎么写也过不了关。据说连队的哥们都被他求遍了，才咬咬牙在铲地时接了我的垄。我同他会合时锄头钩在一起，抬起头一看是他，不由大吃一惊。谁都知道他抱一条垄，铲了个头，就往垄沟一躺打起呼噜，待一觉睡醒拖着锄板顺垄沟追上去，还能恰好赶到垄尾。北大荒的大豆地，一条垄够铲上一天的。在黄鳝手下，一夏天多少条垄就白白扔了。

没人敢管他。起先有个不知好歹的排长，让他从头返工，结果晚上一掀被，抖出只死耗子。

对他来说，接受再教育倒是非常必要的。偏偏他倒常常教育旁人。

"你说，对同志不是要像春天般温暖么？"他站在地中央，斜睨着眼涎笑，"都说你墨水好，你给老弟写份检讨怎么样？老弟不会亏待你的。"

我望着他让烈日暴晒成肝酱色的脸上那双眯起的肿眼泡，目光虽然汹汹却分明胆虚，口气虽然强硬无理却分明心怯。一个混世魔王不到走投无路的分上，不会来求我们这些素日从不在眼里的女生。这么说他也够可怜的了，那一瞬间我竟痛痛快快点了点头，我觉得让他那么个家伙同我纠缠不清，实在有点令人难堪。

"答应了？"他一拍大腿，"你可说话算数。"他当即掏出两条生黄瓜来，扔在我脚边，"以后要什么，尽管开口。"

我从那两条黄瓜上跨了过去。尽管我似乎闻到了黄瓜的清香，我轻轻咽了口唾沫。顶花带刺儿的新鲜黄瓜，又是从分场的菜园子里偷来的吧？

他似乎在我身后愣怔了一会。我听见他用脚把黄瓜踩得稀烂。

但我坐在街头的矮桌矮凳上闻到的那种越来越浓烈的香味，当然绝不是黄瓜。那香味渐渐朝我走近，一阵风飘来，又飘去。

黄鳝死在场部医院那年，才十九岁零三个月。

黄鳝原来不叫这个名字。他有一个斯文的学名。但谁也不记得了，都叫他黄鳝。

黄鳝的身体很壮，天热时脱了汗衫，光膀子露出两块结实的胸大肌。他经常锻炼爬墙钻洞什么的，三天两头请病假，有足够的时间去寻觅食物。

根据兔子不吃窝边草的古训,他寻觅的主要对象,是邻队的菜园或鸡舍鹅棚,当然都是公家的。他自有一套类似劫富济贫的理论。他寻觅食物的技巧不算高明,但总能得手仨瓜俩枣。一旦被抓住,就问心无愧地写检讨。

他帮我接垄的第二天,我把一张写得密密麻麻的字条扔给他,他当即给我作了个揖。第三天看见我,嬉皮笑脸地说:"哎,连长表扬我了,说我的检讨从来没有写得这样认真。他说,噢,他说我对错误认识很深刻,嘻嘻。"

我咳一声,偏过脸说:"就这一次,下次再犯,我可不管了。你这样吊儿郎当的,混到哪一天是个头?"

"看你说的,真想不开,混一天算一天嘛。连你在内,哪个不是在混?"他绕到我面前来,厚颜无耻地搓着脖子里的汗泥,"再说,我也没干什么大的坏事,弄只鸡呀鸭呀吃吃,身体健康对国家也有好处的。不是说知青是农场的主人么?!主人吃两根黄瓜,不是理所当然吗?农场不把我们当主人,就只好我们自己把自己当主人看了,破四旧那辰光……"

"你拉倒吧,"我打断他,"你顶好还是寻寻回城的门路,到自己家里去当主人吧!"

那个关于主人的宏论我从此念念不忘。我惊异的是他竟然还有充足的理由来为自己的行为辩护。坦率地说,我心里岂不也是那样认为的。正因为他偷吃偷拿的都是公家的、农场的东西,我才不自觉地一而再,再而三地原谅他。我们从来没有把农场同国家连在一起,农场只是领导的代名词。在许多人眼里,黄鳝算是一个够哥们义气的汉子,他利己却不损人。至于损了农场或其他什么,在大家看来天经地义。

黄鳝就这样活在在他的煨土豆烤青苞米炒黄豆炸窝头片儿中，活得轻松自在。后来终于发展到绑架了一只连队猪号里新下的小猪羔，又拆下了两根马号外围栏上的木桩子，用作柴火，同几个哥们在场院痛痛快快吃了一顿烤乳猪。事发后，连长大怒，据说请示了总场，决定新账老账一起算，狠狠给他点儿颜色看看。保卫干事带人背了绳子来拘捕他的时候，他正满嘴流油地在炕上倒头大睡。我们闻讯赶去看热闹，男宿舍的窗外挤满了人。

"你们谁敢动我?!"我终于从一条缝里望见他的时候，他已醒了，睡眼惺忪地翻身坐起来，耍泼地大叫。那些笨蛋竟没有趁他睡着时把他捆住。

"别误会别误会。"保卫干事赔着笑脸，"有话好好说嘛，来，坐下，坐椅子上，咱们唠一唠。"

黄鳝犹豫了一下，终于趿上鞋，不情不愿地走到那把椅子跟前去。那是男宿舍唯一的一把椅子，专给指导员念文件报纸用的，黄鳝得到这样的荣幸，似有些得意，大模大样地坐下来。可屁股刚挨着椅子面，一条绳子如渔网一般从背后甩过来，不前不后正好勒住了他的前胸和肩膀。没等人眨眼，那绳子蛇似的盘拢，在他腰部和腿部紧紧地缠了几道，是绕着那只椅子背和椅子腿缠的，活像上了夹板，任凭他挣扎叫骂，也无济于事，他终于被牢牢地捆绑住，如同一只即将送去屠宰的猪。

这一幕真是惊心动魄。没等我们回过神来，那椅子已被连人抬起来，出了男宿舍，直奔分场办公室。

如果不是因为当天晚上分场值班室出了事，黄鳝那次肯定被送去场部小号关个一年半载的，或干脆判个两年三年的。偏巧那天半夜失火，黄鳝不知怎么跑了出来，非但没有趁机逃之夭夭，还拎了水桶爬上屋顶去救火。没有几个人真敢上房救火的,房顶一塌,可是没跑。但黄鳝居然就上了房。于是,火扑灭了之后,他的事也就既往不咎了。虽然表彰救火英雄决没有他的份儿,但免了他的牢狱之灾,他的自我感觉好得不能再好。

"老子命大。"他到处向人炫耀。指导员发现他并无悔改之意,便责令他就猪羔事件写一份深刻检讨。

他愁眉苦脸地来找我。"要深刻的。"他讷讷说。"深刻的只有求你了。"

我望着他那让火燎烤得翩翩片片的破衣和叫火熏成黑褐色的高颧骨,哭笑不得,这个倒霉的救火英雄。

"你说,下次再不了。"我叹了口气。

"下次再不了。"他斩钉截铁地重复,"否则,叫我不得好死。"

几天以后一个休息日的下午,我还在炕沿上写日记,突然发现有个人在我们女宿舍的窗外一跳一跳,正对着我的铺位。出去一看,却是黄鳝。鬼鬼祟祟地抱着一只书包,二话不说便往我怀里塞。我觉出那书包是热的,沉下脸说:"你要干吗?"

他搔着头皮。"一点煮毛豆,青毛豆儿,给你尝尝鲜。"他有点不好意思,"是我自己种的,在场院那边。"

"见你的鬼去吧!你会种毛豆,太阳都从西边出来了!"我把书包重重地扔还给他,转身走进了宿舍。

我的衬衫上却留下了青毛豆的清香。那种实实在在的家乡的气息,弄得我那一整天心神不定。

但我坐在街头的矮桌矮凳上闻到的越来越浓烈的香味,却绝不是毛豆的气息。此刻我是在那时梦寐以求的家乡,但我却闻不到家乡的气息。有一股热气在向我袭来，使我浑身大汗淋漓。这股气息我已经许多年没有闻到了，它实在有点令人困惑。

黄鳝那年冬天死在场部医院里。

他得的是狂犬病，这个病一旦发作便无可救药。

我听说此事时，黄鳝已被放进一具临时用桦木板钉起来的棺材内，葬在了农场与公社接壤的一片柞树林子里了。我们在那片乱坟岗子里找到了埋着黄鳝的那个黑土堆，给他添了几锹土，谁也没有说什么。

看得出来，凡是三个月前同黄鳝在一起分享过狗肉的人，眼里都潜藏着深深的恐惧，包括我在内。我恨不得将那些香喷喷的狗肉一股脑儿吐出来。

然而它们早已在我的体内消化，变成了我的血肉的一部分；变成我此时说话走路的气力和粮神。它既已同我合成一体，那么也许要不了多少日子，我也会同黄鳝一样，从此告别这个可诅咒的地方。

三个月前的一天中午，黄鳝率领他的乌合之众，将那条大狗团团围住的时候，我正走出宿舍门口去晾衣服。我的脸盆掉在地上，我看见许多把铁锹狠狠地朝那条狗砸去。我听见咔咔的响声和恶狠狠幸灾乐祸的叫骂，我闭上了眼睛。待我睁眼时，那条狗已躺在地上，尚在微微地喘息。黄鳝手舞足蹈地在它身旁转了几圈，踢了它一脚。不动，便伸出一只手到它的脖子上去，似乎是想把它拎起来向围观的人展览一番。就在他的手刚刚触摸到狗头的时候，那条"死狗"突然猛地回头，在他的手腕上狠狠地咬了一口。黄鳝惨叫一声。有人冲过来对准狗肚子飞起一脚，那狗终于垂下头去，软耷耷地再也没有动静。

黄鳝从狗嘴里拔出手来，手腕上有几个清晰的齿印，流着少许血，一会儿工夫便凝住了。那些人围住问他疼不疼，他说没事。走过去对着狗头又猛踢了一阵，便笑嘻嘻地与人将狗抬走了去剥皮炖肉。

黄鳝因此很兴奋了些日子，虽说许多人日后谈起那狗尚心有余悸，但都不得不承认黄鳝无疑是比那狗更英勇无畏。女生们因此对他刮目相看。

接着便是在场院二劳改的大锅里烧起了开水。狗皮归了黄鳝。下午收工时，我走过场院小屋，突然一股异香袭来，顿觉饥肠辘辘，唾沫四溢。恰在那时黄鳝从里头奔出来，一拍大腿，说："哈，这回你可跑不了啦！"

他回身进屋，一眨眼便从里头抓了一块热气腾腾的狗肉出来，上头还沾着血红的辣椒末。那东西有些像牛肉，黑褐色，紧绷绷的，丝丝缕缕的热气勒住了我的脖子，勒得我喘不过气。

我终于没有抵御住那个诱惑。

我闭住眼小心翼翼地尝了一口，又尝了一口。我没有尝出什么特别的味道，只觉得那股腥辣的香味令我血脉沉重，四肢瘫软，继而便感通体灼烈，热血沸腾，筋络颤抖，不知不觉生出了气力和精神。我睁开眼睛，大嚼，不一会便将那块东西吞食干净。

"好吃吗？"他问我。"好吃。"我回答，他很满意地打了一个嗝，"不吃白不吃的。"他说。

我点点头。毕竟这不是公家的东西，这是条在附近游荡已久的野狗，既是丧家之犬，不吃白不吃的。我安慰自己。总算黄鳝没有再去偷东西，总算他也懂得废物利用了。

他手上那伤口几日便长好了。谁也不再记得他叫狗咬过一口的事。这是黄鳝历史上唯一一次吃不是偷来的也不是公家的东西。但唯独这一次，他付出了生命的代价。

吃过狗肉以后不久，我调到水利队去了。冬天水利队撤了点，我回分场还见过黄鳝一回。正是三九天，黄鳝却只穿了一件破毛衣，我说:"当心感冒了。"他说:"吃过狗肉的人,心里发热,扛冻!"

他果然满头大汗的,脸越发红了。

以后再没见过他。他再没来找我写过检讨。

再以后,就听说了他的死讯。

听说,他的病诊断后,医生知道没救了,让连队通知了南方他的家里人。他父母年纪都大了,千里迢迢的折腾不起,便派了他的一个哥哥来。他哥哥赶到农场时,他还没咽气,抓住他哥哥的手,说了这么几句话:

"我还欠着大曹十块钱。你记着帮我还了。另外,我铺底下有张狗皮褥子,你带回去给阿爸姆妈用。狗皮褥子能隔潮……"

说完他便死了。

他死后的一年多里,那次吃过狗肉的人,都惶惶不可终日,以为自己也会得黄鳝那个病,包括我在内。后来才明白,狗的唾沫血液中可能携带狂犬病毒,它是通过血液传染的。所以,吃过那样的狗肉,只要身上没有伤口,并不见得就会得那种病。

大家释然以后,也就不再提起这事了。

砂锅端上来了,在炉子上发出毕毕剥剥的响声,还有一碟青蒜,一碟调料,一盘血淋淋的鲜红的生肉。

我有些恶心。

我终于想起来,这是什么东西发出的香味。这原是两广人的吃法,什么时候竟传到了这个江南灵秀之都。奇怪的是从极南到极北,这种东西发出的气味竟是一模一样的。

我站起来,我恶心得要吐,店主在我身后喊叫。我开始奔跑,我想逃出这气味。黄鳝死后,我曾发誓永不吃狗肉。可十几年了,我竟还是没能摆脱它。我突然觉得自己有些对不住黄鳝;而黄鳝,有些对不住那只无辜的狗;那狗,也是对不住黄鳝的。

黄鳝死后,听说连长被调到一个边远连队去了。上头惩罚他让知识青年死于狂犬病。又过了一段时间,他终于调回山东老家一个县城去了。

他在镇上火车站办理托运手续那天,恰好我也去车站取家里寄来的慢件。我看见他领着几个壮汉卸下了满满一"热特"车的东西:除了行李铺盖锅碗瓢盆的家当,还有一捆捆厚厚的松木板,一桶桶二十斤装的塑料油桶,橙色的豆油在阳光下闪出我想象中的琥珀样的光芒。还有一麻袋一麻袋哗哗响的大豆或是大米之类的东西,一面袋子一面袋子沉甸甸的玉米面或是白面之类的东西。还有几只大极了的木箱子,抬得那几个壮汉都抬不起头。那几个人我都不认识,想必是外连队的。没人知道那木箱子里装的是什么。火车一开,它们就成为永远的秘密了。

我冲着他的背影狠狠吐了口水。我猜想黄鳝的棺材也许还不如这松木板。

我呆立窗前。天空灰蒙蒙的,像一块用脏了的抹布。

耳边一直有一种声音在盘旋,从那低而密集的云团里传来,如朔风在旷野的电杆上呜咽,久久地持续。有时它们似乎远远地去了,踮着足尖轻轻行走,消失在苍茫的云层之上。有时它们又如一阵奇妙的音乐,从我视线所及的樟树顶掠过,那时候窗上的玻璃也发出微微的震颤。

嚯——

它们终日在我的耳畔鸣响,我却看不见它们。我一直在悉心辨别,我说不出这究竟是什么声音。可我明明是熟悉这声音的。就在昨天,不,昨天的昨天,前天的前天,在那块埋葬我们青春和希望的遥远的土地上,我无数次倾听过这个声音,它曾为我织出过那样美丽的幻梦,为我驱散过心头那样沉重的愁云,而我却不再记得它。我无论如何也想不起来,这究竟是个什么声音。

曜——

它盘旋在我头顶阴沉沉的天空中。

"是什么?"我叫起来。我再也不能忍受。我的脑子像要炸裂。它们简直要把我弄得发疯。"告诉我,是什么?"我叫道。

"鸽哨。"他平静地回答我,一只手落在我肩上。"是鸽哨呀,你怎么了……"

是的,是鸽哨。我如释重负,长长地松了口气,我真是把什么都忘记了。

我走到院子里去。哨声渐远,天际辽阔,空空如也。

"那群鸽子怎么办呢?"

我问李拙。

李拙蹲在地上一支接一支地抽烟。他刚才告诉我们,他已经办好了回南方的手续,他准备两天之内动身。

"你干吗不把鸽子带回去呢?"

我问李拙。

"带回去?"他冷笑了一声。"我恨不得铺盖行李都不要了呢,统统扔在这里,省得回去看了心烦。"

说是说,其实我也知道,把这群鸽子带回南方去,显然是不可能的。这群鸽子起码有三十只,飞起来一片天,蹲在窝里也起码得有桌子那么大个笼,才装得下,当活物带上车厢,李拙有这么多钱给它们打票?当行李托运,三天三夜的火车,谁给它们喂食?况且自从知青大返城的潮头聚起,各大城市的车站水泄不通。连人都没有站脚之处。那时返城浪潮已席卷全国,大有兵败如山倒之势。谁还能够顾得上那几只鸽子?

"你走了,谁来喂它们呢?"

我问李拙。

那群鸽子正在连队宿舍的红瓦顶上晒太阳。雪白的羽毛发出银缎似的光泽。有几只鸽子高扬着秀气的小脑袋,挺着圆乎乎的白胸脯,矜持地朝我们眺望,如一群骄傲的白雪公主。有只鸽子,头顶有一簇翘翘的白毛,它慢吞吞地踩着瓦片散步,忽然嘟地俯冲下来,落在李拙的手背上,友好地用红红的小嘴轻轻啄着李拙的指甲。

"给你吧!"李拙抬起头来盯住我的眼睛,"留给你吧。"李拙说。他说得很快,快极了,不注意根本听不清他说了句什么,连他自己也听不清。我有些吃惊。他养鸽子五年,曾多少次为了有人冒犯他的宝贝鸽子而同人吵架,他从来没有肯把这些宝贝儿给过别人,哪怕一根羽毛。鸽子是同他的性命一样的,我曾经多么希望他能送给我一对小鸽子呵。

可我摇了摇头,"你知道,我已经调到场部宣传队去了。"我低下头轻轻说,轻得连我自己都听不见,"宣传队经常下去演出,跑来跑去的,恐怕,照料不好它们的……"

我咽了口唾沫,我不想说出来,我早晚也会离开这儿的。当我也走的时候,它们怎么呢?

他抚着那鸽子的羽毛,许久没作声。鸽子在他宽厚的掌心里温柔地眨着眼,眼神是那么恬静安详。那时候,在我们周围的同伴中,早已看不到这样信赖和善的眼神了,它令我一阵寒战。

突然,李拙猛地站起,双手往空中一甩,那只鸽子从他手心扑腾腾飞起,惊惶失措地蹿上屋顶。

"——谁要我的鸽子?"他大喊一声。"谁要了我的鸽子,我给谁五十块!"

没人答应。

没人答应。想答应的人,都是早晚要走的?不会走的人,却不喜欢鸽子。这群鸽子所需的饲料,可以养活一群鸡鸭或是大鹅,可以下蛋再生儿育女。没人愿要这群没用的鸽子。

"——没人要,我就吃了它们!"他歇斯底里地吼起来,样子很有点恶毒。

那吼声竟惊起屋顶上的鸽群,呼拉拉飞起来,直冲蓝天。秋日的晴空下,响起一片鸽哨的呼啸。

两天后,李拙决意南下。他当然没有吃掉那群鸽子。听说他用自己的一副墨镜和一副护膝,在附近老乡屯子换了一麻袋苞米碴子,交给了同连队的一个暂时不会返城的男生。以后的事,他就管不了那么多了。

那天清早,我和他同乘一辆"热特"离开分场。我去场部,他去火车站。车开以后,那群鸽子竟然跟着车盘旋了好一阵,车过了农场地界,它们才渐渐地消失在蓝天里。

"它们从来没飞出这么远过。"他背对着我说。

我领了家里托运来的慢件食品走出车站货运场,冷不防和连长打了个照面。刚才我还在他身后吐了唾沫,这会儿却躲避不及。连长正坐在水泥台阶上,悠悠自得地吹着口哨。

我从来没听见过连长吹口哨,我几乎把他当成了另一个人。所以我愣住了。

"黄鳝死了,我也走了,农场也不知坚持到啥时候。"他说。

"你……"我没想到连长会说出这种话来。我想他也许根本不是连长而是另外一个人。"那你干吗走?!你在这儿有家,你们捞足了好处就拍屁股走了?!"我厉声质问,我早就盼望有一日能用这种口气对他说话。

"家?"他反问,哈哈大笑。"这个家早叫你们败光了!我们开荒种地,流血流汗,我们为国家缴了多少粮食?可你们一来,农场粮不够吃,钱不够花,一年年几百万几百万往里赔,我管谁,谁都有一套,嘴比八哥巧,手比镐头笨,我当这个连长都快窝囊死了!"

我气得说不出话来。那瞬间所有的豪言壮语都屁滚尿流的,我只想起一句话来:"你把伶俐那口琴还来!"

"口琴?"他吹了一记响亮的口哨,"那口琴是她送我的哩,你这妞儿,不理事。当初你们一个劲给领导溜须,现在倒不认账?俺没白收你们东西,能给办的事办了……"

我跳上自行车就跑。我快哭了。我想他一定不是原来那个连长而是另一个人。我如果是个男人,一定狠狠揍他。

"以后上关里,到俺家来串门儿。"他在我身后喊。"那才是俺家,俺家在胶东……"

口哨声追我,我差点把家里托运来的纸箱扔了。

那口哨声在我头顶缠绕多日,直到我最终离开那地方。

几年前的初夏,李拙从南方探亲回来,用一只竹鸟笼,带来了一对雪白的鸽子。消息传开，大家都去观赏他的鸽子。那鸽子洁白如玉，浑身没有一根杂毛，绿豆大小的眼睛四周有一圈淡淡的红边，嘴也是红色的，像只尖尖的小辣椒，不停地在笼子边上磨来蹭去，显然它很好奇，把脑袋从笼子里伸出来啄我的手掌上的小米粒。我喜欢得不行，想用手去摸它的羽毛，刚要碰到它，李拙在身后一声吼："别动！"

李拙把鸽笼挂在宿舍屋檐下，不知从哪找了几块板子，在屋檐下钉了个架子，架子一端有一间露着一个圆洞口的小房子。他把笼里的鸽子放出来，将它们小心翼翼地请入新居。那几夜，他就睡在屋檐下，直到鸽子完全默许了这个新家。

连队有顽皮的学生，趁李拙不在，将那鸽子抓在手里，说要训练它们飞行送信，不小心扯掉了鸽子翼上的一根羽毛，李拙回来竟然就发现了，衔着那根羽毛，将那两个家伙揍得鼻青眼肿。从此再没人敢动他的鸽子。

那对鸽子便在连队土房的屋檐下随遇而安。没多久，开始下蛋抱窝。到仲夏，竟就孵出十几只稚拙圆浑的小鸽子来。那群小鸽子有一层短短细细的粉白绒毛，小嘴和细细的脚杆都是淡红色的；稍大些，白翅膀上的羽毛日渐丰满，再大些，翅膀抖开时，就有了闪闪烁烁的光亮，养到秋天，大鸽子带着小鸽子，摇摇晃晃飞上了蓝天，我第一次发现，鸽群在空中直线飞翔时呈一种平行的整齐队列，一旦转弯转圈时，那身子便微微地侧了过来，一只只高低错落有序，跟赛场上急速拐弯的摩托车队似的，轻快敏捷，阵容蔚为壮观豪迈。它们不倦地盘旋在农场那一排排简陋的红砖房上空，在连队四周莽莽无垠的绿色原野之上，在蔚蓝色的晴空天底。真像是一群白色的精灵，一群可爱的天使，超然于那样一种沉重而浑浊的生活之上。

每每望着它们轻盈地飞上蓝天，我就觉得有一种解脱，一种超越，一种精神的舒展和抚慰。

除了上工，李拙几乎不离连宿舍队一步，他本来话就少，现在更难听到他开口。他总是同他的鸽子待在一起，他喂食的时候，头顶上肩膀上胳膊肘上总是停满了鸽子，远看起来，他好像是一棵挂满新年礼物的圣诞树。他还弄来一架破梯子，靠在墙上，够得着屋檐下的鸽子窝，去替它们打扫卫生。有一次他从梯子上摔下来，整整一星期动弹不了，不能算工伤，连长扣了他七天旷工。

那鸽群一日日繁荣起来。漫长的冬天里，常常可以听到它们在屋檐下嘀嘀咕咕地说着永远说不完的悄悄话。它们那些话，只有李拙能听懂。李拙淡淡一笑，他可以几个小时呆立在屋檐下听鸽子说话。

下雪之后，鸽子们便不大出来，舒舒服服待在窝里，它们每天都有充足的食物和水，几乎不用它们自己费一点心思。可我知道李拙为了弄那些鸽子的饲料吃够了苦头。就连我都帮他到连队老职工家属那儿去讨过小米子。他还打发黄鳝到大车队偷马料。就这样，长长的一个冬天，鸽子也常挨饿。第二年春，他偷偷在一块撂荒地角上种了几垄苞米，精心伺候了一夏天，秋天碾成苞米馇子，才算有了鸽子一冬的口粮。那年冬天奇寒，滴水成冰，三天两头刮大烟泡，待他将那群鸽子抱回宿舍里来养，刚长大成形的鸽子，已经活活冻死了好几只。人说，他愣是用镐头刨开三尺冻土，将那鸽子埋掉，手上震开好几道口子，一冬天淌血。

那年春天，我就调到水利队去了。临走前我恳求李拙给我一对鸽子，他竟不肯，一赌气，那夏天我就没回过连队。一直到上了大冻，水利队放假了，我回南方探亲，才从那儿路过。

那天天气晴朗，原野上铺一层小雪，散金碎银似的遍地生辉。空中没有一丝小风，光秃秃的树枝一动不动。竟然就像幅淡雅的山水画似的。

忽而，从前面路边的土围墙内，扑腾腾飞起一群洁白耀眼的大鸟，在我头顶绕了一个圈，又绕了一个圈，然后慢慢地升起来，如一朵朵白云，向远方飘去。高高的天空中传来一种神秘的音乐般的鸣响。我侧耳聆听，我知道鸽子不会歌唱，我知道鸽子在飞翔时总是沉默不语的，那是什么声音？

待拖车停在连队中央的空地上，就在我还没决定要不要在这里停留的时候，忽见那群鸽子从云中飘然而至，如一顶顶洁白的降落伞翩翩着地。有一只鸽落在站在屋檐下的李拙的肩膀上。

李拙。我大声喊叫，跳下车去。那是什么，那只鸽子的背上——

鸽子背上靠近脖子的地方有一只形同火柴盒大小的铁皮夹子，我从来没见过这东西。

是鸽哨。他淡淡说。

鸽群又飞起来，天空中响彻鸽哨的呼啸。

你干吗要养鸽子呢？有一次我问李拙。我想说别人养鸽子都是用来吃肉或卖钱的，你既不吃又不卖，还不如把自己养好呢。看你瘦成那个鬼样子，只剩下一个骨头架子了。

但我知道他准保这么回答：养鸽子就是为了养鸽子。

养鸽子就是为了养鸽子，他果真这么说。

当然，如果不是为了养鸽子而养鸽子，他何必倾家荡产、破釜沉舟地伺弄这群什么用处也没有的鸽子呢？说倾家荡产是有根据的，他的手表早已卖掉，为了请男宿舍那帮馋鬼喝酒，好让他们容忍他的鸽子咕咕的噪音以及保证不偷吃他的鸽子。他从不提起他的家和家里人，他已经足足三年没回家探亲了。

我没有问过他为什么不回家，他不愿回答的问题总是缄默不语，叫你自己下不来台。这家伙倔得要死，其实谁都知道他爸是个走资派，关在牛棚里至今没放出来。他妈就在他带回那对鸽子来的那年，死在医院里。

他妈妈的病危电报到达连队时，连长将电报扣下，同指导员研究了三天才准假。等他赶到家，已是电报发出的第十一天。他没有见到他妈的面。

他带了那对鸽子回来，从此就不说话。那对鸽子是他家鸽笼里仅剩的一对鸽子，一次他无缘无故地告诉我，弄得我感动了好几天。后来有一次我和指导员一起掏茅楼，那天她亲自跳下粪池去刨那些钟乳石石笋一般的冻大粪，又同我们一起啃冻窝头，我忽然觉得感情融洽思想沟通，便脱口而出：上次李拙家那份电报，你们也拖得太长了，弄得人家……

什么？指导员将卡在嗓子眼里的一块窝头咯噔咽下，扬起眉毛说：太长？三天还长？不去请示分场和总场，要发生了情况呢？你忘了那信的事？

我一点儿也没忘了那信的事。可她居然还有脸提起？

李拙在北上的列车上还活蹦乱跳地给大伙讲故事说笑话。他到了连队以后麦子割得又快又好就当了班长，天天晚上教大伙唱歌，出黑板报什么的。那时，指导员也还只是一个班的班长，但她对全连人的父亲们都了如指掌。她知道每个人和每个人的父亲是怎么怎么一回事：以及前景如何。所以，不久后李拙的妈妈给李拙写来的第一封信就落在了她手里。

她把那封信偷偷拆开了以后，照抄一份，再把信原封不动封上给了李拙。

李拙自然是蒙在鼓里。

蒙在鼓里自然是写了一封那样的回信。那回信交给分场的通讯员，自然又是落到了她手里。她早就料到李拙会写那样一封回信去安慰他妈妈，只有给他妈妈写回信他才能发泄心里的不满。这封信自然是无价之宝。

她把这封信交给了连长，连长又交给了分场教导员。

李拙就这么当了"典型"，班长被撤了以后，就成了后来那个同连队的人都格格不入，整天郁郁寡欢的家伙。

她就成了排长又成了指导员，偶尔率领我们掏掏茅楼，大部分时间搞搞外调什么的。那时候告密行为绝对是一种优秀品质的标志。

我将卡在嗓子眼里的这块凉窝头哧地吐出，我站起来走开去。每次挨着她坐，我便闻到一种忍无可忍的酸腥味儿，从她的头发和黄棉袄的棉絮里有恃无恐地发出。就是楼的臭气也没能将它们掩住。

李拙没见到他妈，可他有鸽子了。我暗暗想。有鸽子总比什么都没有强。

幸而那个指导员不久就被推荐上了工农兵大学。她临走之前已敏感到和平鸽同反修前哨是有相反的含义。然而她还不及下手便扬长而去。连长自然没有指导员脑中那根弦，甚至看来他还满喜欢那些鸽子，至少养鸽子可以让那帮臭小子少干些坏事——于是鸽子终于安然无恙，在此繁衍生息，重建家园。

李拙始终没回过家。直到下乡的第八年他父亲被正式释放又官复原职，他才扔下他养了五年的鸽子彻底一走了之。

直到他离去时，他也没告诉我他为什么要养鸽子。那五年中他就只做了那一件事，他却又亲手将它们丢弃在他永不会再回来的地方。

只留下鸽哨日日在蓝天下回旋。

李拙走了以后，我在场部文宣队又待了将近一年。这期间，我总共回过三次连队,每次我都记得很清楚。

当拖车慢吞吞爬上靠近连队的那个高包,远远地望见坡下那片聚集成蒜瓣形的红瓦房;当我迎着阳光迎着田野的微风,在无边无际绿色的麦浪上空,在明净如蔚蓝的大海般的天空底下,忽然发现了它们——那群自由自在地翱翔飞腾的天使,那队无忧无虑荡漾摇曳的白帆。我绷紧多日的心,突然松弛舒展开来。

让我下去!我叫道。未等车停稳我便跳了下去。车开走了,我默默伫立在高坡上,仰望着它们。我记得收工回来的路上,李拙常常一个人留在这坡上,就这样久久地、久久地凝视着他的鸽群在蓝天下盘旋,直到太阳西沉,将他孤独的身影,在坡地上投得老长老长——

鸽哨远远掠过,如天国里传来的仙乐。它们转了一个圈,又一个圈。它们不觉疲倦。这瞬间我忽然觉得自己理解了李拙,我有了一种与他心气相通的感觉:只要我们头顶的天空中鸽群在发出那样悦耳的召唤,我们就还能好好活下去。

我欢喜地走了。李拙托付的人,竟将那鸽子照看得不错。

再去连队,已是深秋。风萧瑟,草枯黄,车上高坡,收割完毕的原野一片寂寞荒凉,蓝天依旧清朗明净,薄淡的白云下空空荡荡——鸽子呢?竟然全无踪影。

我跑向连队破旧的红瓦房。我猜想它们也许正在场院里嬉戏玩耍,也许正在鸽笼里歇息养神。我寻找它们温柔如呢喃,委婉如流水的低低的说话声,我走遍了所有的连队宿舍,那昔日一排排歌声昂扬,热气沸腾的砖房土房,如今窗框脱落,蛛网垂挂,曾被那样浩荡的大军踩平磨光的宿舍门槛里,几株衰草随风飘摇,窗下被风雨击碎的玻璃堆里竟长出了几只龇牙咧嘴的"马粪包"。屋檐下,那排李拙亲自钉制的鸽架鸽笼,有一半塌倒下来,板条上还沾着斑斑点点的鸽粪,却都已干成灰白色的污迹了。

这么说，鸽子们已经离开这儿很久了？

我怅然良久。

那时竟有一个声音喊我的名字，我抬起头来，望见一个细瘦的人影朝我走来。

找鸽子？他问。我认出了他，是过去连队的一个鹤岗青年。他没走，他在这里成了家。找鸽子？他又问。

我点点头。

那儿！他伸手朝远处的一排排家属房指了指。他似乎是说，李拙托付鸽子的那个人已经回城了。留下的鸽子没人喂，叫人偷去吃了、老鹰和狗抓了、还有冻死饿死的，只剩下了十来只，他不忍心，有时便照看它们……

他带我朝那排茅屋顶的家属房走去。

我看见屋顶的烟囱底下，蜷缩着几只黑不溜秋的东西，才几个月，它们竟变成了这个模样，灰秃秃的羽毛早失去了往日的光彩，参差不齐，卷曲蓬乱，毛缝里积满了烟灰尘土，小眼睛呆滞不动，一副麻木不仁的样子。

你，就不能、不能好好地、照料它们？……我用几近哀求的口气说。

不行呀，这些个活物，要飞，要吃，养不起。飞出去，到处拉屎，拉在人家晾的衣服被单上，人还揍它，给它搭个窝吧，可保不准我哪天也走了……

你也走？我没问出口。即便是安了家，为什么还要走呢！

我掏出十块钱塞在他手里，让他为鸽子买些饲料，我还能为它们做些什么？我同样也没有能力来养活它们……

最后一次去那儿，已是大雪后的深冬。我知道我也快走了。那时候我已决定把那些剩下的鸽子带走，哪怕带到省城去送给我的朋友们。

我趁场长下去检查工作，搭他的吉普车去连队。我得用他的吉普车把鸽子带回来，否则我担心它们会在路上冻死。我请宣传队做布景的男生，给我胡乱钉了一个笼子，我甚至买好了小米。

车外白雪皑皑，天地苍茫，雪原一片银光璀璨。一路上我都激动不安。我设想着怎样将它们一只只吸引进我的笼子，然后带到一个陌生的地方，像五年前李拙把它们从南方带来那样重新开始生活……

小车开上高包，眼前豁然。四野尽收眼底。我无意中便朝雪地和天空眺望，我发现我仍固执地抱着那样的希望，这个希望至今使我痛苦不堪，后悔莫及——我的目光习惯地从洁白的雪地上搜索过去，我没有看见我心中的鸽子——我看见了一群黑色的乌鸦在雪地上觅食，它们被惊飞，扇起一阵黑色的旋风，黑压压盖住了半个天空，发出一片令人毛骨悚然的聒噪声。

一种灾难的预感攫住了我的心。

当我强打精神走遍了整个连队，最后终于在昔日的猪号里，发现了一只我所要寻找的对象，但我已经没有勇气去认领它和抚爱它。那时我真恨不得这群鸽子早已死光了才好……

它正在一只水泥猪槽里，同一头半大的黑花猪争食。它啄食的速度快极了，再也没有从前那优雅从容的风度。它的毛色像老鼠皮一样灰不溜秋，胸脯完全瘪坍进去，小脑袋贼秃兮兮地东张西望——最初那一瞬间我差不多把它当成了一只乌鸦。

它是只鸽子，它在这儿好多天了——一个孩子的声音从猪圈边上传来。有个十一二岁的戴一顶坦克帽的小男孩，倚着墙正睁着黑眼睛望着我。

是的，它是只鸽子。它尽管面目全非，可它还是只鸽子。那瞬间我想，然而鸽子会千里送信，它却为什么不飞走？为什么不飞走？

你怎么不上学？这么早就放寒假了？我问那孩子。我知道我是在没话找话说。

不是放假是停课。他回答我。知青老师都走了，没人上课了……

我怔了一会，叹了口气，把手中的鸽笼轻轻地扔在了一边。现在做什么都不再有意义了。

悄然无声，四周死一般沉寂。

我走了几步，突然莫名其妙地回过头去。我揉揉眼睛，雪地上的阳光刺得我泪光盈盈——我清楚地望见，那个戴一顶坦克帽的小男孩，正把鸽笼拎在手里。他在关鸽笼的门。那笼子里，多了个黑点。

那鸽哨有一天还会再响么？

窗外什么时候飘起了雪花。不多时，雪片渐大，在风中纷纷扬扬，织出一张弥天巨网，任凭千条万条银鱼在网中碰撞。这时候我竟有了一种错觉，似乎我又站在农场的漫岗上，远远地凝视着那群白色的鸽子在空中盘旋翻飞，然后缓缓地降落下来，落在我的肩头和掌心，落在白雪地上，分不出是雪地还是鸽子……

我摊开手心伸出窗外。

雪片在我手心融化了，化作一滴清泪。

如果李拙从一开始就把他的鸽子当信鸽来训练，让它们飞得远远地又飞回来，他走的时候就可以让鸽子们跟着他的火车一起飞回南方去。他一定没想到自己有一天会离开农场，没想到他竟带不走自己在那长长的五年中辛辛苦苦创造的东西。

但也许他从一开始就没打算带走它们。我原以为他养鸽子是为了替他送信——那时人是那么不可靠。但显然我弄错了。从他妈妈死后他压根儿就没写过什么信。那他到底为什么养这些鸽子？又为什么那样轻易丢却了它们？

还有几百公顷几千公顷荒芜的土地和试验田，还有一辆辆熄火趴窝的拖拉机，还有满地飘散的乐谱和琴弦，还有等待考试的小学生……

统统都扔下了，扔给那些开垦了那块土地的人。那儿从不是我们的家。

临走的时候我们都哭了，但我们不会再回去。

天暗下来，雪越发大了。那是归窝的鸽群，从高高的云际徐徐降落。我们也许会回去看看，但除了看看，还能做些什么？

雪后初霁，正是年初二。奇怪的是我竟然没有忘记马路上那个胖女人对我的邀请。

当然，老朋友老战友老同学聚一聚，企业家万元户明星局长什么的聚一聚，是很有好处的。

人到得很齐，除了那个埋在柞树林子的黑土堆下的黄鳝，和那个终于不知嫁给谁人为妻生了怎样的一窝儿女的香榧子，几乎所有的人都来了。

我却一个也叫不上他们和她们的名字。如今一个个都鸟枪换炮，容光焕发，今非昔比了。我只不过凭感觉知道我认识他们。凭感觉知道他们都已不是原来的那个他们了。即便是至今未分到住房未弄到学历未混出名堂的，眼里也失却了二十年前那蒙昧与天真。

也许正因为我和他们在过去和在今天实际上都彼此彼此，他们才同样叫不上我的名字。

都忘记了。也许忘记点什么才能记住点什么。善于忘记的人是轻松自由的。

我想她一定去过了美容院。美容院给了当年的指导员第二次生命。但美容院既能将她旧日粗糙的皮肤改换得如同纸张般细腻,却为什么没能除去她隔着厚厚的仿貂皮短大衣和羊毛围巾仍然张牙舞爪向我袭来的那股酸腥味?这气味同廉价的香水混杂在一起真是不可言传。只是我没想到,当年同香榧子接过吻的那个排长,现在竟然成了这位女指导员的丈夫。她有眼光,那人确实英俊非凡。

听说他现在是一个什么经理,挣钱多,前程无量。在他那奔波忙碌的生活缝隙中,如果偶尔依稀记起香榧子来,是什么心情?

没有人提及过去的事,也没有人谈现在的事。更没有人说将来的事。

还是吃酒去吧,这么坐着有啥意思?大家难得见面,去吃个畅快,热闹热闹!有人提议。

都站起来。

我突然想起一件事来,我不知怎么会想起这个。我憋得难受,不说出来好像马上会死掉。我说——

我去年出差到山东,去采访一个农村万元户,他是养鱼致富的。村里有口皆碑,人人都说他好,他那年从北大荒一个农场调回来,把从铁路运回来的货物全都分给了大家。木板做了小学校的新课桌,缎子被面送给了新结婚的年轻人,黄豆一家两斤、豆油一家半斤。他原在县里安排了工作,后来不干了,回村里挖了鱼塘办养鱼场,人说他在外头见过世面,没忘根本……

没人说话。

大家都把脑袋低了下去,集体沉默持续了很久。

远远的鸽哨在阴沉沉的云层上回旋。

我并非故意让大家难堪。我只是觉得心里有许多过去留存下来的谜尚未解开。为别人,也为自己。这么多年来,我们的灵魂真正轻松过吗？面对往昔，也许没有人能坦然自若。当我们相聚时，每一双眼睛里都有一个不那么光彩的自己，只是谁都缄口不言罢了。我们建设过，我们也破坏过；我们受过压迫，我们也压迫过别人。我们虚浮自私盲目怯懦，我们自负又自卑。生活写着历史，历史又写我们。我们时而被涨潮的涌推上峰顶，时而又被退潮的浪抛入谷底，我们身后留下了多少否定又否定的脚印。一切发生过的和正在发生的悲剧喜剧，我们都可以卸任于时代和历史这无所不能的箩筐。

何况，我知道，自己在那丑恶的时代，从未阻拦或改变过任何丑陋，甚至默认、参与了某些罪过——假如正视自己，我们每个人都不会问心无愧。如果你足够诚实，良心不会宽恕自己。

我为自己感到惭愧和悔恨。尽管忏悔是一个深刻的话题，我却要说：首先要认识自己，然后才有资格忏悔。

然而，即便我们真有忏悔之心，又有谁来充当接受我们忏悔的神父呢？

那个山东佬叫什么名字？隔了一会儿，有人明知故问。

我想了好久。那名字似乎就在嘴边，那张面孔就在面前晃动。我却怎么也说不出当年那位连长的名字，我的记性真是坏透了。我怀疑大家都和我差不多，要不了几年，我们会把以前的事情全都忘得一干二净。

即便我们真有忏悔之心，又有谁能有资格，充当接受我们忏悔的神父呢？

来日遥遥。

《小说界》1987年第5期

残　忍

牛铮死后二十年，当他的忌日将近的时候，在当年的知青中，唯有马嵘一人想起了这个日子。他记起这个日子也许有点偶然。那天他接到了一封加急电报，告诉他北方的某个边境小城来了一批土耳其皮货，物美价廉。电报上要求他在某一天前必须赶到，支票和现金都行。他盯着电报，觉得那个日子很怪又有点眼熟，好像同他有什么关系似的。

后来他忽然想了起来，那天就是牛铮的忌日。

回城最初的那几年，牛铮每一年的忌日，他都会摆上两双筷子和酒壶，点上香烛，对着北方的天空，为牛铮祭洒一番。后来，就有些顾不上了。他想牛铮不会见怪。

他一直是想着要到那儿去一趟的。自从离开那儿以后，他还从没有回去过。

既然现在恰好有了一个顺路的机会；既然在同牛铮之死有关的人

中，只剩他一个人回到了这座城里；何况又是二十周年祭；他理应亲自到葬着牛锛的那个地方，去看望他当年的哥们。

那地方很远。往北再往北。若是过了江，就是俄罗斯了。那时叫苏联。

马嵘做买卖，算是个小老板，钱不算太多也不算太少。单身男人出门很方便。买上火车票就走人。

牛锛临死前对连队有个请求，说用不着把他送回城里去了，就把他埋在那片草甸子里，坑挖得深些，平上土，不起坟，也不立碑。等来年青草长起来的时候，就跟世上从来没有过这么个人一样。

然后他又补了一句：你知道成吉思汗吗？至今后人谁也无法找到蒙古帝王的陵墓，因为他躺在一棵对剖开的大树干中，树干镂空，合上后用三圈金箍箍紧，最后深埋于地下，再让马群把土地踏平，那儿像是什么都没发生过。

牛锛在死前，对马嵘单独说的最后一句话是：日后你替我娶了她吧，拜托了！

牛锛说出那句话时，刚满十九岁。如今牛锛死了已有二十年了，马嵘却始终没能娶她。

这不能怪马嵘不守信用、不忠人之托，或是没本事把她搞到手、或是压根儿没看上她等等。对于像杨泱那样的姑娘，当年连队几乎所有的男生，假如政策允许，都愿意为她决斗一次的。

问题出在杨泱本人。自从那件事情终于突然被牛锛揭秘以后，杨泱便不告而辞，从此销声匿迹。严格说，杨泱是在傅正连失踪两个月后，重又"露面"的那天夜里失踪的。女生们回忆说，杨泱半夜起来上厕所，好像就再没有回来过。

隆冬一月，茅楼冻得梆硬，一锤一个白点。杨泱不可能消失在粪池里。

那床印着粉红色牵牛花的被子，还软软地摊开在她的铺位上。昏暗的灯光下，粉红与鹅黄相间的被面闪闪烁烁，搅和成一团迷雾。马嵘偷偷伸出手去摸了一把，被窝里已冷冰冰的，没了热气。炕前木箱上的那只搪瓷口杯里，还留着半杯白开水。马嵘认识杨泱的杯子，那上头有"广阔天地"四个红字，一次让牛锛碰掉在地上，磕破了一块皮，那四个字中间就少了一个，变成了"广阔地"，没有天了。

马嵘呆望着那只杯子，忽而浑身毛骨悚然。他不知道这个失去的"天"字，同那件事情到底有没有某种不可告人的联系？抑或是命运的某种暗示？怎么偏偏就没有了"天"呢？为什么不是没有"地"呢？假如没有"地"就好了，没有"地"，土地的地、草地的地，地方的地，如果没有那片"地"的话，也许什么事情都不会发生了。起码傅正连不会死、牛锛也不会死、杨泱当然也不会失踪了。

那是马嵘当年的想法。过了几年以后，马嵘才渐渐明白：有时候，一种人活着，那么另一种人便不得不去死。他们无法相容于同一片天空底下，就像牛锛和傅正连。人说天有九重，那是神话。人间的天空却太低太薄也太狭窄，狭窄到窒息时，人便只能沉入地下，入土为安了。

那一天，杨泱木箱上的小圆镜和蓝色塑料梳子，还有墙角上一双破旧的棉胶鞋，都依然原封不动地待在那里。她离开时几乎什么都没带走，就好像她随时都会回来。或者，像一个幽灵，伴着呼啸的朔风，将夜夜叩击连队宿舍的窗户。那些东西在三年后才被人收起来，送回江南的父母家中。此后整整二十年，杨泱从所有的人视线中彻底消失了。消失得无影无踪。谁都不知道杨泱究竟是死了还是活着？她的亲戚始终坚持她在广阔天地以身殉职的说法，要求有关方面赔偿的官司打得旷日持久，却因无人能够证明她的死亡，所以至今无法了结。但杨泱似乎不想表明自己仍然活着，在不断升温的各种知表聚会知表名录知青联谊活动以及老三届的同学会上，杨泱从未露过哪怕一根眼睫毛。

同当年的傅正连相比，杨泱才是一个真正的失踪者。二十年中，马嵘为了寻找杨泱，几乎走遍大江南北。马嵘没有放过任何一种可能的线索，以便使杨泱重返人间，但皆以失败而告终。杨泱固执的失踪，意味着马嵘将继续他单身汉的生活。他不可能违反他和牛锛之间的生死誓盟。他至今仍活在人世，是牛锛用命换来的，而那条命只不过要求他娶了杨泱，代替哥们牛锛，一辈子不再让任何一个别人去爱杨泱而已。

那是马嵘和牛锛之间一个绝密的阴谋。在那么多年寻找杨泱的过程中，马嵘始终无法消除自己心中的罪恶感。但他不结婚并不说明他守身如玉或洁身自好。光棍马嵘也许比那些有家室的男人，过得更加滋润更加潇洒。马嵘自从有了钱以后，身边一直不缺女人。他照例寻找着失踪的杨泱，但那一点儿也不妨碍他泡妞或被妞泡。在他看来那完全是两回事。

不过马嵘知道世上的任何事情都是需要付出代价的，一次永远的失踪，便是另一次暂时失踪的代价。从一开始。从傅正连失踪的一开始，一切就已经被注定。只是马嵘计算出那代价的价格，花费了差不多二十年时间。火车开动的那个时刻，马嵘想的是，他付出的那些代价，早晚总得有个"了"了的时候吧。

指导员开始怀疑连长失踪，是在连长去团部开会的三个星期以后。

连长去参加的那个会议并不长,按说应该在一星期后回来。

但一星期又过了一星期,连长还是没有露面,就连电话都没打来过一个。以往连长外出,走到任何地方,都会从电话那头频频发来各种指示。但这次确是有点反常,连长自从走上通往公路的那条小道后,好像就从连队突然消失了。蛛丝马迹原本都在,只是大家都放松了警惕。指导员后来痛心地回忆说。

连长外出"开会"的那三个星期中,十三连地界上方的天空格外晴朗、白云格外温柔,小河格外缠绵,庄稼格外招摇;牛锛和马嵥留意地观察过,全连的人,就连指导员本人,眉头都缓缓地舒展开来。人们大口大口地呼吸着深秋爽朗的空气,大声谈笑,再不必左顾右盼,随着提防着连长从背后忽然出现。

起初的两个星期里,十三连的战士们,几乎忘记了地球上还有连长那么个人。没有连长的日子过得很快很轻松。直到有一天,作为兼职文书的杨泱,在清晨被隔壁屋子杀猪一般的电话铃声吵醒,梦中那铃声让人心惊肉跳。

电话是从团部打来的,询问傅永杰同志是否已经回到了连队,为什么到现在还迟迟不向团部汇报上次会议的布置落实情况。话筒里遥远而嘶哑的嗓音十分严肃地质问说,已往十三连对上级的指示总是一丝不苟,如今傅永杰的十三连,还想不想当典型了呢?

杨泱拿着话筒愣了一刻,她好一会儿才反应过来,傅永杰其实就是傅正连本人,傅正连就是傅永杰。她很想对着话筒告诉对方,在十三连没人管连长叫傅永杰,而是叫傅正连。原因很简单,连长姓傅,一开始大家就叫傅连长,傅连长听起来就是副连长,于是傅连长整日一脸乌云。于是有明白人,及时改口叫正傅连长,正傅连长叫得太绕口,一含糊就变成征服连长,连长的眉头暴风雨即将来临。全连战士总结教训，经过反复练习，最后演化成傅正连三个字，不仅朗朗上口，而且含义准确，能够全面体现出连长的种姓以及职务。傅正连诞生后，就连傅永杰本人也十分满意，后来傅正连全方位笼罩了十三连全体。

不过杨泱很快打消了那个念头。她嗯嗯答应着，慌慌张张放下了话筒。

她对指导员说，团里来电话，说连长早就该回了。

指导员说，那他去哪儿了呢？怪了怪了。

杨泱又说：让汇报呢，十天前，团里的会就开完了。

……要是路上耽搁了呢？顺的话，得走两天，要是不顺呢？搭不上车什么的，还有公路，公路坏了？……指导员板着手指头算了算，浓黑的胡茬里积满迟疑。迟疑在腮上徘徊了多时，忽而微妙地收敛了，闷着头走开去。

指导员不说，杨泱心里也猜到几分。指导员不说，是因为指导员不能说。不能说自然是因为傅正连的暂时失踪，多半具有某种不便声张的性质。人说兔子不吃窝边草，既然傅正连在自己连队都下得了手，出差在外，怎么就不会趁机打点野食充饥。指导员深知连长的这一嗜好，也许由于同病相怜，也许是家丑不可外扬，宽容的指导员适时收敛起他的迟疑，准备给傅正连创造继续失踪下去的机会。

这些情况都是杨泱后来悄悄告诉给马嵘的。马嵘又转给牛锛。记得牛锛当时问了一句："那杨泱呢？你看她急是不急？"

马嵘回答：她急什么？！她说傅正连要是永远不回来了，那才好呢！

停一停，马嵘又补充：杨泱还说，傅正连的胳膊上，是带着她扎的伤口走的，说不定是流血过多，死在半路上了。就怕他不死，又去祸害别的姑娘，还不如当初把他一刀扎死算了……

马嵘记得当时牛锛的眼圈忽地一下子就红了。

第三个星期过去之后,指导员终于沉不住气了。

据说他让杨泱起草了一份电报,拍往傅永杰的安徽老家。指导员亲自骑着自行车,到十几里地外的营部,拍出了那份电报。又过了一个星期,安徽那个什么县的回电来了,营部的邮递员送报来时,邮件摊了连部一炕,有人无意就把那份电报拆了,电文说,傅永杰根本就没有回老家探亲,家中也无人生病等等。

那份电报在连里引起了一阵不小的骚动。等指导员赶来时,全连已一片纷纷扬扬。谁都没有说出那两个字,但谁的嘴唇上都写着那两个字——十三连连长傅永杰同志失踪了。真的失踪了。

傅正连失踪了。一个大活人、一个曾经趾高气扬、说一不二的大连长,忽然活活的,就不见了人影。没人知道他去了哪里。

指导员无法继续藏匿隐瞒傅正连的失踪。在十三连,那已是一个公开的秘密。指导员让杨泱往团部打了一份关于失踪的报告。于是,在傅正连失踪后的第五个星期,团部工作组正式进驻十三连。

马嵘在后来许多年里,反复回忆的是:从傅正连离开连队,到此人被发现失踪的整整一个多月期间,牛锛和自己始终表现正常。能吃能喝能拉能睡能干活能发言能批判能写信还能下棋打扑克。他和牛锛一次也没去过那个地方。几场阴冷的秋雨下过,地头冒出一层最后的青草,像是光头上长出稀稀落落的头发,若是扒拉扒拉,草丛里还能找出几个褐色的蘑菇也说不定。

傅正连的失踪,是七十年代初轰动26团,以至后来波及整个农垦兵团的一件大事。

方圆几百里黑土地,除了彼此间相隔几十里路的小小连队,荒无人踪。

在连队营房的五里地外,有一条坑坑洼洼的公路经过,通往更偏僻的连队。那条布满沟壑的公路,将与世隔绝的连队和附近的村落勉强连接起来。雨季来临时,公路隔上一段,便被一根长长的圆木卡子挡上,那是禁止通行的标志。那个季节,连队就像黑色海洋里的一座孤岛。

工作组夜以继日的初步调查,一团沼泽地的烂泥。陷进去没了顶,咕嘟咕嘟冒几个泡,连撮头发都看不见。

十三连的知青们主动热心地提供线索说,傅正连每顿必喝老白干,临走的那天中午,还让食堂做了小灶。傅正连是酒足饭饱后独自一个人离开连队的。有人看见他走上了通往公路的小道,兴许是傅正连喝糊涂了,误入了草甸子,踩一个空,陷进沼泽里了呗。再说,甸子里有狼,白脸瘸腿的那种,记人仇。去年傅正连想弄张狼皮褥子,带人下过狼夹子,夹住过一只小狼,那老狼拖着夹板跑了,后来每到半夜常在连部四周嗥叫,也许就是那只老狼等在了路边,撕回去一张人皮褥子,报了它的私仇。还有,怎么就不能怀疑傅正连是跑到江那边儿、或是外蒙古去了呢?哪儿不能去?老毛子馋酒烟,他们缺的傅正连都不缺,正好拿去换媳妇也难说。傅正连亲口说过:老毛子娘们,乳房圆圆,屁股大大,像个大列巴(面包),可喧乎了,要能摸上一摸,别提有多得劲儿!

一派胡言!工作组的首长那几天失望得很愤怒。失望是由于这些所谓的线索毫无参考价值,愤怒是由于十三连是建团以来,全团连续两年的先进典型——这些证词无论对傅永杰本人,还是对团部都十分不利。

还有一种猜测认为，傅正连是在搭车去团部的路上，遇到了不测事件。比如他携带了某种贵重物品，遭到了盲流抢劫。此类事件在这一带虽然闻所未闻，也不能绝对排斥在外。于是工作组分兵两路，一路去负责查询那段时间里，途经十三连连部外公路上来往的车辆，另一路检查了傅永杰宿舍里的全部物品。

杨泱在工作组进驻的最初两周内，曾作为连队文书，协助工作组调查。她后来告诉过马嵘，傅正连留下的东西藏得十分隐蔽。有好几块崭新的手表，野兔皮獭子皮，还有成条的烟和关内才能买到的酒。她说工作组长命令将这些物品查封起来，任何人不得翻看。后来又再三重申了工作组的纪律，要求每个人都对傅正连未曾失踪的财物，守口如瓶。

两周后，杨泱突然接到通知，去马圈小号接受隔离审查。

指导员脸色阴沉地告诉她这个消息时，鼻孔里一直呼嗤呼嗤地喘着粗气，似乎有什么东西憋得他透不过气来。杨泱对指导员宽宏大量地笑了笑。她觉得这原本就在自己的预料之中，他们早晚会把她列为怀疑对象的。

就在那天晚上的全连大会上，工作组长宣布说：对公路车辆调查的结果证明，傅永杰同志根本就没有搭上任何一辆车，没有一辆过往车辆载过他；也就是说，傅永杰根本就没有离开十三连，他是在十三连的连区内失踪的。所以从现在开始，将对十三连所有涉嫌人员进行排队审查。

杨泱满不在乎地走进马圈隔壁的小黑屋时，忽然想起来，去年冬天，马嵘曾在这里被傅正连关过三天禁闭。只是因为马嵘对人说了傅正连克扣知青伙食费一类的话，于是马嵘被几个干临时工的盲流绑在马圈的柱子上，挨了几十马鞭子，又冻了整整一夜。后来还是杨泱替他写了检讨书，送去交给傅正连的。

杨泱蹲了小号的那天夜里，隔壁的马群不断打着响鼻，马蹄焦躁地落地，重又提起，在干硬的地上敲打出嘚嘚的声音。杨泱觉得自己的思维已快被深夜的寒冷冻僵，她抱紧了自己，试图从那些马蹄声中，听出一种神秘的启示。朦胧中，黑暗的马棚屋顶似有一道微弱的月光划过——假如连长真的是从十三连的地面上消失的，杨泱忽然明白，他的消失绝不会是一次偶然。

天亮的时候，她听见马圈的门被打开了，一阵杂乱的脚步声，往隔壁的屋子踢踏过去了。从她身后的木板缝里，传来了马嵘粗声大气的喘息。

马嵘靠在墙根吸烟时，发现了自己同隔壁屋子中间的那个破洞。缕缕烟灰顺着墙沿，往一道缝隙袅袅飘去，他蹲下身，在破洞那头窥见了杨泱的一只眼睛。他喊了她一声，缝隙那边飘过来一丝杨泱嘴里哈出的热气，有点甜。

马嵘对着洞口说，嘿我也来了，来给你做伴，别害怕。杨泱说，那不是我干的，你相信吗？马嵘说那当然，你干不了。杨泱又说，也不会是你干的。马嵘说，那可难说，如今全连的知青都差不多都成了嫌疑犯，人心惶惶、人人自危；工作组根本不听知青们提供的那些材料，一心护着傅正连，凡是被傅正连整过的人，都被认为有报复的动机。何况像我这样出身不好的人，就是阶级报复了。

在马嵘以后不断重复的记忆中，那是他和杨泱之间的最后一次谈话。他一直希望能记起这次谈话更多的内容，但他的回忆中却充斥了马圈里浓重的马粪味。他只记得杨泱反复说，尽管她用水果刀把傅正连的胳膊扎伤了，那是他咎由自取，但她并没有杀害傅正连。

最后她忽然用肯定的语气说：不过我知道是谁干的！

马嵘打了一个寒噤。

你知道？谁呢？谁？

我不会说的！永远不会！

死也不说吗？

死也不说！

那就永远不会有人知道是谁干的！马嵘松了口气。

马圈悄无声息。从破洞那边，传来悉悉簌簌的声音。他猜是杨泱手里在捻着一根干草茎。

似乎过了很久，杨泱轻声说：牛锛呢？他为什么没进来？

马嵘没有回答。

昨天晚上，我总是好像听见窗底下有脚步声，绕着马圈走……牛锛……

他和杨泱的那次谈话就终止在牛锛那两个字上。门开了，又有新的人被送进了这个临时小号，在后来的两天里，他和杨泱再也没有机会说过话。

牛锛?!……马嵘在长达二十年的时间里，始终回味着咀嚼着琢磨着杨泱最后留在他记忆中关于牛锛的那两个字。他无法肯定在牛锛那两个字后面，究竟是一个问号，还是一个惊叹号，或是一个句号。这个标点对于解释杨泱在牛锛死后的失踪至关重要。但语气飘散在空气中，时间一点点擦去了那个本来模糊的符号，他再也无法听清它们。

落了一场小雪，雁群一日日飞尽。

大雁陆续走完了以后，空旷落寞的荒原，显得越发寂寥苍茫。

拱形的天穹一览无余、平展的原野一目了然。蓝天白云之下，清晰地凸现出连队营房一栋栋红色的瓦顶，在雪地上赤身裸体、袒露胸怀。

营房前的空场上，还有一眼孤独的水井、一个牛圈一个马厩、两大排红砖瓦房、三台熄火的东方红拖拉机、收割机和四挂卸了套的大车——就是十三连的全部。

眼睁睁地看着太阳从东边出来、又从西边落下。月亮也是一样。你想不看也办不到，它们悬挂在你的视线里，无遮无挡。

在如此简单到接近纯粹的一个地球角落，能隐藏什么样的秘密呢？

谁敢相信，一个堂堂七尺男儿，会失踪于这样一个连麻雀都无处藏身的地方？

长长的一个月之内，十三连所有知青的来往信件，都被工作组暂时封锁，一一拆阅检查；所有的探亲申请都被拒绝，得等那个失踪的连长有了下落，再作打算；知青们轮流着一个个被叫去连部谈话，白天谈了晚上再接着谈；前半夜谈了后半夜继续谈。如此几日轮番轰炸下来，十三连的人个个面色铁青、眼圈发黑，连吃饭都打着哈欠。与马嵘关在同一屋的老高中生说，这都同"文革"的逼供讯差不多少了，还不如干脆用刑呢，大家都当一回李玉和风光风光。

审讯自然是毫无结果，知青们互相证明说，自己在任何时间任何地点的任何行为，都有据可查。傅正连即使真被人干掉了，也不能随便弄个人当替罪羊！大伙议论说，反正傅正连目前不在场，鬼才知道他究竟能不能回来。人不在场，还不敢说实话么？一开始玩笑着说的那些线索，傅正连行贿受贿拷打知青，如今反话正说，向毛主席保证，那些事都是傅正连失踪的原因，由此顺藤摸瓜，准保没错——如此再往下审，工作组骑虎难下了，闹不好真倒成了傅正连的控诉会了。

越发没有头绪。ABCD 甲乙丙丁，没头没脑、无凭无证。

只剩下那片沉默的土地，紧闭唇舌。而谁能撬开它的嘴，让它说话呢？

傅正连失踪得很彻底。光天化日之下，就那样变作了一缕风一丝烟一粒尘一滴水，消失得无声无息，杳无踪迹。

马嵘隔壁的小屋里，杨泱始终一言不发。她甚至拒绝提供那个夜晚傅正连同她之间发生的难堪之事的任何细节。

第二天晚上，马嵘屋子里的人，都清楚地听见了破洞里传来对杨泱的审讯——

你承认自己扎伤过傅连长是不是？

……

目前，在十三连所有的知青中，你是傅连长失踪事件最直接、最重点的怀疑对象。你无论说还是不说，只不过是你的态度问题。我们早已掌握了大量的证据。证明你有谋害傅连长的强烈动机和愿望。今天再次向你交代政策：坦白从宽、抗拒从严！你的抵触情绪很大，这样是不会有好结果的！

……

你如果承认，是你对傅连长下了毒手，组织上可以考虑你的阶级出身和一贯表现，对你从宽处理的。再说，傅永杰同志欺负了你，他确实也是有错误嘛，你是一气之下误伤了他的嘛……

……

你再这样对抗下去，我们只好把你尽快送往团部处理了！团部和师部的首长都不允许我们再拖下去了……

马嵘忽然听见了一记响动，像有什么东西从窗外跃过。

什么人？出去看看！

像是有个人影，一晃就不见了。回来的人丧气地汇报。

从那以后，对杨泱的审问就改在连部的办公室进行了。杨泱每次从连部回来，马嵘留意着那边的动静，总会听见杨泱长久低声的啜泣。马嵘曾不顾一切地对着那个破洞大声嚷嚷说：杨泱你可千万要挺住啊，不是你干的，你不能承认！

杨泱没有回答。有一阵，那个屋子静得没有一丝气息，杨泱像是死了一样。听送饭的人说，杨泱已经好几顿不动筷子了，是不是真要绝食呢？还听说，杨泱再不认罪，真有可能被押送到团部去。

马嵘在心里骂着：我操你个牛锛，这个时候你都干啥去了？还不快想个法子，把杨泱赶紧弄出去呀！

又过了几天，一位皮肤白净的年青人，也是所谓的工作组组员，前来"释放"了马嵘。马嵘记得自己临走前是往那个破洞里看了一眼的，他想对杨泱说，等我出去了就来救你！但那儿黑乎乎的，他什么都没看见。马嵘昂首挺胸走出臭烘烘的马圈时，听得从连队宿舍那边传来一阵令人毛骨悚然的哭笑声。他问路边的人，说是二排曾与傅正连暧昧过的一个女知青，多日就这样哭哭笑笑疯疯癫癫语无伦次。马嵘回头对那人说：瞧，再这样下去，十三连的人全都会发疯的。

马嵘在那个重获自由的时刻，由于极度兴奋也由于极度疲倦，忽略了那个工作组成员对他的回答。当牛锛死了以后，他在彻夜的不眠中，想起那个年轻人有意无意的话，才如遭电击雷轰般地抱头捶胸，后悔莫及。

——不会发疯的，这事已快结束了。现在主要的怀疑对象是有了，可以肯定的是，傅永杰同志是因公殉职、受人迫害致死，工作组已经决定……要把他作为光荣牺牲报上去……

牺牲？谁牺牲了？

傅永杰啊，就算是牺牲吧！我们总得对上头有个交代啊……

扯！牺牲个球！马嵘嘟囔了一声，骂骂咧咧地甩手而去。

那天傍晚马嵘回到自己宿舍，看见牛锵叉着手站在门口，离老远他便闻见牛锵嘴里喷出的酒气。牛锵把一个酒瓶子往他怀里一塞，说：喝吧！

马嵘那一觉睡了很久。从傍晚一直到第二天中午，热炕和酒精使他酣睡不醒。醒来后他终于恍然大悟，在那次贪婪的大觉中，他已铸成大错，他居然没有防备牛锵酒瓶里的预谋。于是紧接着，就发生了那个最糟糕的结局。而当他发现时，他和牛锵创下的丰功伟业，已万劫不复地割裂成两半。

曾经属于他的那一半，在傅正连突然重新"露面"时，同步失踪。

马嵘在睡梦中，只觉得有一双手使劲地摇撼着他，直到把他摇醒。

有一个声音在他耳边说：日后你替我娶了她吧，拜托了！

他听出那是牛锵的声音，便猛地坐了起来。只见眼前一个人影带一阵风，往门外飞快刮过去了。

马嵘跳下地，拔脚就跟，却在门槛上绊了一下。

牛锵跑得像只兔子，一溜烟往食堂那儿去了。

马嵘抬头看天，明晃晃的日头当空，正是中午。

有人敲着食堂门口那一截专管开饭用的铁轨，当当的响声一记一记传得老远。

从地里收秋回来的人，正陆续往食堂涌。

工作组的一溜人，从连部办公室走出来，拿着铝制的饭盒。

牛锵像是没命地跑着，迎着那些人，迎着风。他跑过了所有的人，忽然一个急转身，在工作组的人面前，站下了。

马嵘听见牛锵呼呼地喘着粗气。

嗳，你们找到傅正连了没有呢？牛锛笑嘻嘻地问。

这是组织的事。

听说你们要把傅正连作为牺牲的烈士上报？

这不关你的事。

好，那么你们想不想知道，傅正连究竟在哪里呢？！

开玩笑！

不要逼人太甚了，实话对你们说，不用查了，那都是瞎耽误工夫。傅正连早在两个月以前，就让我给干掉了！

……

不怕吓着你们，是真的，我把他埋了。

……

作为谈判条件，你们想知道他埋在哪儿，得先把杨泱给我放了！

……

我的耐心有限，你们放是不放？

四周一片死寂。悠悠的钟声被众人的呼吸沉沉压住，牛锛的额头冒出一层油黑油亮的汗珠。

那个声音说：去通知杨泱，从今天开始，回连队宿舍住吧。

牛锛弯腰系好了鞋带。当他看见杨泱的身影从马圈那边出现时，他一扭头说：

大伙去找几把铁锹，跟我来！

通往公路的小道，在途经路边的一丛灌木林时，很不经意地打了一个弯。走在前面的行人，在这一段拐弯处，背影被灌木的枝杈遮挡住，后头的人，在差不多两三分钟的时间里，看不见前面的人。

灌木林紧挨着一段废弃的水渠，水渠往东，便是一大片平展的草场，地势低洼，雨季浅浅积水，草却长得茂盛。当年开荒时，翻了个开头，终因秋涝拖拉机下陷而作罢。后来改作了家属队的放牧点，赶了些牛羊来吃草。有一年，发现羊得了一种胀肚的怪病，才发现这片草场里，竟长着不少不为人察觉的狼毒花。野生的毒草无法根除，放牧毒死了牲畜。从那以后，这片草地便撂了荒，百无一用，年年闲置。于是这块地方，除了远处的过路人，平日人迹罕至。

二十年以后，马嵘仍然无法解释，当年在这里发生的那件事情，究竟是由于先有了傅正连其人，他和牛锛才会发现那片草甸；还是因为先有了那片草甸子，他们才会想起来给傅正连那样一个结局呢？

牛锛大步走在头里，空着两手，一甩一甩的，像是骑着马在套马。一左一右，紧跟着工作组长和指导员。

很多把铁锹在马嵘前面一闪一闪的，像古代的兵器，寒光凛冽。

马嵘微微眯起了眼。他浑身软绵绵一点力气都没有，像一叶芦苇漂浮。

他已经不可能阻止牛锛了。牛锛在说出那句话时，一切都已无可挽回。

牛锛消失在灌木丛后面。牛锛又出现了。牛锛越过了水渠。牛锛往草甸子里奔去。就是那片草地。斑驳的荒原连着天边的地平线，萎黄的草茎从薄雪中探出头来，一根根支棱着，像一块巨大的钉板。正午温煦的阳光下，草甸松软柔润，雪地一踩一个脚印，才走一会，鞋底拖泥带水，灌了铅一般，死沉死沉。

除了草地还是草地，除了太阳还是太阳。

甚至，每一寸土地都极其相似，每一片草叶都一模一样。

没有标记，没有异常，没有任何痕迹。

没有人能够发现这个地方。没有人能够找到这个地方。

如果那天牛锛不说出来，傅正连就将永远地失踪下去，亘古难觅。

但牛锛却在最后的时刻，说出了那个地方。

牛锛终于在草地中央一棵孤零零的蒿子秆那儿停了下来。

就这儿，挖吧！他跺了跺脚下的草地说。

人们围过去、铁锹铿铿作响。几个女生，抱成一团躲得远远。

天空霎时就暗了，太阳模糊成铁青的冷光，雪和草的原野一片紫酱色。

马嵘下意识支撑着手中的铁锹，一头深深地插进土里，两只手死死地握着锹把，下巴伏在锹把的横杠上。他的身子随着铁锹晃了几下，又站住了。

时间似乎停滞了。没有时间。当生命终止以后，时间是什么？

黑的雪、白的泥土、血红的草茎、灰绿的天空。

牛锛一动不动地站立着，始终没有回头。牛锛在最后的时刻，就连看他马嵘一眼的意思都没有。

地球被掘出一个黑洞，洞穴渐渐扩大，像一个地狱的入口。

从黏湿僵硬混噩斑杂的泥土中，首先跳将出来的，是一点刺眼的腥红。

——红色的帽徽……还有两块红色的领章。

马嵘睁大了眼睛，那个瞬间他甚至感觉到一种微妙的快意。他没有想到，当傅正连的尸体已变得丑陋不堪、模糊难辨时，这个足以证明傅正连身份的三点红色，竟然保持得如此鲜艳动人。

那具尚未腐烂的躯体被几把铁锹翻过身，然后拖上了地面，发黑的泥土沾在红色上。

女生们都把身子背过去了。有人跑开去，拼命地呕吐起来。

后来马嵘听见了牛锛的声音。那个声音像是从外星球传来，忽忽悠悠、飘飘荡荡，那不是人类的声音，也许上帝才会那样说话。不，也许在很久很久以前，远古的地球人，曾经这样宣告他们自己的法则。牛锛说过，只有人才有权利制定自己的法律，他只不过是想重温一遍在这个地方失踪许久的原则而已。

牛锛说：我假如不说出来，就出不了我这口气！

牛锛又说：如果让傅正连这样不明不白地失踪，太便宜他了！

牛锛还说：我宁可当一名罪犯，也不能让傅正连变成牺牲的烈士！

枯草肃立，万籁无声。

……牛锛你，你、你也太、太狠了……你比那小日本……还乡团还……指导员结结巴巴地说不下去。

……是你一个人干的？工作组长直愣着眼问。

——那还用问？老子干这点活，还不是白玩儿！

马嵘浑身的血涌到了头顶。他的脖颈耸了耸，也许只差一点，他就要喊出来了——还有我，是我同他一起干的！但马嵘的舌头好像不听使唤，他咽了一口唾沫，两排牙齿紧紧咬住如一道生锈的闸门。

牛锛从怀里掏出一张纸，扔在了指导员脚边。

牛锛最后的一句话是：看好了，这是傅正连画了押的自供状，我为什么要这么干，都在上头写着，甭再问我！

除了风啸，除了鸟鸣，原野上自古以来没有其他声音。而牛锛的声音，从此留在了荒原上，直到许多年后知青全都离开了这个地方。

牛锛说完那些，自己转身往通往团部的公路上走去。一个黑色的影子，渐渐融入血红色的天空。在马嵘永远的记忆中，牛锛最后的样子，就像是荒野上慢慢移动的一棵树。苍茫无垠的天地之间，一棵笔直而倔强的树。

马嵘回头时,看见杨泱苍白的面孔,了无人色。

她的嘴唇动了一下,她的声音只有她自己才能听见。她肯定是说了什么,似乎是两个字。马嵘当时无法听清。其实马嵘是猜到了那两个字的意思,只是他后来再也没有机会亲口问杨泱了。

二十年以后,初冬时节,马嵘在北去的列车上,昏昏沉沉地回想当年他和牛锛处置傅正连的情形。自从牛锛死后,他每想起那一次惊天地泣鬼神的壮举,在逐渐淡漠的负罪感中,更多的痛快淋漓之感油然而生。有时候,他像是在细细欣赏品味着某一部电影中的精彩场景。这部电影本来是由牛锛和他共同编导的,他和牛锛都扮演了主角。但牛锛最后不由分说地剪去了同马嵘有关的全部镜头,使马嵘天衣无缝地渺然失踪,而只留牛锛自己一人,领衔主演,独占银幕。

马嵘和牛锛从小学到中学,一条胡同里混了十几年。再加上那几年史无前例的训练,无论是偷书还是打架,他们始终配合默契。马嵘一向都跟着牛锛,马嵘佩服牛锛。破四旧那年,学校操场跪着许多遣返回乡的地主分子,一个红卫兵用铜头皮带狠狠抽打那些跪着的人,而牛锛气呼呼上前,一脚就把那根皮带踢飞,像一条会飞的蛇,在空中翻跟斗。

按照马嵘对牛锛生前那些逻辑的理解,马嵘若是肯将惩治傅正连的荣耀,全部让给牛锛一人,马嵘才能同牛锛一样够哥们,才能算得上真正的男人。

牛锛一开口,救下了马嵘和杨泱两个人。怎么说,都值。

况且,牛锛还需要观众。

需要一位能在以后的岁月里继续活下去,以便不断重新播映、回顾这部片子的忠实观众。

马嵘做到了这点。打了一点折扣的仅仅是：在日后马嵘自己偷偷复制的拷贝里，把那部电影里失踪的马嵘本人，恢复成了当初的原样。

不露声色的勘察早已完成。剩下的只是行动。

在他们即将成年的那些混乱年月，流血或不流血的战斗，都早已烂熟于心。模仿只是游戏，如果想要干点什么，就应该索性再伟大些！

那年夏天，当一个周密的计划，在19岁的牛锛和马嵘心中日渐成熟之后，牛锛在收工回连队的半路上，向走在队伍最后面的傅正连，提出要在灌木林那边的草甸子里，打一眼井。打了井，明年开春那地方就能开一块菜地，让大伙试种一点一点油菜地瓜什么的，将那块闲置的土地变废为宝，用以补充知青食堂。他强调说，这个建议完全是为十三连这个先进典型。既然食堂总是缺菜缺肉，多种蔬菜可以养鸡养猪，成为丰衣足食的样板连队。

傅正连哼了一声。一般来说，哼就是不置可否。

没有人得知这件事。傅正连后来也从未问起过。

"打井"是在绝对保密的情况下进行的。在那几天有月亮的晚上，挖坑的速度很快。除了表面的一层草根，底下的土质松软，人站在坑里，把着锹往上扬土就是，两个人轮着挖，才花了三个晚上就完工了。

那眼"井"有三米多深，四壁笔陡。等到出了水，底部一池稀泥。

又撂了些日子，看看动静。没人察觉，神不知鬼不觉。

再等了些日子。耐心再耐心，小不忍则乱大谋。

机会终于来临。杨泱无意中提起，傅正连就要去团部开会。秋收正忙，连里的"热特"拉庄稼走不开，傅正连得自己走到公路上去搭车。

那个中午，连队的人都在很远的一块地里割苞米。

牛锵赶车送饭到地头，马嵘突然肚子疼得满地打滚。赤脚医生给了药，马嵘却像是疼得快死过去了。指导员让牛车把马嵘送回连部去，除此恐怕也没有更好的办法。

那辆牛车颠颠簸簸地，绕一个弯，消失在路边的灌木丛里。

等待令人焦虑，还有莫名的兴奋。幸亏带了烟。

傅正连终于出现了。背一只瘪瘪的草绿挎包，醉醺醺哼着小曲。

牛锵和马嵘从灌木丛后头走出来。

傅正连，向您汇报，那眼井已经打好了，您想不想去看看呢？

什么井？井？这里哪来的井？

就是明年开菜地用的那眼井啊，不是经过您批准的么？说来也怪了，刚才我们路过这儿，看见一只狐狸，兜来兜去地绕圈子，我们去追，它一家伙猛跑，一窜就窜到那眼井里去了……

狐狸？

还是只银狐呢，没看过电影吗？银狐皮的大衣领……

傅正连两只迷迷糊糊的小眼睛，忽地闪出狐狸般幽幽的绿色。走！看看去！你们带路！傅正连在落入事先为他设计的陷阱之前，显得十分豪迈。

他就那样毫无防备地接近了那眼干井。他是怀着对银狐的美好向往，轻而易举地走向死亡的。当他的一只脚踏上干井边沿的那个时刻，牛锵大叫一声：快看银狐，就在那儿——话音未落，牛锵伸出胳膊重重一推，傅正连没来得及哼出声，就栽入了井底。

假如这部电影就到此结尾，牛锵以为那将是非常平庸而拙劣的。牛锵和马嵘在构思脚本的当初，已设想了一个不同凡响的高潮。也许正是为了这场高潮戏，他们才精心策划了这口井。关于这口干井的场面，是全剧不可缺少的布景。当井中的审讯结束时，牛锛和马嵘才能完成自己的英雄壮举。

你就先在井底下待一会儿吧！马嵘十分礼貌地向傅正连打了招呼。

栽入井底的傅正连，被浑凉的泥汤解了醉意，此时大梦初醒。他挣扎了几个来回，总算踩住了井底的泥水，然后把半截身子伏在井壁上，用手抠着泥土，试图想从井壁上爬出来。但泥水没膝，动作笨重，鼓捣了一会，却是徒劳，再爬，已是气喘吁吁了。

你们……你们到底想干什么？

牛锛从棉袄内襟里，掏出了一支笔和一个小本。

从现在开始，你必须如实招供。你仗着自己有个什么叔伯，当了个什么三结合的狗官，以为没人敢管你，在十三连干了那么多坏事。一件件一桩桩，你都得给我们说个明白！

傅正连突然像只孤狼一般恶狠狠嚎叫起来。

好你们这两个兔崽子王八蛋，等老子回去再同你们算账！你们敢这样整治我？不要命了！你们知道这叫什么？这是反军！反革命！死罪没跑！你们要是现在让我上去，还赶趟，咱们两下拉倒谁不该谁！

马嵘摸了摸腰上的皮带。

你慌啥？等你都招了，一伸手就把你拽上来了！好办！

牛锛二话没说，扬起铁锹往井里填了一锹土。那挖井的土就堆在四周，现取现用，往下扒拉扒拉就成。

傅正连抬起头眼巴巴望了望周围，眼神萎靡下去，嘴里嘟囔说：

你们弄死我，你们也不得好死……

牛锛又往井里填了一锹土，吐一口唾沫，说：

这荒天野地，有谁会知道你躺在这儿呢？填上土，过不几天草就长起来了。长上草，这儿就跟原来一样，连鬼都找不着。你听说过成吉思汗的陵墓吗，几百年过去，直到今天也没挖出来，成了千古之谜！为啥？就是因为埋得深，再让马把土踏平了，连一丝儿痕迹都没有，上哪去找人？世上如同从来没这个人一样。俺俩要是真就这么轻松把你埋了，我看你的级别还不够这个待遇！

傅正连的脑袋耷拉下去。

牛锛和马嵘把铁锹搁在在井沿上，坐在铁锹把上，各自点了一根烟。

一只田鼠从井台下溜过，仓皇逃去。

说吧，两年中，你一共收了知青多少块手表？

……五六块吧，记不清了，都是想上工农兵大学的……

还有些什么？

烟……酒啥的……

你克扣了知青多少伙食费？明确点说！

大概……大概七八百块……

都用来干什么了？

……招待团部下来的人……过年过节的，给团部的人送礼……

那次食堂失火，你非让事务长冲进火里去抢救豆油，房塌了，把事务长砸死了。他知道你好多事，你说，你这是不是杀人灭口？

这……哪能这么说呢？

牛锛用脚把土块往井里踢下去。

傅正连慌忙说：我是有这个心思，该死该死，后来不是追认他烈士了么？

你还想耍赖？少跟我们来这套！谁有罪？你有罪！你不说，我替你说，看你服是不服？马嵘也黑了脸。

——你私设公堂，吊打不服从你命令的知青，把那些不听话的人，派去干重活；让盲流临时工，替你打兔子采蘑菇干私活；什么会计出纳小卖店售货员，但凡你看上的女知青，都给安排好工作。谁有事求你，你就下黑手。不是一个两个知青的事，你祸害的人多了，我操你个奶奶的！

在马嵘的记忆中，那场大义凛然的审判持续了半个多小时。那天是牛锛和马嵘下乡以来最为解气的一日。他们盘腿坐在松软的井沿上，居高临下蔑视着井中之物。阳光灼热而微风清凉，远远的云雀声此起彼落。十三连的人总是说天高皇帝远，但此刻，正义之神却与他们同在。

后来牛锛扬起脸看了一眼日头。

牛锛把写满了字的那张纸，从小本子上小心地撕了下来。叠成四折，插在那支圆珠笔的别儿里，扔进了井中。——写上你的名字！牛锛的声音不容反抗。

马嵘补了一句：不写你更别想活！

那张纸条与圆珠笔被重新扔上来。傅正连已整个身子瘫歪在井壁上。

马嵘似乎已做完了自己想做的事，他用一只眼看着牛锛。

牛锛又点燃了一根烟，急促地吸着。粗大的喉结一下下滚动，那烟全都吞进了肚子里。

最后牛锛往井里探了探头，艰难地咳了一声，哑着嗓问：

我问你最后一句：杨泱呢？你究竟把她怎么了？说实话！

傅正连气息奄奄地伸出一只胳膊，说：她把我扎伤了，男人，一激灵，那玩意就不好使了，还能干啥？……

马嵘后来想，也许恰恰是傅正连的最后一句话，刺痛并激怒了牛锈。牛锈的脸色突然由青发紫，整个脖颈都变得黑红黑红。他将手中未燃尽的烟猛地往井里一扔，抓起脚边一块干硬的土坷垃，往傅正连脑袋上狠狠砸下去。傅正连哎了一声便瘫倒在泥水里。牛锈又抄起脚边的铁锹，把井沿上的泥土，朝着井里劈头盖脸扬去。铁锹发了疯一般旋转、挥舞，实沉而厚重的黑土，如同推土机的铲斗，往井中狂泻一气。他一边拼命掀着铁锹，一边声嘶力竭地喊道：

傅正连你听好了，你民愤太大，罪不可赦，老子今天代表十三连全体知青，宣布你死刑立即执行！谁也帮不了你救不了你！别以为这世上没有制裁你的王法，老子是替天行道为民除害，我哪怕明天就死，也不能让你这样的人再在世上多活一天！

马嵘觉得自己手脚冰凉。他想牛锈一定是疯了。

你还愣着干什么?！踩啊，给我踩！踩实沉了，狠狠踩！那兔崽子今天是死定了，他甭想再活过来！我让他死他就得死，我不活也得让他死！我让他死得不明不白活不见人死不见尸，才出了我这口恶气！

井边的泥土，终于是一粒都不剩地填回到当初挖出来的地方去了。

开始还听到傅正连几声微弱的呻吟，到后来，终于一丁点动静也没有了。

那口干井原来所在的地皮上，留下了一个黑圈。在偌大的绿色草场上，像一块不见血的伤疤。

牛锈斜着脑袋看了一会，从附近铲来几锹草皮敷上。他做这些时，似乎已恢复了平静。马嵘觉得牛锈最后的动作显得从容不迫。

后来他们赶着牛车，不紧不慢地离开了那里。

那天傍晚连队收工时，马嵘躺在被窝里依然揉着肚子痛苦不堪；而牛锈，坐在连队宿舍门口的一块石头上，正在修理他的马鞭，一扬手,打了一个清脆的响鞭。

什么事情都没有发生过。

软卧车厢里明亮舒适。马嵘一路喝着一瓶长城白,就着一只烧鸡,细嚼慢咽。这会儿他的时间很多,多得不知如何打发。不想看书也不想聊天,只想发呆或睡觉。

当他睁眼时,车窗外已是一片灰蒙蒙阴沉沉的雪原。路边偶尔掠过一排苍郁的松林,枝上的残雪被呼啸而过的列车震落,如惊鸟的羽毛一片片脱卸,在空中飘零飞散。有几朵湿雪借着风力,猛地粘贴在肮脏的窗玻璃上,久久悬挂不去,像是一串串祭奠用的白花……

牛锛被师部判处死刑以后,十三连的知青做过许多小白花,用信纸用手绢用白色的床单,做成一朵朵月季菊花牡丹与百合……一丛丛一串串,悬挂在连部门前空场的旗杆上。那些白花一冬天都开在那儿,直到第二年猛烈的春风把它们刮得七零八落。

马嵘木然望着车窗外,那片看起来宽广宽厚又宽容的土地,在二十年后,却使他感到了疏远和陌生。虽然那口井那块草地,依然常常惊醒在马嵘的恶梦中,但背景已渐渐远淡,如一幅古老的山水写意。真正令马嵘不安的,是背景里那些仍旧鲜活的人物,他们似乎在一步步往马嵘身边挪移,不怀好意地窥测他,觊觎他,企图将他眼前平静快乐的日子,一点点往回拽,倒回到牛锛死去之前那会儿。

有一刻,马嵘突然怀疑,当初牛锛决定让他活下去,是不是为了在以后的岁月里,让马嵘独自一人来承受这种记忆的折磨呢?如此说来,牛锛的行为,岂不是有点太……太那个了么?马嵘不想说出这两个字,这两个字,也许同杨泱最后说的那两个字,有一点相似。

马嵘心里很有些别扭。

列车路过一个小站稍停。马嵊抓起一团手纸，跳到月台上，把车窗玻璃上的雪花，统统抹了下来。

傅正连的遗体被人们挖掘出来的当天夜里，杨泱忽然失踪。

牛锛当然不会知道杨泱失踪的事。他自首的结果，是被工作组的人五花大绑地送去了团部，与傅正连的遗体搬运前脚后脚。

十三连与此事有关的四个人——傅正连牛锛马嵊杨泱，几乎作了一次失踪的轮回。

杨泱是最后一个。

全连知青都出动了，对杨泱尽心竭力的搜索寻找，徒劳而归。那个年代，杨泱就好像知道世界上有一种东西叫作单程车票。

最初那几天，马嵊想对大家说，根本就不必去寻找杨泱。杨泱和牛锛之间的事情，只有他们自己明白。当失踪的傅正连，被牛锛再现时，杨泱是一定会失踪的。杨泱如果不肯失踪，牛锛让傅正连失踪，就简直毫无意义了。

但马嵊没有说。牛锛在马嵊酣睡的那个时刻，决定使马嵊从这个事件中隐形失踪以后，马嵊就懂得这个从此"失踪"的自己，该为牛锛做些什么。

马嵊给团部的人送过许多烟酒，但最终也没有得到单独同牛锛会见和告别的许可。有人悄悄告诉他，上头一直在怀疑他是牛锛的同伙，只是牛锛一口咬定是自己所为，那天中午，他把肚子疼得直不起的腰的马嵊，送回了连队宿舍以后，一个人独自赶车到草甸子那儿去的。后来团部把牛锛转送去师部审讯，上头有了另一种意见，认为不要再继续扩大事态，对马嵊的追究暂时放一放。但马嵊企图看望牛锛，有串供的嫌疑，绝不能让他得逞。

马嵘却不肯善罢甘休。他甚至很自信地断言：一旦让牛锛重新回到十三连，那个暂时失踪的杨泱，必定会显形复出如期而返。

那年初冬，十三连的鸡不鸣狗不吠、猪不打盹马不蹶蹄。营房宿舍夜夜烛光恍惚，十三连的人惶惶然凄凄然愤愤然。任由豆荚苞米冻在地头、小麦烂在场院，被一场接一场的大雪压住，像一座座连绵起伏的坟山……

根本无须马嵘费心张罗，十三连全体，已经自动发起了一场为牛锛鸣冤请愿的"群众运动"。尽管在私下里，许多人都说牛锛那家伙下手实在太狠了，但那份申诉书，仍然写得哀婉动人却又义正词严。众口一词，都说傅正连长期迫害知青、逍遥法外，是可忍孰不可忍，罪有应得。而牛锛同傅正连并无个人恩怨，牛锛为了声张正义，将个人安危置之度外；还说傅正连仗势欺人，上头有人偏袒他包庇他，就是破坏上山下乡运动……

申诉书被马嵘送到团部，在政治部武装部知青办转了几个来回，无人接收。那个冬天里，马嵘到过许多城市。他像一个乞丐似的在铁路沿线游荡。明明知道世界上有个地方叫作法院，但即便走遍天下，那时的中国唯独没有法院。又过了些日子，听说上头有人过问了此事，事情眼看就闹大发了，后来不知为什么又不了了之。

马嵘精疲力尽地回到十三连。他在茫茫雪原中绝望地想起，也许牛锛在关键的地方犯了一个错误。牛锛不该把傅正连亲笔签名的那份"罪状"，在那天中午的草甸子里，随随便便地扔给了工作组长。

十三连的知青们，得知牛锛判处死刑立即执行的消息，是在一场大雪过后。

刑场很远，十三连的人都没能听见那声枪响，马嵘也没有。

牛锛作为杀人犯的代价，如他生前所愿——傅正连没有当成那个烈士。

大雪覆盖了通往公路的小道。一切都已草草收场。

风吹起雪原上干爽的雪末，天地一片混沌。太阳出来了，像一张惨白的脸，隐没在深紫色的雪雾里。

很久以后，十三连的人还是恍恍惚惚地觉得，深埋于地下的牛锛，只不过是一次调皮的失踪游戏。他的躯体暂时离开了这儿，而灵魂还在草甸子里徘徊，等待杨泱的归来。说不定哪一天，牛锛会在他们当年一起出发的那个城市里，与杨泱挽着手一同出现。

所以后来他们渐渐一个一个地离开了这片土地，以便不会错过同牛锛邂逅的机会。

没有人再提起杨泱。

只有马嵘明白，牛锛死了，杨泱是再不会回来了。

杨泱是受伤最重的一个人。

但如果杨泱的失踪，是一种真正具备法律意义的失踪，那么，马嵘将永远无法完成牛锛在最后时刻交给他的使命了。如果杨泱继续地失踪下去，那么，事情是否已完全违反了牛锛让傅正连失踪的初衷和动机了呢？还有，如果马嵘活着是为了等待一个永远不再出现的人，那么，如今马嵘的存在，同一个失踪的人，实际上又有多大的区别呢？

马嵘无法明白，也不想搞清这些。后来的日子匆匆忙忙，没有多余的时间来为一些遥远的问号伤脑筋。说实在的，马嵘的生活中，还有许多比这更急迫更能产生效益的事，得用心思用计谋用手腕用钞票，动真格去一个个解决。

马嵘租了一辆"拉达"，到达曾经属于十三连地界的那片草场，已近黄昏时分。

他的脚一踏上松软的草甸，火车上的那种陌生感便荡然无存。昔日的营房依然远远地趴在原地，裸露着赭红色的瓦顶，静静的悄无人声。几缕浅淡的炊烟从红砖砌成的炉筒中升起，在灰色的天空里写出修长的 1 字形；小风掠过，那 1 字忽而改成个 2 字，又渐渐弥漫开去，散成个 3 字形，再散，便没了形状。一切都似乎没有任何改变，一切都与二十年前惊人地相似。只是，旧日的营房那儿，不会再有他认识的人了。

马嵘往草地中央走去。他用手扒拉开枯草上的积雪，在地上坐下来。

就是这儿了。他说。锛子啊，我站在哪儿，你就在哪儿。

他点着了一根烟，然后用这根烟头上的火，又点着了另一根烟。他就那么两只手各执一根烟，轮流地吸着。

我来看你来了。他说。啥也没带，就带我自己。

没别的，就和我一块儿吸一根烟吧！他又说。还是烟解闷。

他一小口一小口地抽着烟，他想让那两支烟燃得慢些。

烟灰从手指的夹缝里落下，落在干草的根上，像是被弄脏了的雪。他坐了一会，觉得屁股发凉，便站了起来，掸了掸裤子上的雪末。

他那么站着，又咕噜了一句：不说悔了，不是悔的事，悔也没用。过了这么些年，再想想那事儿，你说值么？

一阵风吹过，他感觉有点冷，想起自己的围巾手套，忘在了车里。

喉咙里憋了一口痰，他重重咳一声，吐了。还是堵得慌，觉得嗓子眼里像是塞着许多话，是今天站在牛锛面前，忽然觉得非说不可的话。

值么？我看不值。不怕你生气，如今想，那时候咱们可真傻。为了一个女人，为了那个看不见摸不着的正义，搭上一条命。你要是活着多好，咱俩一块做生意，你下手狠，准保是把好手，一赚一个准。房子汽车早都置下了，夜夜卡拉OK娱乐城。想上哪上哪。世界上有的是快活地儿，只要咱有钱，什么样的女人搞不到手呢？

马嵘抽完了烟，从衣袋里摸出一瓶酒，用牙咬开瓶塞，将酒小心地洒了。雪地滋滋地响，塌下去一条缝，像是很不快乐地答应着。

荒原被纯净的白雪密密环绕着，如一座巨大的灵堂。几只乌鸦飞过，高处有了黑色，显得庄严肃穆。

马嵘环顾四周，觉得这儿环境不错。他想，当年的牛锛，还是会找地方。

这地方大是大了点，弄不清牛锛究竟是在哪块草皮底下。

但也许正因如此，牛锛就显得无处不在。

马嵘的脊背忽而渗出了一层冷汗。

他愣愣地想，假如牛锛当年没死，假如牛锛活到现在，同他一起搭档做买卖，老板恐怕就轮不到自己来做了。牛锛将永远是老大，他充其量是给牛锛打工的，就牛锛那样的人，假如有一天想要整治他马嵘一家伙，还不是白玩儿么？

再说，生意场上，亲兄弟也明算账，说翻脸就翻脸。自己若要做点小动作，牛锛抬抬手就把他灭了。牛锛心狠，啥都干得出来。

马嵘哆嗦了一下，身子有些发冷。

如此看来，也许牛锛还是留在这个地方，更妥帖更恰当更让人放心。

马嵘心底浮上一阵庆幸，还有一丝坦然。他下意识地用皮鞋踩了踩松软的雪地，他记得大家把牛锛的遗体弄回来，挖了一个大坑，埋得很深。无坟无墓，无字无碑。这里曾经什么事情都没有发生过。牛锛甭想再回来。

晚霞慢慢往西边的天际滑落下去,如一匹殷红橘黄相间的织锦,被远处的地平线一寸一寸地剪断,飘入冉冉升起的黑暗中。

马嵘的眼前掠过杨泱留在炕上的那条被面,那条印着粉红色牵牛花的被面。

失踪其实真是一个不错的结局。他恍然大悟。心里涌上来一种对杨泱真诚的感激之情。如果杨泱不是这样永远地失踪下去,如果他真的娶了杨泱,而杨泱心里又始终想念着牛锛,他马嵘还会有现在的好日子过么?真把杨泱娶回家,身边那些女人,还能呼之即来挥之即去么?闹不好打了离婚,他的财产还得分给杨泱一半呢……

假如假如……马嵘倒抽一口冷气。

幸亏幸亏……幸亏他没同牛锛一起死掉。

马嵘抬手看了看表,急匆匆往公路上的轿车走去。他不想在这里停留得太久,他得坐夜班火车赶到那个边境小城去签合同。这把皮货生意弄好了能赚一大笔钱,趁着轿车上还有点闲空,他得好好琢磨琢磨怎么砍价。

他边走边点着了一根烟。二十年了,他能做的都已经做了,他已和牛锛两清。那个叫作马嵘的人,不会再到这个地方来了。

天暗下来。雪地黑乎乎一片,而天空洁白如银。

写于 1995 年　北京花园村

发表于 1995 年第 4 期《上海文学》,

《小说月报》1995 年第 6 期转载

工作人

　　工作人——既不是工人也不是干部，其实就是城里人所说的农民工。但农民工自己不管自己叫农民工。在华北一带的农村，他们喜欢把那些在城里干活的农民工，叫成"工作人"。

1

　　梁百川把倒煤渣的双轮车往墙根一扔，朝着街角的那个邮筒快跑了几步。

　　冷风旋起一片煤砾，沙子似的打得脸生疼。

　　他揉着眼，掏出口袋里皱巴巴的一只信封，塞了好几次，才总算对准了邮筒口那条窄窄的缝隙。他听见手里的信封，落在空荡荡的邮筒里，发出咚的一记响声，像是石头子儿掉井里的动静。

他每回寄信，都得这么来回瞧了又瞧，听了又听。那邮筒张个大扁嘴，一口就把信吞下了。中国的外国的，往哪儿邮的都有，谁保证它从这里进去，都能往信皮儿上那地方落脚呢？百川进城打工四年，往家写的信，虽然一次没丢过，他还是放不下心。

月儿盼着这信哩。这个月百川从家回城里时，月儿嘱他去大商场问问录像机的价。

结婚以后，这几年添了洗衣机和收录机；彩电早有了，村里的年轻人都说，电视机配上录像机，好比是好马上了好鞍，过日子啥啥都不缺了。

信投下后，梁百川心情很好，就手在冰凉的邮筒上轻轻拍了一下。

这一拍，他发现自己顺手摸来了一手红不红黄不黄的铁锈。

他把手掌心从邮筒上蹭来的铁锈仔细琢磨了一会，心里就犯了嘀咕。

没准儿是个废邮筒吧，谁知道它每天开是不开呢？今天是乘着倒煤渣的空儿，以前可从没往这邮筒扔过信。要是邮筒根本就没人开，自己这封信不就走不了了么？它躺在这城里睡大觉，耽误了家事，让他落月儿的埋怨不说，那信皮上，好歹还有五毛钱邮票呢！

百川有些心疼。

他绕着邮筒转了三圈，那邮筒横眉冷眼地蜷缩着，看不出个真假。但按着他在城里干活儿几年来积累的经验，他认为对城里各种公用设备，必须抱着高度的警惕。比方街上一排排杵着的那些个红红绿绿的自动电话亭，看着像个大立柜，可等你把钱扔进去了，那话筒却一个个全都不言语不出声，没一个好使的；百川在街上见过一种什么自动取款机，有个款爷模样的人，把一张卡片塞进去，一边用鼻子哼着歌等着它往外掉钱呢，还一个劲赶着旁边看热闹的百川快走。百川走了，边走边用斜眼瞅他，嗨，一分钱的屎蛋子都没下一个，连那张卡片也不吐出来了，急得那人直跺脚，用手去抠，抠得指甲都出血了。

那天，百川幸灾乐祸地冲那人吹了一记长长的口哨。

这样想着，百川就往邮筒上狠狠地踢了一脚。然后，又住筒盖上重重地捶了几下。绿铁皮在干爽的空气中，发出春天成群结队的蜜蜂一般的嗡嗡声。百川仍觉得不解气，他想莫不如就把邮筒里的那封信弄出来得了，弄出来再送到邮局去寄还保险些。于是他猫腰在地下捡了半块砖头，开始砸邮筒的底部。百川年年冬天在城里烧锅炉，人虽细高高干巴瘦，手腕子可有劲。他把邮筒敲击得像战鼓擂鸣，听见自己的那封信，炒豆子嘣爆米花一般在邮筒里头颠腾，有一会工夫，快要像那些气功表演密封药瓶取药似的，自个从邮筒里钻出来了⋯⋯

"干什么的，找死呢！"接着，百川的头顶响起一声炸雷。

百川一回头，见有两个身穿警服的人，正一脸阶级斗争地朝着他走来。

百川扔下砖头，撒开长腿就跑。跑几步，想起那辆运煤渣的双轮车，只得回身去取，车若是丢了，少说得赔百把十块。可就因耽误这么点工夫，他的肩膀头上狠狠地挨了警察一家伙，直到半夜在被窝里还麻辣辣地疼⋯⋯

——我没砸邮筒真的没砸啊，我砸邮筒干什么呢，那里头又没有钱没有存折没有粮食没有酒，我干吗要砸邮筒？一个人做事总得有目的，有动机吧，你们说说我是什么动机呢？说了你们也不信：我是看邮筒上的一个螺丝松了，想着给它敲严实了，怕有人往外偷信呢⋯⋯

——你还不老实！你咋不说自己在学雷锋呢！可惜雷锋那会儿还没农民工呢！

百川咳了一声，垂下了头。

——好吧，那就换个说法。您听好了，这可是实话：我刚把信寄走，就后悔了。信是写给我媳妇的，你们城里叫爱人叫夫人叫太太叫什么都行就是那个意思。我到城里来干活挣钱，她一个人留在家里，我不放心她，我才明白过来，她要是真来了，往哪儿住呀？！这又不是部队还让家属探亲。一间工棚好几十人哩……

——百川涨红了脸，脖子上的青筋不停地跳。

——我最后说个理由，你们再不信，就算我真是砸邮筒的行凶打劫，把我带派出所去得了。我告诉你们，这邮筒里有我刚寄出的一篇稿子，说是散文也行小说也行，反正是我一个字一个字写出来的。你们知道在锅炉房里写稿，是个啥滋味？那边是泵房，火车头似的轰轰响着，这边一张值班用的破桌，桌上的煤灰厚得都能当黑板使了。我写了几行，就得戴上手套到炉子那儿去扔几锹煤，手套早破了，手指头黑得像煤块儿，把稿纸摸得黑一道灰一道，钢笔水写上去都看不出来印儿了……

百川没说完，听见一阵刺耳的笑声，震得他耳朵疼。

——我真的不骗您，刚寄出的稿上写错了一个字，我想把它从邮筒里取出来改改，才……

——甭废话了，破坏公物，罚款五十元！

百川咬紧了牙。他早料到，说什么都是他没理，说什么他们都不会相信的。

其实下午当警察出现时，百川一句话都没分辩。以上的对话，都是百川事后在研究院锅炉房的值班室，靠着床上的铺盖卷儿想象的。百川自从进了城以后，就不爱说话了。他觉得在城里，用不着也轮不上你来说什么，嘴巴这东西除了吃饭，其他的功能都是多余的。城里只需要一双眼睛去看，就够了。有时一双眼睛都不够用。除了眼睛，最好能再多长点脑子和心眼。

城市是一头猪！

百川在心里诅咒。

它不是头猪，还能是个啥呢？整天蹲在圈里好吃懒做的，等着人喂。城市不像牛不像马，哪怕像只羊或是像个狗也行，都会漫山遍野自个儿打草找食。城市是个圈，城里人是头猪，得把食剁碎了煮熟了才动嘴，等着吃饱了喝足了，再把圈里的垃圾，像上粪肥一样地运到城外的农村去。

百川瞧不上扫马路的清洁工，他觉得清洁工和起猪圈，意思差不了多少。

百川在城里受了气，每次都努力想象村里过年时宰猪的情形。这种想象令他产生一种杀戮的快感。可惜百川并不会真的杀猪，甚至也不太擅长杀别的动物。这是因为从他出生以来，山里和村上，可杀的东西，无论是野生还是家养的，都不算太多了；另外，百川十六岁以前一直在镇上读书，读过九年小学加初中的百川，打小就对动物有些害怕。这也是他在十七岁那年离开了豆庄，到八里地外的铁矿去干活的原因。后来千军捎信让他到城里来，他不搭理；千军捎了几回信，最后亲自跑到矿上，扛走了百川的行李卷，百川才跟着千军进了城。

千军是百川的亲哥。高中毕业差几分没考上大学，进城当了水暖工。没过几年，在城里承包了一家工程队，干得挺红火，混得挺滋润。

但百川不喜欢城里。

他第一次进城的时候，就觉得城里怪憋屈的。高楼大厦一幢紧挨一幢，见不着一个囫囵的太阳，风吹在身上，好像撕成一片片了；马路上挤着那么些汽车，走得比羊群还慢，不拉屎光放屁；城里的味儿也不对，弄得人鼻根痒痒老想打喷嚏，三天两头地犯鼻炎。

刚进城那会儿，除了干活，百川常常不知道手该往哪儿放，脚该往哪儿站，眼睛该往哪儿瞧。百川出门总低个头，胳膊像鸭掌似的甩了又甩。千军就在一边怒目圆睁，冲他低声吼道：你给我站直了！把胸挺起来！

谁不想昂首挺胸地当一回城里人呢？百川也想。

第一年夏天，百川做绿化工，拽一根碗口粗的橡胶水管，给研究院大院里的树浇水。那鼓胀的胶皮水管横在路上，过来一辆卸货的卡车，百川看见了，急忙跳几步想把管子顺过来，让车过去。那车却不等他，猛地加了油门，轮子一压上水管，管子就裂了，水柱喷得一人高。路边正有个女人领着小孩玩耍，没躲开，孩子让水给滋了一身，惊天动地地哭号起来。百川吓一哆嗦，抓着管子结结巴巴说了三遍对不起。那女人冲着他走过来，二话没有，上前就踢了百川一脚，正踢在脚脖的筋上，疼得百川直龇牙。踢完了，还不依不饶地骂一句：干什么吃的，你这个臭临时工！当时只差那么一点，百川手里的水管就要冲她扬上去了，他真想用水狠狠滋她一脸。但百川不敢，他不想丢掉这份工作。这个饭碗要没了，他还得回家去种地。

那年百川刚满十八岁。

这些年，百川在城里受的气多了，只要能忍的，都忍下了。

忍不下的，也忍了。

所以百川不喜欢城里，可是百川还得在城里待着。七年前，哥把第一个月的工资拿回家时，爹扬着手里的票子告诉给百川，城里最好的工作就是水暖工，又有技术，活儿又轻巧，一个人要是能在城里当上水暖工，一辈子都不愁了。

等到百川真的在这家研究院当上了水暖工，却发现水暖工和锅炉工其实没什么区别。秋天把暖气水管收拾利索了，一冬天剩下的事儿当然就是烧锅炉了。不烧锅炉，哪儿来的暖气呢？所以水暖工得先把暖气烧出来，才有水暖工可当。他们这些所谓的水暖工，其实一冬天都在烧锅炉。

进了锅炉房的，出来时全成了坦桑尼亚黑人；那黑黑的煤灰嵌到肉里头，囫囵个儿地黑；洗澡时用丝瓜筋搓背，连丝瓜筋都跟墨斗鱼似的；吐口痰也漆黑，让人当煤核拣；眨眨眼，眉毛上直落黑霜；伸出手，就像动物园里的黑猩猩……

锅炉工和水暖工应该是两码事，一是体力活，一是技术活，性质不同呢。百川曾私下对千军嘟囔说。自打农民工进了城以后，最苦最累的活儿，都让农民工包了。一人顶好几个正式工呢，跟旧社会的剥削有点像……

千军不吭气。千军是高中毕业，懂的不比百川多?!

百川又说：你给我说说，啥叫农民工？我翻了新华字典、辞海还有大百科什么的，就是没有农民工这个词儿……

千军瞪他一眼，低声说：你吃饱了撑的!

这城里真是没法子待了！百川常常这样想。

百川抬头看看钟点，打开炉门。炉火烧得正旺，火光映红了一面墙。

百川清了炉渣，添煤，通风，上水，扫地；然后就去看温度计。

有个声音在他背后说：炉子怎么又冒黑烟啦?!

百川不言语，用袖子去擦温度计。玻璃管上头有水汽和灰尘，总看不清。

那个声音说：甭看了，肯定不够高，说多少次了，总也烧不够26度，真是不长记性，去找你们头儿来!

百川说：……您不是您派我哥千军出去办事儿了么？

那人嗯了一声，背着手，慢悠悠走到值班室去打电话。百川不用听，就知道他打电话的顺序——先是打到院党委书记家，然后是院长家，再是副院长和办公室主任家。他打电话不用看号码本儿，每家的电话他都背得滚瓜烂熟，每次打电话的内容也全都一模一样：暖暖，我是锅炉房啊，没别的事，就是问问领导家的暖气热是不热？温度合适不合适啊？——是高了呢还是低了？再提高一度还是二度呢？是降低一度还是二度呢？啊啊，知道啦，马上就办，您老放心吧……

总之，相差一度也是不能含糊的。

百川每次听他打电话，都憋不住想要乐出声来。他觉得那人很像电影里的太监。对，就是太监。这人每次给领导打电话的时候，那种像娘们一样温柔的声音，同他平时对临时工们说话的口气，就好像换了一个人。其实他也就是个房管处的助理员，撑死了算个科级，可他就能把个千军训得像孙子似的。千军常常脱口叫他徐主任，在百川看来，千军肯定是故意的。但徐主任一听，脸上顿时就变得笑容可掬，肚子也随后挺起来，千军要说个什么事，主任挥挥手就批准了。

据百川观察，主任这官儿虽不大，但正好就管着千军的承包队。

百川从来见不着主任忙什么。城里的人，每天都穿得那么干干净净，所谓的上班，也就是到各处溜达溜达罢了，把烟头扔得哪儿都是。

百川第一次上主任家去安装管道煤气，主任正在沙发上看报纸。主任那会儿还没管着千军的队，连名义的主任也不是，没人通知他家里要施工。主任冷着脸说：谁让你上这来？以后记住要先打电话！百川转身要回，主任说算了算了，来了就先干吧。主任老婆对百川说：把你的鞋脱了，没见我们这地板打蜡呀。百川就把鞋脱了，袜子露着脚趾，一屋子咸菜缸味儿。百川窘在那里，一咬牙把袜子也脱了，却不知放哪，放大门外怕丢了，更舍不得扔簸箕里，愣一会，问：你家厕所在哪？主任和主任老婆都不应声；他又问一遍，还是不应声；急了，自个儿奔一屋去，却一把让人给拽住了，恶声道：你也忒过分了吧，还想在我家上厕所哪！

那一天，百川发了疯似的凿地板。那还是十多年前地震期盖的房，钢筋水泥结构，死硬死硬。百川跪在地上，从上午九点一直干到十二点，一口气跪了整整三个小时，在地板上凿了一个供管道通行的洞，大得像个篮球。

主任倒抽一口冷气说：这该不是要安装升降机吧。

他斜着眼看主任，嘴角抿住几分得意。他望见墙上的大镜子里，自己的头发上蒙了一层白粉，像树林子里的白头翁。他手腕上的关节明显地肿了起来，那是锤子落偏了砸的，麻麻的已经没有感觉。

主任老婆给他倒了一杯白水，他连碰都没碰一下。

主任家的煤气管道，足足被他晾了一个星期没去接着干。最后是主任让管千军的那个主任再请了千军，亲自去给弄好的。

那天百川约了几个哥们，到院外的小饭馆里去喝酒。酒过三巡，百川扬着筷子，眉飞色舞地对大伙说：你们瞧瞧那些城里的男人，有几个像样的？到了礼拜天，抱一大堆老婆孩儿的衣裳，到锅炉房来洗，热水放得哗哗的，敢情是公家的，不花钱。也叫个男人？多跌分哪！不够丢脸的呢。要我看，咱比人家，差在哪儿啊？咱谁也不比城里的男人次，是不是？

大伙儿塞一嘴土豆丝，都点头说是。

有个胖子，还给她老婆洗裤衩子哪！我都看见了。有人小声说。

一齐哄哄地大笑，够痛快的。

却没想到这个主任，后来就真管到他们这段来了。主任上任后，从没给百川好脸子看，动不动就找碴，要不怎么叫作主任呢。但主任对付百川没有什么过硬的招，百川心里有数。百川是农民工，百川的工钱归千军而不是归主任开。百川不想提干不想转正，开除也开除不到哪儿去。百川早已不是当绿化工那时的百川，他伺候锅炉那两下子，队里几十号人中，除去千军也就数他了。百川话虽不多，但说一句顶一句，只要千军不在，大伙都听他的。主任要是想撵他走，剩下的人，怕是没人能拢得住。

主任放下电话，脸上的笑容还没来得及收起，扭头吆喝说：

风门还得开大，多添煤往高了烧！没个记性，说多少遍了！

然后就在值班房的床上坐下来，架起了腿，摆上一副百川熟悉的架势。

百川侧了脸，装没看见。他这会儿虽想抽烟，宁肯憋着。

山子放下手里的活，颠颠跑过来，掏出一盒瘪瘪瞎瞎的"北京"递过去。主任看都不看，自己摸出一盒硬盒的"红塔山"来，山子慌忙划着了火柴，才算是把主任的烟点上了。

主任悠悠弹着烟灰，自言自语地说：你们爱怎么干怎么干吧，就是烧锅炉这活儿，你们也干不了几天啦。等明年，这几条街全改成集中供暖，锅炉都得取消……

山子的铁锹咣当落在地上，当时面如土色。

百川瞟了一眼山子，弯腰把铁锹捡给他。

百川早听千军说过集中供热。到时候暖气就像管道煤气一样，自动就从地底下送过来了。热力站将代替锅炉房，烟囱统统地全部拆掉。百川听说这个消息的时候，几乎有点儿幸灾乐祸。他早就恨透了锅炉房，任是它爆炸了也好取消了也好，反正等什么时候自个再也不用白天黑夜地烧锅炉了，才不算是个假冒伪劣的水暖工。

百川冲着山子说：不烧锅炉了更好，你当城里就长着锅炉啊？

主任拉下了脸，起身走了。

主任回头哼一声：能耐的，有你们哭的时候！

百川当天晚上下工回宿舍，意外地收到了月儿的来信。他拿着信要拆没拆那会，想起下午跟邮筒的那场战争，觉得有点好笑。那邮筒也太神了，就像是他的信刚发出，回信立马就跟来了？

月儿没问录像机的价格，信上就一句话，让他赶紧回一趟家。

百川觉得蹊跷。从月儿信上的口气看，他觉得家里好像发生什么事儿了。

百川没顾上洗脸，就去找千军请假。千军正同一帮人打牌，头也不抬，只说昨儿入了三九，气温低，暖气不好烧，正是取暖的节骨眼上，你回啥家呢，等春节吧。

百川说，哥你上外，我把信给你看。

千军不看信，也不挪步。有人讪笑说：百川你想老婆了吧，回来才几天？

百川有些忿然。可也犯不上跟这些没文化的家伙较劲，他们知道啥叫感情么？

第二天早起，百川写了个条，让山子交给千军，自己就奔长途汽车站去了。

汽车驶出城，上了郊外的公路。百川长长透了口气，呼吸忽地畅通许多。拥挤的车厢里，百川想象着千军恼怒的样子，心里一阵快活。他发现做农民工其实挺自由的，想干就干，想走就走。要是愿意，就留下，不愿意，打起行李结账走人。这不比那些一辈子都拴在一个单位，拴在办公室或车间里的城里人强多了？

百川总是能及时发现自己处境的优越性，这就是百川与众不同的地方。

2

汽车顺着曲曲弯弯的盘山公路,在山腰上慢吞吞盘旋的时候,百川的视线越过灰蒙蒙的山谷,远远望见了山脚下的那个豆庄。

一条鱼肠似的小河从村边流过,一座座红砖砌的大瓦房,在河滩旁的高地上,毫无规则地排列开去。小河对岸有一片小小的平原,连着山腰的梯田,是全村的粮食产地。遇上旱冬,坡上地里都不见雪,光秃秃地裸露着。

百川一九六七年出生,豆庄来了知青,等百川上了小学,知青就都走了。知青没给百川当过老师,但村里的小学校,有知青留下的黑板和课桌。百川的学习成绩好,初中考上了镇里的重点中学,过了三年又考上了高中。但那时爹病了,家里没钱供他上学,高中刚毕业的千军哥,就进城去打工,但打工也不够供百川上高中,百川只好去了矿山背石头。背了两年石头,哥让他进城,说挣得比矿山多,还能学技术。那会吃饭不要粮票了,百川这才到了城里。在城里待了几年,挣了钱给爹抓药,爹的病一天天好了,能下地还包了果树和鱼池,爹妈惦记给百川说媳妇。到了百川二十三岁那年,娶了村东头关家的闺女月儿,然后同哥千军分家,自立门户,从此百川就成了一家之长。

百川在村口的公路上下了车,正是中午,村口的水泥桥上空荡荡没几个人。说是个桥,三季都没水,只在夏天走山洪,顺便带走河床里堆积一年的垃圾。

桥头是豆庄的"王府井",也是发布豆庄各种重大新闻的广场。

百川同熟人匆匆打个招呼,只觉得今儿豆庄的人表情都有些古怪。

当百川站在自家小院的门楼跟前,心里忽然就踏实熨帖了。

四间瓦房是结婚时新盖的,院里有一棵花椒、一棵香椿。院墙东头养着自家的鸡,屋里即将笑吟吟迎上来的年轻女人,是自家的老婆——白面馍馍样脸蛋、油栗子般亮眼睛的月儿。

百川推推院门,才发现大门从里头闩上了。

大白天的锁啥门呢?百川有些纳闷。不是月儿自己写信让回的么?他琢磨,心里突地跳出些念头,猛然就警觉起来。他四下望了望,踮脚往院墙里瞅,墙太高,瞅也是白瞅。要是能翻墙进去就好了,即便有个天大的秘密,也能一目了然了。百川倒不是不相信月儿,只是百川在外面听说过太多打工仔心酸的故事——你一年到头、长年累月地把老婆留在家里,谁能保准不出什么邪性的事儿呢。

百川定了定神,看见了院墙西头那块拦着篱笆的一角。

结婚一年多了,那个角没砌上墙砖,一直就那么空缺着,像个豁牙子。砌墙的时候,南头的李家人说,这个角本是他家的宅基地,死活不让百川把墙砌直了。月儿怕李家把事儿闹大,两家邻居一辈子抬头不见低头见,相互都难受。就让百川留了一个空儿,说等着慢慢把理说通了,再砌也不晚。百川一两个月回趟家,这一年里头,同李家交涉了不下七八次,一点眉目都没有。

一年前临时插上柳条篱笆,风吹日晒的,也早已东歪西倒了。

百川走过去,轻轻把篱笆前的杂物扒拉扒拉,憋一口气,猫一样钻了进去。

院里静悄悄的,屋门紧闭,没一点动静。百川趴窗户住里瞧,窗帘拉得严实,一丝光都不透。拽门,门从里头反扣了。敲门,半天也没个答应。百川脑子嗡嗡直响,手也哆嗦了,一生气,就用脚踹门,踹了两脚,一股火拱了上来,拉开嗓门就喊月儿的名字。明人不做暗事,男子汉大丈夫,他要月儿知道是他回来了。

窗帘拉开了一条缝,他看见玻璃后头闪过月儿一双红肿的眼。紧接着门就开了,月儿像一床棉花套子,软软地倒在他的怀里,两只冰凉的手,死死地箍住了他的脖子。

屋里冷冷清清,他傻傻地环顾四周,里里外外,只月儿一个人。

月儿没等他说话就放声大哭,哭声如山洪暴发,惊天动地。月儿的泪水蹭在他的胸口,月儿的热气呼在他的腮帮上,月儿不停抽动战栗的身子,缩在他的怀里,那么柔软那么弱小那么孤立无援;月儿的双手勒紧他的肩膀与后背,好像一松手,他就又回了城里,剩下她一个人留在家中……

百川被月儿哭得莫名其妙,终于不耐烦起来。他摇着她说你说嘛说嘛,出了啥事?我这不是接到信就回了嘛,大白天你还插个门不让我进。

月儿又抽泣,眼看着要平息了,用手一指外面的院墙,又泣不成声。

百川耐着性子,总算断断续续地把月儿的伤心事,听了个含糊大概。

约是五六天前,刮着大风的夜,有人敲月儿窗,让她开门,还隔着窗户对她说些月儿说不出口的话,也听不出来是村里哪个狗男人的声音。月儿吓得一夜没敢睡,第二天找了百川的娘来做伴。娘的胆儿大,半夜又听声响,抄着锄起来捉人,那人一闪身,从缺了一角的篱笆墙那儿,轻轻巧巧地钻了出去,连个影儿也逮不着。娘在院子里转了几个圈,发现那流氓出来进去,根本不用走大门,大门的锁头不管啥用。

第二天娘破例没在院墙外骂街。娘在屋里骂百川,说是他给贼人留的狗洞。

村里有人在"王府井"那儿说话了,说是月儿不让垒墙,就为招野狗。

月儿说到这,又哭。百川明白了,其实月儿压根没受到实质性的侵犯,月儿是被人伤在心里了。所以在百川从城里赶回来之前,她锁下两道门,连屋都不出。百川心里庆幸着,顿时又越发心烦意乱。他搂着月儿的手松开了,倒在床上发愣。

月儿止住了哭声,咬着牙,一个字一个字对他说:

你要是再不把这院墙给我垒直了,你就不是个男人!

百川听着月儿气汹汹下达的"最后通牒",心里倒有几分感动。月儿这么在乎自己,在乎他百川,在乎他们俩的小家,证明月儿是真心对自个儿好,也证明他俩真有爱情。

爱情到底是什么呢?百川不知道。只是从书上小说中见过。一般来说,爱情好像都发生在城里。

百川结婚以前,一直都希望着经历一次真正的爱情。他内心关于爱情的渴望,是跟着千军进城打工以后,突然觉醒的。城市的空气里飘浮着太多同爱情有关的气味,城市的街头到处都是袒露着肩膀和大腿的女人,多看几眼,爱情这玩意也就无师自通了。但城里女人的爱情是献给城里的男人的;没有钱的女人,爱情是献给有钱的男人的。百川很有自知之明。他只是想把城里的爱情,暂时借回豆庄去用一用。

那会儿,百川在工余,正读着一个叫李宽定的作家写的小说,读得废寝忘食,心潮起伏。李宽定小说里的女孩,个个清纯善良,很是让百川着迷。

百川在城里整天挥动着煤铲，但跟前都是豆庄南头刘家燕儿的影子。燕儿曾是百川小学时的同学，等百川有一次从城里回来，猛然发现燕儿已是个大姑娘了。燕儿长得有些苍白，他好几次无意发现，燕儿静静地坐在小河边，用手托着腮，望着远处的山，像藏着许多心事。猛一眼看去，活活一个李作家笔下的女主人公，叫人生出许多怜爱。百川在村里一打听，这个燕儿原来已经和邻村的一男人订了婚。订婚这个词儿很刺激，撩得百川热血沸腾。原先他还觉得燕儿朦胧又遥远，一听燕儿有了主，百川顿时产生了强烈的竞争意识。

百川在城里待几年，任千军说城里这么好那么好，说破了天去，百川觉得有一样好处，是千军看不到的；城里能买到许多新出的文学杂志和书，要是在镇上和矿上，借都没地儿借去。研究院大门外有个收破烂的摊儿，每天都有人来卖旧报纸旧杂志，百川隔三岔五给那老头买盒烟，然后挑些有意思的杂志借回宿舍去，下了工，躺在铺上看杂志打发时间。在那些杂志里头，百川发现了《收获》《钟山》什么的，那是上初中的时候，老师推荐给他读的。中学时，百川的作文经常受到表扬，所以，喜欢文学的百川，认定自己不能与其他的农民工混为一谈。

那年回家过春节，百川下定了要和燕儿尝试爱情的决心。

二十一岁的百川，把以前看过的书翻了又翻，竞争燕儿的计划就有步骤有目标地落实下来。

百川执行计划的第一步，是准备鱼饵。年前，他故意去燕儿家串门。按着乡里的习俗。未婚男子不宜单独拜访订了婚的女子。那么百川的突然袭击，传递给燕儿一个强烈的信号：别看燕儿订了婚，燕儿还有别的选择；何况百川串门时，跟燕儿爸有一句没一句地说些闲话，搞得她爸莫名其妙。那其实只是打个招呼而已，比较含蓄有礼貌。

第二步是撒网。百川认为自己必须尽快引起燕儿的注意，并让燕儿对自己产生好感。所以大年初二上午，当村里的年轻人，男的一拨、女的一拨，都集中在"王府井"闲聊天的时候，百川说话的声音，在人群上空像蝗虫一样飞舞起来。他不停地说着，说城里的汽车和房子，说世界公园的游乐场；再把研究院那些研究员说话的酸劲儿，尽量夸张地模仿出来。百川听见自己滔滔不绝的话语，如水库开闸，瀑布般一泻百里，真叫个才华横溢。他看见所有的人都在听他说话，姑娘们早就闭嘴了，像屋檐下的家雀呆头呆脑，一个个都表情迷茫地望着他。而他，根本就不瞧燕儿一眼，这叫作欲擒故纵。然后，说到最精彩之处，突然打住，扔下所有的人，径自回家了。

百川在城里只用眼睛。百川的嘴，留着回到豆庄，才有用武之地。

第三步，百川要收网。他要把爱情的信息，直接传达给燕儿。正月初五那天，村口的桥上又聚满了人。百川悄悄走过去，找个离燕儿很近的位置站下了，两眼就死死盯住燕儿看。燕儿一抬头，同他的目光对上了，眼神慌忙躲，躲也躲不开；再一抬眼，还是百川的眼睛，看得她浑身一阵热。百川觉得自己的眼睛直溅火星子，把燕儿的红袄都烫得一个洞一个洞的；燕儿看懂了他的爱情，终于顶不住了，一扭头，羞得钻入了人堆里不见了。

百川觉得已是水到渠成，自然迈向了第四步。第四步才是真正的关键时刻。百川特意选了正月十五的晚上，他认为爱情的表达应该注重环境和情调。百川穿上了在城里才穿的呢子大衣，一个人去了燕儿家。燕儿的妈在炕上躺着，见他进来，闭了眼装睡觉。百川对燕儿说：燕儿，咱俩出去遛遛？燕儿一噘嘴，说：不去，你没看我妈睡了。百川说：你妈睡了，咱俩在这说话，碍事呢。一把拽住燕儿的胳膊，燕儿就乖乖跟着他走了。豆庄那么大个地方，也没别处可去，百川和燕儿上了场院。当空一轮圆月,地上像是下了一层新雪,燕儿的脸也和月亮一样,惨白惨白的。

百川在场院边儿的墙根站下了。燕儿站得离他有十步远。

百川想挨得燕儿近些。可是,他刚往前走一步,燕儿就往后退一步。

百川有些尴尬,先前准备好的词儿明显地用不上了,就干脆说:燕,我想娶你。

燕儿不吭声,好半天,说一句:我订婚了。

百川激昂起来,问:"你把我和你男人比比,是我好还是他好?"

燕儿又不说话。半晌,蚊子样的声音哼哼:我订婚了呢。

百川心头有火拱上来,大声说:你没看人家城里,结了婚都能离,订婚算个屁!

百川说得激动,一口气往前走了好几步;燕儿不答话,慌慌地退后了好几步。

两个人在月亮地站了好一会,都说不出话。小风嗖嗖的,刀子似的刮脸。百川身上有些打战,对燕儿说那你考虑考虑吧,我明儿就回城,开春了还回来。

两个星期以后,百川又从城里回来。他给燕儿带来了一瓶"华姿"洗发水和一瓶"大宝"洗面奶。他去燕儿家,燕儿不在,他把东西留下了,燕儿妈也没说啥。晚上他去找燕儿,让燕儿跟他出去,燕儿痛快答应了。那晚没风,满天星星像城里的灯火一样;他和燕儿在村里转着转着,就从岔道上了山。百川打小就在山沟里打柴,山上的道他都熟。他把燕儿领到一棵苹果树下,猛地就把燕儿抱住了。他又对燕儿说了一遍,等他再挣些钱,他就回来娶她。这么说着,他就在燕儿的脸上亲了一下,燕儿忸怩着,气都透不过来;后来他就把手伸到燕儿的衬衣里头去了,那儿紧绷绷地鼓鼓着还挺暖和。可惜燕儿胸口上戴的那个东西,像是用布缝的,粗粗拉拉地硌手。他想把那玩意拽下去,燕儿死活按着不让拽。燕儿说话的声音带哭腔,她说:上回你走以后,他来过了。给我爸搬了一箱"二锅头"、两大盒子点心,给我一块头巾,我都没要;他想帮我爹修猪圈,我妈不让,怕欠了他的情。我跟我爹妈说了,想跟他吹,爹妈都同意了,说他不如你,你打小就聪明,家境虽然不算好,但庄上的人都说你以后能成气候。你如今又是城里的工作人,以后过日子也有个依靠。只不过……不过我爹说了……

燕儿的话吞吐起来,百川的心绷得紧紧。好容易等燕儿说完,他长长松了口气,手里抓着的树枝都咔嚓掰断了,事情竟比他想象的要简单得多啊——不就是你爹花了他家八百块彩礼钱吗,这太没问题了,我给还上,他拍着胸脯回答。你想让我啥时候送去,我就啥时候送去!

百川忽地感觉到自己在城里打工的无比巨大的优越性。如果他不是在城里烧锅炉,他虽然一直是村里人见人夸的好小伙,但他能说拿就拿出八百块现金,他能具有一举打败燕儿未婚夫的显著优势和实力吗?

百川拉着燕儿的手往山下跑。只觉得脚下的地平展展的,这山也不像座山了;头顶的星星伸个手就能摘到了,那天空也不是原来的天空了;爱情除了伸手可触摸苗条的燕儿,爱情还使他变成了一个力大无穷的男子汉。

燕儿跑得气喘吁吁的,燕儿没忘了说,下次再回,给她买个"华姿"洗发露。

百川回城的第三天,就收到了燕儿的信。信上九个字:还要我不?

快送八百块钱回来。信尾连名字都没署。

百川二十一岁那年初次尝试爱情,眼看就将大获全胜了。但缺乏经验的百川,偏偏忽略了一个最最重要的环节——百川打工挣下的钱,存放在天下最最可靠的娘手里。百川想要取出那八百块,赶到家的第一件事,必须首先获得爹妈的批准。

娘听得眼都直了,娘半点儿都不认为百川的爱情值八百块。

娘说:燕那么瘦,白得不见血色,像个黄皮臭虫,中看不中用哩。

一晚上百川软磨硬泡,娘就是不给钱。半夜里百川敲开了爹的房门,严肃地对爹声明说,他已满十八岁,有权支配自己的劳动所得。爹当了几十年大队干部,懂政策,爹对娘吼道:你拿给他!

第二天一早百川拿着存折,骑车去了柳树镇信用社。但等他怀里揣着那八百块钱回到豆庄时,他的爱情已经风云突变,一败涂地,毫无挽回的余地了。

据燕儿后来哭诉说,是因为百川的娘。

那天上午,百川的娘去供销社买咸盐,在路上遇到了燕儿的娘。

百川娘就对燕儿娘说:俺家百川是城里的工作人,哪能娶本村的媳妇呢。

燕儿娘回家就同燕儿翻了脸。说人家百川的爹妈都没同意,百川是骗你玩儿呢。

燕儿哭得死去活来。她已经让百川亲了一口摸了几下,她觉得亏得慌。

当天晚上百川揣着钱去找燕儿,燕儿说啥也不跟他走了。燕儿就站在她家大门外的院墙根下,百川和燕儿中间隔着一辆卸了牲口的大车。百川把八百元钱拿给燕儿看,燕儿的眼皮都不抬。百川从大车东边绕过去,燕儿就从西边绕回来。百川踩着燕的脚跟,就差没跪下了:

燕你倒是听我说……燕一个劲摆手说：你别过来别过来。百川依旧勇往直前，燕儿绕着大车兜圈儿。两个人围着大车转了好一会，也没个结果，倒像是一头驴赶着另一头驴在推磨，磨出好些唇边的白沫沫。

百川终于急了，猛地站下，大声说：你到底是为啥嘛？

燕的身子僵在昏暗的墙根下，像个影子。燕这会没哭，燕说得很坚决：你在城里没学好，我不信你了，真要是嫁你，你骗我一辈子……

那一刻百川很绝望。燕儿怎么就能认为他在城里没学好呢？在城里打工也成了他的错？他的优势怎么忽而就变成了劣势呢？再说，他先前怎么就没想到，农村人的爱情，中间还隔着男人和女人的爹妈。他把爹妈和爱情的关系弄颠倒了。在他周密策划的爱情方案中，这是一个功亏一篑的大漏洞。

百川的手插在衣兜里，触到了他在城里给燕儿买的那瓶"华姿"洗发露。他把瓶子掏出来，悲壮地递给燕。燕把头扭过去了。他重又递了一次。他想就算燕不干了，仍该好说好散。但燕又一次拒绝了。

更可气可恼的是，燕也不和他说再见，一扭身就推门回了家。

百川只听得一声巨响，手里那只精致的小瓶子，已狠狠地砸在了燕儿家的院墙上。他能看见那些金色的液体，从瓶里愤怒地喷射出来，追着燕儿的背影迸裂四溅，黏糊糊地涂满了燕儿家的墙缝。那天夜里，百川在熟睡中，从炕上掉到了地下。百川尝到了失恋的滋味。

百川再从城里回来时，路过燕儿家的院墙，还能闻到从墙砖和地缝里传来"华姿"洗发露的阵阵香味，招了一群蜜蜂，绕着他的裤管打转转，轰也不走。

百川二十一岁那年的爱情，就此告一段落。由于出师不利，首战受挫，百川在很长一段时间里无精打采，对爱情也暂时失去了兴趣。

但是爹妈却因此对百川的爱情问题，引起了高度重视。

提亲的人突然就一个接一个地来登门了。本村的外村的都有，嫂子说姐也说，弄得百川每次回家休假，都像是赶集似的，有些眼花缭乱。

但百川不敢说不。百川知书识礼，懂得尊重父母。爹妈就哥和他两个儿，哥早娶了媳妇，他也该娶媳妇。娘虽破坏了他和燕儿的爱情，但娘是为他好。

麦收前，燕儿就嫁了，夫家用摩托来接亲，村口的爆竹皮红红绿绿散了一地。

百川回家麦收，燕儿已经走了。百川曾暗暗发誓，三年不再恋爱；如今燕儿一走，他的誓言失去了对象，三个月还是三年都无所谓了。

月儿就是在麦收以后，像一束成熟饱满的麦穗，跃入了百川的空箩筐。

其实，事后想想，他和月儿的故事一点也不浪漫。月儿家住在西头，说起来，是百川的初中同学。但百川上学时，从来没同月儿说过话。月儿爹是大队会计，月儿没考高中，在大队当了几年广播员。百川很少看见月儿，月儿从不上"王府井"那儿闲聊。前几年百川每次回家，还能听见月儿清脆的声音从喇叭里传出来，伴着炊烟，贴着屋檐低飞；久久缠绕在树枝上，好像是豆庄的空气。

有人把百川领到月儿家去了。自从前年村里的广播停了以后，月儿包了一面坡的果树。以前那个无形无色的声音，忽然变成了一个实实在在的姑娘，红唇皓齿地面对着百川。百川顿时觉着新奇和欣喜，心想自己怎么早不发现，隔着几栋房几片园子，原来眼皮底下就有个月儿呢。

百川一时也不知对月儿说些什么，翻着月儿家炕头的一摞报纸。他问月儿可是喜欢看书呢，月儿说是；他又问月儿喜欢看什么书，月儿就说她自己订着一份《读者文摘》，还买过刘恒和刘震云的小说。百川转身回家，给月儿抱了一大堆从城里带回来的杂志。百川还没有从失恋的打击中解脱出来，他渴望爱抚和安慰。

百川和月儿的事，这么着就成了，简简单单、痛痛快快的，一点都不费事。

百川到了娶的仍是本村媳妇，百川的爹妈似乎求之不得，早先同燕儿娘说的那个理由，压根儿就不存在了。若是按燕儿的逻辑，百川岂不是又骗了她一回。

结婚以后，百川有时恍恍惚惚想起燕儿来，奇怪自己当初怎么竟会看上燕儿呢？明摆着月儿是比燕儿强多了。至少，月儿看书而燕儿从不看书。不喜欢书的燕儿，当然不能懂得百川的爱情，燕儿心里只有那八百块，燕儿才是自己骗了自个儿呢。

百川自从成家以来，对于爱情的认识，有了根本改变。他和月儿一没看电影二没逛公园，定下日子就结了婚。月儿心眼儿好、脾气好，对爹妈也好，百川在城里挣钱，回家交给月儿管着，两人的小日子过得和和美美、有滋有味的。

百川开始怀疑，城里人的那些爱情，也许都是扯淡。

可是眼下，百川的爱情突然面临着考验了。

考验就来自这个缺了一角的院墙。

按村上的老理，一家的院墙不砌个方方正正，财气肥水都从那缺口处跑了。落实到百川，更多了一层心思：这院墙不砌直，他和月儿的爱情，时不时得受到骚扰。那个半夜入侵的贼人没留下线索，全村的男人都是嫌疑犯；百川的这口气没处出去。憋得义愤填膺，心里明白问题的症结，还是首先得解决同李家院墙的边界之争。

天下事都有个来龙去脉——百川结婚时，分了宅基地，是三间房的面积；院子倒有富余，于是百川又接出了一间，按四间的面积找齐，房建好了，打算再把院墙砌完整。但李家死活不让，因为百川的院墙砌成了正方形，院子就占了李家房后的一小块闲地。百川三番五次地提醒李家，当年李家接房时，也曾占了梁家房前的一块闲地，梁家当时一点都没难为李家。他凭什么就不行？凡事得讲个公平吧。

公平归公平。谁又能说，公平的事就非得按公平来办呢？

任百川磨破了嘴皮，李家男人只是闷头抽烟，一声不吭。

等到李家女人一回来，开口破口大骂，百川反倒变成个没理的了。

李家女人说：你一个毛孩子，你知道啥叫公平啥叫不公平？这天底下有公平的事儿么？你爹当书记那会儿，分自留地，少分俺家一垄地，我告诉给你爹，这不公平，你爹不理我，连屁都没放一个。你不是识几个字儿嘛，你给我算算，俺家一年少收多少粮食？这些年下来，俺家受多少损失？你这个小兔崽子还想到老娘这里来贫嘴！

每次都骂得百川抱头鼠窜，落荒而逃。

所以院墙的事一拖再拖，至今毫无进展。

百川为了同李家缓和关系尽释前嫌，曾想去为李家免费安装土暖气。安装暖气的技术，是百川在城里几年最实在最重要的收获。百川早就在自己家和爹妈屋里，装上了烧蜂窝煤的土暖气。每个屋子还都装上了暖气开关，过年人多时，多暖几个屋，人少时集中火力暖一个屋，真是先进又科学。爹说，就冲着百川学了这一手绝活，城里也不白去。每次只要百川一回来，月儿就使劲添煤，把屋里弄得暖融融的。

可是托人把话带给了李家，李家女人呸的一声倒来了气。她说她家睡惯了土炕，安了暖气，以后谁管月月供给蜂窝煤呀？那不是往炉子里扔钱吗，想坑人呢，听着就知道没安好心！

爹妈曾建议百川给李家送百十块钱去，你让一步他让一步，也算是破财消灾。

但李家女人把百川的钱扔到了当院。她说你就是往我家扔金元宝，我也不能让你家合适了。一寸也不能让，一辈子也不让！

百川从此明白什么叫作深仇大恨和不共戴天了。

但百川不甘心。百川能让却不能忍。忍是在城里，回豆庄再忍，还叫人吗。再说百川是在城里待过几年的工作人了，百川不能就这样任凭一个大字不识的女人，骑在自己脖子上拉屎。更不能让这个女人委屈了自家的女人。

百川不信，明明自己占了理，却没有讲理的地儿。

这天早起一睁眼，百川对月儿说：咱家有"土地法"吗？

月儿翻身跃起，趿着鞋到柜里去找。后来月儿把一本破旧的白皮书扔到他怀里。他把月儿抱住狠狠啃了一口。他说月儿呀，土地的事儿就得找土地爷才行。

百川躲在屋里认真研究了一番"土地法"，就骑车到镇上去了。

他在镇政府门口等着镇长来上班。镇长没来，副镇长来了。副镇长耐心听他说完，对他说，你在外等着，我去查查她家的闲地是怎么回事。一会他出来了，说：没事，她家接房以后，屋后那块地就归集体所有了。你回家写个申请，让村里批一下再到镇上批。国家有土地政策，按政策办理。百川回家写了申请，写申请对于他来说，小菜一碟。用不几天，村里镇上都批完了，同意他把院墙砌直。他把那张纸拿给李家女人看，李家女人冷冷说：我不识字，那玩意没用。我跟村长说了，让我家在场院占一间房，我立马就让出这一角地儿！

百川心想这农村人真是没文化，胡搅蛮缠的，那场院是你家占得的么，里外一个不平等条约。他就对李家女人说：现在可由不得你了，我有镇上的批示，合理合法的，明儿我就找人开槽砌墙！李家女人一听就尖声嚷起来:你有批示,那算个屁呀,还不如擦屁股纸呢!想砌墙?门儿都没有,不信你试试!

　　第二天,百川骑车到公路上的一家小店买了油饼豆腐脑,请一个瓦工两个小工吃了早饭,打算开工挖槽。还没等动土,李家女人从房后窜出,猛熊一般扑过来,高声叫道:我看哪个杂种敢再刨一下我的地!然后一屁股坐在了镐把上,呼呼喘着粗气,不停地朝百川翻着白眼。百川厉声说:你起来,再闹我就不客气了!李家女人顺势横倒在地,两手在空中挥舞,用哭腔喊道:咋,你还想打人?你打你打,老娘今儿就死在这儿啦!百川手攥着铁锹,血直往脑门上涌,真想一锹往她脖子砍下去。月儿闻声跑出来,对那几个帮工说,今儿不干了,你们都先回吧。收了百川的铁锹就往屋里推。百川在床上悻悻抽了会儿烟,心想自己一个大老爷们,咋连这么点事都办不了呢!?

　　第二天清早,他对月儿说,他得到县城去一趟,找找熟人想想办法。百川坐汽车到了县城,找着一个初中的老同学,在县委当电工。老同学领着他去了一趟土地局,他把那份盖着两个大红印的申请书给人看了,又给那人塞了一个信封,里头装了二百元钱。那人就说,改天我亲自上豆庄去一趟,给你们调解调解。

　　百川回到豆庄的第三天上午,县土地局真来了两个人。在村里转悠了一个来回,到百川的院子里瞧了瞧,哼哼呀呀地点头;又到李家坐了一小会,然后就走了。也不知道他们都对李家说了些啥,只听得李家女人的声音倒比他们高出好几倍去。他们一走,李家女人就蹦到院子外头开始骂街。

　　李家女人站在门前的一块石头上,面冲着百川家的门楼,摆开了决一死战的架势。她的脖子梗着,身子往前倾,散乱的头发和衣服的下摆,随着胳膊的挥动一煽一煽的,像一只正同鹰蛇搏斗中的老母鸡;

她的眼珠血红，嘴边唾沫飞溅，像一支支利箭，射向周围围观的村民；随着一连串的脏字出口，她的唇边堆起越来越多灰白色的泡沫，像磨盘边上往下流淌的浆汁，尖利的噪音同远处的狗吠鸡鸣声声呼应，狂风一般卷过冬末死气沉沉的村庄……

月儿在屋里，用手掩住了耳朵。

直到天黑下来，那女人嘶哑的声音依然此起彼落。

百川站在寒风瑟瑟的小院子里，忧心忡忡地望着那个用篱笆挡上的缺口。砌直院墙，究竟得"占"人家多大个地方呢？百川在心里估摸。

昏暗的暮色中，他看清那狭长窄小的一角，恰好等于一张单人床的面积。

就像百川在城里工棚的铺位那么点大小。

百川突然有点儿想念城里了。城里的人毛病再多，却没见过像李家女人这种压根不讲理不懂法的人。

百川进屋对月儿说：我得写一份起诉书，上法院告他们。我就不信，这么点事儿，真没有法律能管着了吗？

3

过完正月十五，百川把起诉书交到县法院，就回了城里。

他对月儿说，是个男人，不能老在家守着媳妇；等着也是等着，还不如回研究院去干活，还能挣点儿钱。

他又说，谁也帮不了咱，咱只要有理，总有赢的那天。

月儿不提"最后通牒"那些话了。月儿为他收拾东西，笑着说：你走吧，我还让娘过来跟我做伴。

百川临走前，夜里骑摩托到十几里地外的矿上，乘黑弄了几捆粗铁丝，然后把自家院墙缺口的篱笆，结结实实又缠了几道。

风暖了，村口的小河冰面上漾起一层亮晃晃的水，像是要化冻的样子。

百川一进城，望见街上来来往往的汽车和乌泱泱的人群，胸口又开始发堵。在乡下偶尔惦念城里的那种好感觉，一下长途汽车，就剩不多少了。

气势宏伟的研究院大院，一个偏僻的角落里，前几年搭起这座破砖旧瓦凑合成的两层简易楼，专门给农民工住。工程队的人陆续都回来了。一间间能住十几个人的大屋里，回荡着百川熟悉的气味，臭袜子劣质烟酱豆腐咸菜还有廉价香皂，百川能准确地辨别出其中复杂的成分。

队里有一大半农民工都来自柳树镇，沾亲带故，都是投奔千军来的。

他们同百川打招呼的眼神，显然同见了老板千军很不一样。千军一九八四年进城当水暖工，一卷行李上扣一个脸盆。十年后，千军不仅拥有了一个五六十人的施工队，还在县城置了商品房，一辆"捷达"每个周末来回溜达。若不是千军承包了这个队，老家的人，能在城里月月开上好几百块钱么？

千军理所当然拥有一种相当于救世主的自我感觉，

千军单独住一个小屋，在走廊的紧里头。嫂子来住的时候，他们就自己开伙。

百川不想先去千军那屋去报到。路过县城时，他也没到千军家去。

千军是他亲哥，但千军给他的感觉太像一个领导。百川没有巴结领导的习惯，准确说，百川一向没有固定的领导，所以不擅长同领导相处。

百川穿过大屋里横七竖八的上下铺中间曲里拐弯的过道，找到靠窗口自己的铺位，把手里的东西放下，胡乱抹了抹床上的灰尘，掏出烟来点上了，身子在行李上斜靠着半躺下来。有人同他搭话，他勉强敷衍几句，懒得多说。只是一眼看见那个叫响泉的人，竟然在这乱哄哄的地方，埋头抱着一本英语书，缩在自己铺位上，便笑着喊了响泉一声，扬手扔了一根烟给他。响泉接了烟，并不抽，仍是低头看他的书。

百川在喷吐的烟雾中，忽见床边墙上的那张招贴画，乔丹硕大而发亮的黑色头颅，正像一头公牛似的迎面冲过来。这张画是他从摊上花了好几块钱买的，在那么多世界级球星中，百川唯独喜欢乔丹。乔丹一抬腿，身子就像要飞起来，飞越世上所有的高山大川。乔丹是黑人，但乔丹能让所有的白人为他欢呼。勇猛的乔丹天天同百川做伴。乔丹的足迹遍布整个地球，而百川蜷缩在乔丹的脚边，守着自己窄小的铺位，想象着乔丹在那个陌生的世界里叱咤风云。

然而，就这么二尺宽六尺长，一张床大个地方，眼下毕竟是属于他的。他要是愿意，就可以一直在上面睡下去。只要他拥有这床，他就可以挣到不算多也不算少的工钱。这和乔丹完全是两码事。

而在豆庄自家门口，也是二尺宽六尺长，像这铺位那么大个地方，想"统一"到自家名下，却那么费劲。起诉书是送上去了，希望却很渺茫。法律要想装聋作哑，你就算是个"工作人"也干没辙。

那山沟沟本来有的是土地，可如今每一寸每一分得失，都你死我活的。这城里本来挤得像个蜂窝，可那么多农民工进来了，倒是各有各的所在。百川在城里拥有这六尺空间，百川在乡下倒没有了自己的位置——百川这样一想，觉得有些发懵，像是一件安错了榫的家具，摇摇晃晃地站不稳也看不明白。

这时百川就听见有人喊他，说是千军让他上那屋去一趟。

千军说：回啦？

百川说：回了。

千军说：爹妈都好么？

百川说：好着呢。

千军说：本想正月十五再回去看看，事儿忙，没顾上。

百川说：去不去都一样，娘给你拿了一瓶泡好的野杏瓣。

百川把手里的瓶子搁在了桌上。桌上刚换了一台二十九英寸的彩电，是千军新买的。

千军扔给他一根烟，就开始给百川讲今年工程队的生产任务。千军和下属说话从没有半句废话，三言两语就把话说完了。百川用心听着，明白千军的意思是说，到今年冬天，这一片地区实行集中供暖，锅炉全部取消。所以从开春到秋天，工程队只有一种活儿可干——全力以赴挖土方埋管道，确保冬季顺利供暖。

百川问：那到了冬天我们干啥？还能当水暖工么？

千军笑笑：那得看情况。管理热力站，得有技术。

百川又问：那以后冬天不烧锅炉了，那些锅炉工咋办？

千军扔下烟头，说：你操这份心呢，管他们干吗？我找你来，是让有思想准备，你也得去挖土方，明天就开始。

百川的脸就阴了。愣了一会神，说：你不是一直说，让我进城学技术么？

千军很快接了话茬：要是你嫌挖土方钱少，可以再打一份工——兼管食堂伙食账，每月加一百元。这可是额外收入，算优惠我老弟的。

百川的喉结上下蹿动，唾液咽了又咽，甩甩手，走了出去。

千军算个啥呢？百川愤愤地想。自己虽然是给千军打工，但千军难道就真是个老板了么？别看千军在简易楼里说一不二的，出了这楼，一进研究院的办公室，千军就跟三孙子似的，见个司机打字员都点头哈腰，脸上的笑容一堆一堆。

千军不过是比百川早了几年进城。刚进城那会，骑车上立交桥，找不着东南西北，在桥上转了半个小时，又从原路下来了，警察罚他一块钱，兜里只有五毛，回研究院找人借。千军拿了头一个月工资，到摊上买了套最便宜的西服穿上，领带系得跟红领巾一模一样。千军那时候管谁都叫主任，谁跟他打扑克，他都毫不犹豫地输给人家。这些小秘密，可是千军喝多了酒以后，自个儿说出来的。

千军上任前，原先的老队长是柳树镇杏庄的，把个工程队管得溃不成军，研究院基建部门想把这队解散了。那队长去给主任送礼，灰头土脸，衣服脏拉巴叽，拎着一书包苹果核桃，进了门往墙角旮旯一蹲，连句囫囵话都不会说。转身一出门，那书包就让人给扔出来了，苹果核桃一个一个顺着楼梯往下滚……老队长弯着腰在楼梯上把苹果一个个捡起来，回到工棚里，老泪纵横。他说这队算是没法混了，要想不散伙，你们自己另选个队长吧。千军就是在这种情况下，亮出承包标底，翻身上马的。千军早就偷偷算好了一笔账，要是由他来驾辕，不用边套，稳稳地只赚不赔。

百川从小跟哥一起长大，哥虽是豆庄公认的人尖子，可以前没人看出来，千军和城里人打交道真有两下子。管基建的头儿无意流露了想吃鱼的意思，千军立即就到早市上花钱去买，用塑料袋兜几条欢蹦乱跳的大鲤鱼，给头儿送去了，却说是自己在朋友的鱼池里钓的。要不说钓的，人家就不好意思明目张胆地收下；而自个儿钓的鱼，除去交易的成分，还含有友情在内，让人收得理直气壮地还挺亲切；千军给头儿送金丝蜜枣，也说是家乡的土产，可柳树镇那一带根本就不产小枣，头儿也默认了。千军送礼有一套理论一套学问，什么样的人该送什么样的礼，在什么时候送，都恰到好处。各送所需，不可乱了方寸。若是同研究院的知识分子打交道，千军一般是送家乡的土特产，苹果板栗什么的，让知识分子觉得价廉物美地心安，又不必再花钱去买。如果同处长局长一级的干部打交道，最好是送茶叶，再进一步，就送喝茶的瓷器、茶具，像系统工程一样要配套，流水作业，一环扣一环。那个管基建预算的处长，是千军目标中的重点人物，千军偶尔发现处长喝的是花茶，就很惋惜地告诉处长说，喝花茶上火。第二天给处长拿来一罐上好的绿茶，似乎随意地让人家试一试，就只是试一试，您看看是不是真的解毒败火，试一个星期，您告诉我喝绿茶的感觉，这有什么坏处呢，什么坏处也没有。喝不好再拿来还我都行……那处长从此喝绿茶喝上了瘾，茶叶当然都是千军送的。随着高档绿茶价格的逐年扶摇上升，千军每年从承包预算中额外得到的收入，也一年高于一年。百川后来逐渐看明白，工程预算应看作一项魔术，其中的奥妙怕是连鬼都捉摸不透。比如盖一栋楼房预算一千万，表上指定该用直径一点五厘米的钢筋，四二五标号的水泥。可你包工头实际上购买的是一厘米的钢筋，三二五标号的水泥，等到钢筋灌入水泥，预制板上墙到位，谁能查出那钢筋缩了零点五厘米？仅仅这一项，就能为包工头省下，又赚下多少钱呢……

等百川进城的时候，千军已经像一条滑溜溜的鱼，在城里那没有水的立交桥底下转圈悠荡，悄没声儿地畅通无阻了。

千军早已今非昔比了。走在研究院那么大个大院里，有文化没文化的城里人，他都能跟人侃上一阵。他会同老局长谈谈有关养身之道的建议，给年轻人讲周末郊区旅游的窍门，和中年人谈物价和农贸市场。个头矮小的千军，任何时候总是西服革履，头发梳得整整齐齐，打上摩丝，湿漉漉的，油光锃亮，那风度气派，真比城里人还城里。如果不是他黑黢黢的肤色即使去美容外科磨砂也刮不掉，一般情况下很少有人能一眼看出千军原先是个农民。简易楼千军的小屋里，麻将哗啦哗啦洗牌的声音常常响到天亮。千军手气好，但千军总输牌。千军在牌桌上的损失，自然会有人从别的渠道给他加倍地补偿了。如今给人送个茶叶茶具什么的，实在太微不足道了，所以千军必须通宵达旦地输牌，只有通过输牌才能挣到钱，才能使他的工程队站稳脚跟。七八年间，研究院下属的国营企业，已陆续破产了好几家，可唯有外县里来的这支包工队，仍然稳稳地立于不败之地。百川每天早晨出工时，千军那屋总是房门紧闭，千军说不定才刚睡下哩，要到午饭那会，才能看见千军睡眼惺忪地从小屋里走出来。但千军是老板，老板打牌就是工作，千军只要把心里那一本账，出来进去的都管住了，千军就能继续往百万富翁的方向大步前进。

百川不能不佩服千军，但佩服归佩服，百川心里却不喜欢进了城以后的千军。千军学会了变脸，对城里人一张圆脸，对队里的临时工一张长脸。千军总用首长的口气对百川说话，好像是他在养活百川。百川觉出这种不平等，渐渐就同千军有了别扭。他明明和千军一同在支撑着这个队，他在工程管理的具体事务上付出的心血和体力，不说比千军多，起码也占了一半。为什么千军一当了头儿，兄弟之间就不是那么回事了呢？百川有时觉得自己和哥的关系很微妙，像是停在站台铁轨上两节交错的车厢，看着挨挺近，拉手说话的，车一开，就各奔东西的越走越远了。可那到底是贫富差距还是什么别的什么差别，百川一时还说不上来。

百川有时还能想起千军刚当上包工头那会，有一次回豆庄，咬牙切齿地对爹说，他一定要给全队的临时工，每人做一套西服，让城里人再瞧不起咱农民工！后来由于全体农民工的坚决反对，说有做西服的钱，还不如直接发给大伙得了——千军为大伙改头换面的宏伟计划才落了空。

也许是因为穷日子太长久了，从出生到长大，从念小学到上中学，百川的记忆中，哥哥和他从没有放开肚子吃过一顿饭。百川还记得，千军高中毕业那年夏天，县中全体高二学生照毕业照，老师要求每个人穿白衬衫蓝裤子，衬衫可以向别人借，却忘了自己光脚穿着一双布鞋，连袜子都没有。千军急得跳脚，赶紧用蓝墨水在光脚杆上涂上了两截，冒充蓝袜子，等集体照拍出来一看，那袜子画得像真的一样。

那张照片千军也不当回事，让爹妈捡了，宝贝一样挂在自己的屋里。

百川觉得贫穷就像一台机床，能把人的心，像钢丝像铁索，麻花似的旋拧、卷曲起来。他揣摩千军的心思，千军肯定是想让自己变得比城里人更有钱，千军相信乡下人有了钱，就能让城里人刮目相看。但偏偏百川不这么想。

锅炉的暖气停了以后，百川开始同大伙一道挖土方。百川没有理由不去挖土方，除非他辞工离开这队，回豆庄去种地，那他就同哥彻底掰了。他细想想，觉得不值，挖土方这活累是累，也不是干不了。

研究院大门口的马路，像是开膛剖肚，挖出一道深沟。马路手术过无数次了，死去活来的，缝了一遍又一遍，也不用麻药。玉米面似的黄土，堆积在马路两侧。遇到刮风天，尘土飞扬，眯得眼睛几步外看不清东西，同在豆庄的地里干活没什么两样。可若是在豆庄刨土，是决然挣不出在城里这每天十几块工钱的。同样是扒拉土疙瘩，城里的疙瘩也比庄户的疙瘩值钱啊。

百川听见沙土在他耳朵里旋转,像黄豆一粒粒滚过磨盘,发出金属一样铿锵的声音。他身上的汗味和热气,同铁锹一起挥舞着,在阳光下蒸腾出一道炫目的白光。深沟像一座墓穴将他围困埋葬,他挣扎着喘息着,喉咙好像着了火一般……

轿车卡车面包车吉普车,牛群羊群似的,一群群一堆堆从马路上驶过去。宝马奔驰本田雪铁龙尼桑蓝鸟那外国名牌数都数不过来。城里怎么就能有这么多的好车,开车的又是什么人呢?路边几十层的高楼,远的近的山峰似的耸立着,仰脸看像是老家山上的烽火台;这个花园那个广场一幢幢烟囱似的耸立,山上人工种植的林子,也没那么密实;城里这么多的大厦,住的都是什么样人?谁能掏得起房钱?……

在城里的时间越长,百川积累起越来越多的疑问,把脑子搅得像糨子一样。

百川想要解决自己脑子里的问题,只有去看报纸。

每天下了工,百川洗了脸换上干净衣服,吃了晚饭看完新闻联播,就到研究院的老干部活动室去看报纸。那些离退休老干部,曾经和气地把他询问了一番,以后一次也没轰过他。百川发现那空荡荡的屋里多个年轻人,他们其实是很高兴的。

这天晚上,百川照例去看报。报纸太多,他每次只看一两种,但总是看得很仔细。他喜欢看《中国青年报》和《作家文摘》,几乎每一篇都不落。

百川看着看着,忽然就趴在报纸上不动了。

他看见了左下角有一加框的小方块,标题是:中国远洋轮招聘海员。

他把那条消息,反反复复又看了好几遍。然后跳起身飞奔出去,一口气跑到简易楼,把那个叫响泉的小伙拽了出来,一直将他拽到了老干部活动室,把他的脑袋按在那张报纸上。

响泉也趴在报纸上不动了,半晌,抬起头,迷迷瞪瞪地问百川:能行吗?

咋不行呢?百川的嘴唇都打架了。你没看上头写着,年龄25岁以下,有高中毕业文凭,不限城市和农村户口,都可报名参加应聘海员的英语考试。我还是头一回看见报上登,农村户口的人,也能去考试哪!你自学了那么多年英语,不就等着有个用它的机会么?

响泉直直地盯着百川,眼睛里一片闪闪烁烁的灯火,光芒四射。响泉的老家不在柳树镇,响泉是从山西来的,他怎么进了这个队,百川没问过。只知道响泉老家有个爹和妹,爹想用妹给他换亲,他说妹太小,不忍心,就跑了出来。响泉瘦,干活没劲,千军看不上他,好几次要撵他走,百川都给说了情。百川喜欢响泉,因为响泉也爱看书。而且响泉看的是英语书,让百川望尘莫及肃然起敬。响泉不像队里其他那些民工,凑在一起就说女人,还有男人和女人的那点事儿。城里女人乡下女人都在嘴上糟蹋够了。但是响泉一有空,就在角落里抱着一本英语书,嘀嘀咕咕念念叨叨;或是抱着一只破旧的录音机,叽叽嘎嘎地说着没人能听懂的话。为了这个,响泉在队里招人烦,没少受千军和那些农民同事的奚落,只有百川护着帮他。百川问过响泉学啥不行,非学个英语,隔山隔水的上哪换钱花?响泉说也不为别的,就因为上学时候英文特别好,就喜欢上这玩意了。百川觉得这和自己喜欢文学是一回事,从此将响泉视为知音。其实他并不认为响泉日后真能有什么出息,只是因为响泉那份不切实际的心思,多多少少分担了百川心里那个朦胧又遥远的梦。百川觉得自己有了携手的同路人,好像一支队伍壮大了。用书上的话说,他和响泉的友谊中有一种患难与共的成分，惺惺相惜。所以百川当然要极力鼓动响泉去当海员，哪怕就算玩儿一把呢，百川的口气像城里人一般潇洒。为了落实这潇洒，百川掏出五十元钱，让响泉去交上报名费，否则响泉还是光学不练。过了两个星期，有通知寄来，让响泉到一家大饭店去考试，百川陪着去了，在考场外给他买了瓶杏仁露喝下。响泉考完出来后，说他写字时尽想撒尿来着，百川气得给了他一拳。又过了两个星期，有一封信寄来，让响泉去口语复试。再过了两个星期，竟然有电话打到了研究院基建办，通知响泉说他被录取了。

　　那一天，百川比响泉还兴奋，对哥说，你让伙房炒两个菜，大伙喝点酒庆祝庆祝吧。千军的脸上很不是颜色，说你要庆祝，自个领着响泉下饭馆去，他考上考不上，关我屁事！百川扭头就走了。他拉着响泉上麦当劳，说这回你要上外国，先开开洋荤。却没想到那麦当劳不卖酒，嚼了两盒炸土豆条子和面包夹肉，灌一肚子凉可乐，两人吃得没滋没味的，感慨说那远洋轮船上，也不知是吃的中国饭还是外国饭，若是天天吃土豆，还不如在国内呢。

　　第二天，百川请了假，陪着响泉去报到。那远洋公司的大楼倒很气派，百川留着心眼，让人拿文件给他们看，确定不是假冒的才算真正放心。等交了身份证，小姐说，还得交五千块钱，是押金和培训费，一个月以后，就要到新加坡去培训了。响泉一听，顿时就傻了，转身就走，一迭声地说，不去了不去了，我要有那五千块，还上太平洋去浪荡干吗。百川忙着追响泉，心里的气不打一处来。他说响泉你真傻，等你上了船，你就是挣上大钱了，那五千块要不了几个月就还上了，一辈子能挣多少你算一算？响泉愣一愣，停下脚说可也是，可我上哪去弄这五千块呢？百川说，借啊。上哪借去？你在这城里可有老乡亲戚什么的，你把这录取通知给人看，人都会信你不是？响泉站那琢磨一会,脸色缓过来些,当时就去办了手续。小姐说那钱可以在一周内交上,剩下就等通知了。

响泉就此辞了工,一心一意地去借钱做准备。过了几天,响泉垂头丧气地回来了,把百川悄悄叫到一边,把手里的纸包打开了让百川看。百川一看那沓钱薄薄的十分可疑,问是多少,响泉说,一共才借到二千五百块,再也没有了。百川想了想,说明天正好发工资,我借你五百吧,凑上三千整,就还差二千了。

响泉呆立着,眼圈有些发红,揉着纸包说,再过三天交不上,我真去不了了。又用鞋使劲踢着地,低着头说:还能帮我想想办法么?哪怕借高利贷呢。

百川不吭气,百川的鼻尖上沁出了汗珠,手掌也潮乎乎的。

响泉绝望地看着他,好像自己唯一的生机,都寄托在百川身上了。

百川咳了一声,避开响泉的眼睛,点起一根烟抽。百川知道有一个人,可以帮助响泉。只要他真想帮的话,这点钱对他来说不会太为难。也许响泉寄予最后希望的,也是这个人。这个人就是千军,一家近在眼前的信用社。只是百川不知道千军肯不肯借钱给响泉,千军似乎是从一开始就立下了规矩,从不借钱给队里的民工。但响泉的情况例外,响泉就要到远洋轮上去了,响泉完全有能力偿还。

百川把烟头猛地扔下,说了声走,就在头里朝着千军的小屋走去。

他心里有一种大义凛然的冲动,就像在河边面对溺水者见义勇为。

那会儿碰巧千军一个人在屋里看电视,百川把电视的声音拧小了些,怕响泉开不了口,就替响泉把来意说了。反正响泉是队里的人,这考远洋轮的事,前前后后千军都是知道的。他说得有些结巴,因为就连他自己,也从来没有向千军借过钱。千军听着他说,脸上一点儿表情没有。他说完了,屋里突然静了,就像半夜似的。

响泉的头更深地低了下去,连鼻子都瞧不见了。

后来千军就笑了一笑。千军说:响泉,你可是结了账的。那天我已经把你三个星期的工,发一个满月的工资给你了。

不等响泉答话,千军又说:这么的吧,你考上了远洋轮,是个好事,我就算是赞助你吧,再给你加上二百块,咋样?……其实呢,我也有我的难处,看着像是个老板,可维持这一个队五六十人的开支,哪有多少流动资金……

千军从裤腰上解下钥匙,打开床头的保险柜,从里头点出二十张十元的票,又数了一遍,然后递给了响泉。

响泉嗫嚅着,似乎是想说什么,却没有说;把手在裤子上蹭了蹭好像摆了摆,明明是不要的意思,却终于还是伸出手去,把那钱接下了。

百川的脸唰地红到了脖根。等响泉回过头,发现百川已经不见了。

百川突然作出了离开工程队的决定。

从千军的小屋窜出来以后,他在楼底下转了两圈,脑子里空空荡荡的,忽然就觉得说什么也没法在城里再待下去了。

当哥的千军,见死不救,还叫个人么?明知是他百川张罗的事,却连个面子都不给,这回百川真的恼了。千军明摆着把响泉当成个乞讨者,这等于将百川的人格都降低了档次。百川如果默认了这个事实,就是默认了千军的无情。他如果不反抗千军,以后千军还不知道会怎样得寸进尺,让他乖乖地俯首帖耳呢。百川觉得自己再也不能容忍千军的傲慢和自私了,他必须用行动来让千军明白,百川可不像别的民工那样,想揉成个什么样就揉成个什么样;他宁可不挣这份钱,也不愿变成一个像千军那样的城里人。

响泉冷不丁将百川推到了山崖边上,响泉有些进退两难了。

不走还怎么着？打工的炒老板，赢的就是那么一口气。

再说城里原本也不是自己的家。

第二天早起，百川不吃早饭就开始收拾行李。旁边的人问，也不搭理。他知道会有人去报告千军，他就等着千军来问，问他为什么要走，也许千军还会假惺惺地说几句挽留的话。那时他便冷冷地回答说：为什么走？你心里明白！千军讪笑着说，是为了你家打官司的事吧，也是得回去催催了。百川反问：你难道真不知我为什么走？千军说：小麦该上肥了，玉米也得间苗了。百川打断他大声说：你少给我扯，我这一走，不回来了！千军这才慌了神，忙说何必那么认真呢，我这就上银行去。他摇摇头说不必了，你自个留着那钱去当地主资本家吧……

可惜等到百川把行李系上最后一扣，千军也没有出现。百川真是过高地估计了千军。千军连问都没有打算问一下响泉的工作，这下子百川看来是不走也不行了。

百川走前，让响泉把那二百块还给千军，响泉照办了。百川没忘了领着响泉又到那远洋大楼去了一趟。他对响泉说，就当是山穷水尽，死路也就这一条了。响泉把那三千块给公司的人看，说他再交不上更多的钱，如果他们真想录取他，他就打上个借条，剩余的钱先欠上，等工作了再月月扣着还。他若是公司的人，死也死在船上了，还能往哪儿跑呢？几个头儿模样的人，走进里屋研究了一会，出来对他说，那就先交了三千吧，欠下的两千块以后按月扣，要加利息。

百川发现城里人办事其实挺讲究规矩的，表面看，也不像乡里县上的干部那么贪。城里人有时比农村人更有同情心，那同情虽有些居高临下，但你要真有难处，人家还真帮你。不像那豆庄的人，这几年好好坏坏的，全都原形毕露了，耍钱的偷摸的抢劫的，谁管谁啊；有一家人过年时，给生病的爹放两个冷馒头在床边，外出串亲戚去了，过了三天回来，那老头身子早就僵了，不知是饿死还是冻死……

城里既然还有可让百川留恋之处，百川又为什么要走呢？百川理不出头绪。现在百川总算把响泉的事办妥了，办妥了他更不能不走了。临走时，他把自己的铁锹擦得锃亮，把工具收拾利索了，又在研究院大院里转了一圈。望着家属区宿舍的楼窗，他想每一家的暖气管道都是他亲手安装的，可等他走了，谁还会记得他呢？

弯弯的山路两边，杏花开得云一片雾一片，惹得百川心里隐隐地疼痛。

4

香椿树发叶了，攀树上摘下几枝，洗净剁碎了，拌上盐末子，在面条碗里撒上一撮，出溜出溜的鲜掉牙；小葱水萝卜蘸酱就烙饼小米粥，撑不死你；山上有的是野菜，莴苣龙须草花椒叶木力芽，凉拌也行包饺子也行，嘴边肚里都是野菜的清香。

靠山吃山。回了家，从春到秋，顿顿饭都体会着山沟里的好处。

百川想起城里包工队伙房炖得烂乎乎的白菜，汤上浮几片白灿灿的肥肉，更在心里认定城里的日子是没法过的。在家里，你想干啥就干啥，你想几点起就几点起，再没人会像训孙子一般训斥你，也没人能随意支使你。村长都没人管，谁管你呢。除了兜里没钱，当农民还是有一丁点儿自由。

爹对他的归来抱着不置可否的态度。他曾当着爹说了千军的不是，爹哼哼说，回来也好，家雀和盐面虎飞不到一块去。百川记得庄上的老人说过，耗子吃了盐，就会变成盐面虎。盐面虎学名蝙蝠，昼伏夜出的，和家雀正相反。只是百川拿不准，爹这句话究竟是向着自己，还是向着千军。

百川既然从城里回来，就像以前的知青回城探家，首先得为自己作些补偿，充分享受回家的乐趣。天天晚上把那只有一个频道的电视看到再见，睡了早觉再睡午觉，午睡起来扛一根鱼竿去河边钓鱼，钓上了就让月儿熬鱼汤，钓不上就权当做气功了。补上了城里两三个月来欠下的困倦、欠下的油水、欠下的温暖之后，百川悠悠哉哉浑身轻松。

遇上有人来家里闲坐，让百川讲些城里发财的事，百川总是按着城里人的习惯，给人沏上茶水。来人有些受宠若惊，把鞋上的泥在门槛上蹭了又蹭。庄上有些无所事事的年轻人，闲得无聊总喜欢扎堆耍钱，百川说声不去，他们灰溜溜就走，再不敢多说一句，更不敢硬拽。百川感受着自己在豆庄受到的尊敬，似乎都是由于自己是从城里回来；但实际上他在城里却是那样的微不足道，他在城里受了那么多的委屈，就像扎了一背的芒刺，从来没有感觉自在过。但他回到乡下，却又把芒刺当作名牌T恤衫一般来炫耀。百川自己也觉得有点儿自相矛盾，只是他没时间细想。

现在该轮到百川，来为月儿和这个小家作补偿了。百川开始在院子里出出进进，忙乎着在东边搭葡萄架、西边栽柿子树；鸡窝要修、菜窖要扒、压水井的管子得检查、厕所的化粪池得清理……月儿到村办的服装厂去上班了，天天早出晚归，家里的一摊都扔给了百川。百川忙不完的活，做不完的事，披星戴月，脚不沾地，看来人要是给自家打工，总是打得心甘情愿。何况百川是在城里待过几年的人，百川见城里的那些男人，无论是坐办公室还是当领导的，回家买菜做饭洗衣真比劳动模范还劳动模范。有一回他调侃地问过徐主任，徐主任一本正经地回答说，结婚以后家务劳动就是爱情的具体表现，没有家务就没有爱情。这句话使婚后的百川刻骨铭心。百川除了给老婆洗裤衩这一条难以实施以外，在村里已成了大姑娘小媳妇暗中赞颂的对象。百川娘常见百川一早起来扫地抹桌子，叹口气跟百川爹说，你年轻时候要是进了城，我这辈子就有好日子过了。

百川一心一意进行着豆庄的家庭建设，这里是他永久的根据地。小家初建时，就是完全按照城里单元房的格局安排布置的——东西正房中间的外屋灶间，是一个正式的客厅，摆上冰箱电视，还有一大两小自己打的沙发，一进门就跟城里的住家没两样；东屋是卧室，一张从县城大商场买的双人床，覆盖着粉红色床罩，火炕这种落后的东西，早就被他淘汰了；厨房利用最西头的空屋改建，正房里根本闻不到柴火味和油烟味，用墩布擦洗了屋里的水泥地，同城里的地板一样光溜。他还在西屋为自己做了一只书柜和写字台，桌上放着一只台灯和一只石头的笔筒，透过书柜的玻璃，能瞧见阁板上参差不齐的书，正在一天天满起来。百川兴致勃勃地经营着他的小家，被城市暂时中断了的那种"掌柜的""当家人"意识，像一株扦插的柳条，在雨后蓬勃地复苏生长。

每当百川穿过自家的门楼，望见那缺了一角的院墙时，心里就会咯噔咯噔跳个不停，院没堵上，心却堵得发慌。自从他将篱笆缠上粗铁丝以后，没有人再来骚扰月儿了，但是三个月以前交到县法院的起诉书，却至今也没有判下来。就像一条脱了钩的鱼，在深水里逃得无影无踪。

自打他从城里回来不走了,李家就在院墙缺角那篱笆底下,搭上了一只窝棚,单人床大小,仅够躺下一个人,李家男人从此夜夜都睡在窝棚里。百川不解,问月儿,月儿打听了回来说,那是怕我们半夜砌墙,提前做防卫呢。百川哭笑不得。

百川只好请老同学去县法院说情。同学说,空嘴怎么说?总得喝酒吧。

喝酒没问题,嘴和肚子都现成。只是百川这几个月在家闲待下来,眼看就有了经济危机。最后一个月的工钱给了响泉,带回家的钱所剩无几。月儿说是在服装厂当了领班,可是每月的工钱都是拖了又拖,承包服装厂的头儿,还是月儿家叔伯哥哥的"一担挑",工资却是照样发不出来。月儿偶尔领了百十块钱,那钱就放在抽屉里,月儿说你想花就花,钱留着也不下崽。百川心想,要是用这点钱去请法院的人喝酒,闹不好该把院墙一角判到李家去了,百川不敢。那些日子百川想戒烟,心里烦着,一时半会戒不成,只好改抽一块一毛钱一盒的"高乐"了。嫁到县城当了工作人的姐回家来串门,说我弟都抽上这牌子的烟了,日子还咋过?红着眼圈当时就到村口小卖店给百川买了盒"阿诗玛"。姐说,你再没钱也得想法子请客,要不那判决书二年也下不来。院墙不垒直了,做人不硬气。哪怕朝你哥借一些呢!

百川点着头。但百川打定主意,即使穷途末路,也绝不向千军借一分钱。

百川当初一气之下离开千军跑回老家时,并没有把经济上的事想得那么清楚。如今日子过得捉襟见肘的,才觉得问题有些严重了。村里女人们的眼色也变得丑陋起来,有人把"王府井"那儿扯的闲话传给百川,说男人靠老婆的钱养活,可不就得在家倒尿盆么。百川真想揍她们，可月儿在枕边却柔情对他耳语：我就愿意你在家，一辈子不走才好，以前总留我一个人在家，结婚一年多了都怀不上孩子……月儿把他搂得紧紧，弄得百川晕晕乎乎的倒觉得自己穷得很英雄。

第二天醒来，百川还是决定要找份活儿干。他想回矿山去，一打听，才知矿山前些时候刚出了一个大事故，正停业整顿。想要承包鱼塘，年初就被村上各户瓜分完毕了。如果承包荒山种树，买树苗和工具的成本首先就是一大笔投资。豆庄方圆十几里，就这么几道山沟几道山梁几片山坡再加一小块盆地一条小河，还能有什么用武之地呢？村里的年轻人能走的都走了，翻过门前的大山走到城里去了。城市就像九层重叠无边无际的天空，蝇也飞鸟也飞蝙蝠也飞老鹰也飞，还有飞机和火箭，任这地球上有多少可飞的东西，城里的天空都填不满。百川没想到，他一旦离开了城市，竟然就像折了翅膀的鸟，一下子栽到地上。

眼看着走投无路了，那一日月儿下班回来，满面春风地对他说：给你说个好消息，有人请你到服装厂去当副厂长，明天就去上班。

百川想起来，前几天在桥头，遇见过村办服装厂的厂长，人家是对他说了那个意思，说他在城里待了几年，见多识广的，要是到服装厂帮着干，服装厂立马就能转亏为盈了，当时百川没敢答应。听月儿说，服装厂做的衣服质量不行，卖不出去，钱也收不回来，一直靠贷款维持的。他即使去了，发不出工资，还不等于白干？

但白干总比啥也不干强些呢，百川犹豫着。在家待得憋闷，过了几天，想了又想，还是去了。人家让他当副厂长，说啥也比在千军的包工队里职务高多了，属破格提拔呢。

百川到了服装厂上任，一排新盖的厂房，都是贷款贷来的。车间里摆着几十台缝纫机，几十个姑娘媳妇的脑袋冲他转过来，叽叽咕咕地乐,都是一个村的,没有一个不认识。百川在过道里走了个来回,找不着一点儿厂长的感觉。

过了一个星期,百川发现自己这个副厂长,其实并没有什么生产任务可以管理。厂里最近一直没贷到款,也没有接到订单。他的主要工作,就是像个治安警察一样,严密看管工人,防备他们偷厂里的东西。

偷东西在服装厂已是习以为常的公开秘密,大概除了厂长本人和月儿以外,所有的人都偷。车间的缝纫机线、布料、扣子、拉链以及塑料袋,都是人们顺手牵羊的目标。她们说那不叫偷,叫拿,自家厂里的东西,不拿白不拿的,况且厂里已经好几个月不开支了呢,她们拿的那点儿东西,折算成工资还远远不够呢,理直气壮的。厂长没办法,宣布一条纪律,每天放工的时候,派了人守在厂子门口,每个人的身上都得搜查。百川来了以后,厂长就把这个艰巨而光荣的任务交给了他去完成。厂长布置下工作后,就又外出奔波搞贷款去了。

晚间,百川对月儿说:这活儿可不好,你说,能不能不搜身呢?

月儿说:我都替她们臊得慌,你要有招,能让她们不偷,当然不搜的好。

第二天下班,等待搜身的女工在大门口排成一队。百川搬过一张凳子,站上去,清清嗓子,正色说:现在我说点事儿,大家听好了。我来了十几天,我知道你们最关心的,就是啥时候开支;但是发工资不是你们要管的事儿,你们应该操心的,是怎么把活儿干好,把衣服上的线码直了,把每一道工序,都做得让人挑不出毛病。可是你们因为暂时没发工资,就偷厂里的东西,今儿卷走个袖子、明儿塞走个裤管。后儿呢,偷成习惯了,没准就能去翻邻居家的箱子。我想告诉你们,坏毛病不是一次养成的,村上的老人说,贪便宜必惹祸,爱小必丢人。你们都是当了妈和要当妈的人,这么下去,将来怎么教育孩子?厂长设了岗,是让你们闹的,我不希望那样。报纸上说了,搜身是对人格的污辱,你们是愿意继续偷下去,天天让人当贼防,还是愿意像当年的八路军,啥时候也不动厂里的一草一木?

百川发现自己只要回到乡下,说起话来,伶牙俐齿口若悬河。人群鸦雀无声。女人们一个个都低下了头去。

百川又说:从今天起,厂子不设岗了,我相信你们!

有个粗哑的声音冒出来:要是厂里再不发工资,哪样办?

百川甩着额上的头发,朗声说:再不发工资,我领你们上厂长家揭瓦。

人群哄笑着,散了。从第二天开始,厂里再没有丢过一件东西。过了些日子,厂长从外面弄来一批加工服装的活,交货日期要得猴急,全厂工人加班加点地突击。百川夜夜手里拿一台录音机,给工人们放歌听;工人都困得趴在机器上睡着了,百川干脆就给大伙唱歌,唱一个《爱上一个不回家的人》,都乐了,干到后半夜不说累。

直到三个月后,服装厂实在坚持不下去,终于停了工。人们为了追回工钱到镇上去静坐,厂里仍然再没丢过东西。村里一个老头,儿子结婚需要用钱,给厂长跪下了,厂长叫人把老头轰走,就是没钱。大伙一看这情形,也没让百川领着上厂长家揭瓦,当初百川为挽救她们赌的誓,就那么拉倒了。

百川没上厂长家揭瓦,心里觉得对大伙有愧。临了厂长还欠着他好几个月的工钱没发,他本可以从产品报账的单据里扣下,却是一分钱也没动,他不想让奄奄一息的服装厂再把窟窿捅大。于是这位刚刚建立起威信的梁副厂长,总共在任三个半月,终于两手空空地自动下台了。

百川仍然没有挣出足够的钱，去请县法院的人喝酒。而李家的男人，却仍然夜夜睡在百川院墙角下那秫秸搭成的窝棚里。百川看得生气，故意在院子里拉上一根电线，就在那窝棚的顶上，挂了一只四十瓦的灯泡，夜夜亮着灯，照着李家男人的眼睛，让他睡不踏实睡不安生。有一夜，百川起来撒尿，用手电往那窝棚里斜过去，见李家男人歪着脑袋，光脚蹲在干草上，嘴边的哈喇子流了一腮帮，猪一样打着呼噜。百川忽然觉得那男人其实十分可怜，骂一声靠，把院里的灯拉灭了。

百川只能天天晚上在家闷闷地看电视。山里的信号不好，大多数时候，屏幕上一片银光闪烁雪花纷飞。他想自己若是有钱，真该把屋顶的天线接得再高些，高出大山去，高过山顶上的烽火台，那样全国所有的频道包括卫星转播都能一目了然了。这重重山沟把世界都隔绝在外，他发现自己心里其实挺惦念城里的。

那天中午刚吃过饭，百川听见爹妈住的前院有汽车声，探头看，见一辆深蓝色的捷达喷着白气，停在大门外的猪圈旁了。百川前几天就听爹妈念叨说千军该回来一趟了，见那果然是千军的私家车，故意倒床上睡午觉。

眯了一会，其实没睡着，听爹的脚步趔趔地过来，在他床边说：你哥回来了，要上山去看看他今年刚分的那棵栗子树，我怕他找不着地儿，你领他去吧。

千军后脚就跟了进来，在他屁股上拍一巴掌，笑着说：起来，懒的你！

百川只好嘟囔着嘴，不情愿地坐起来，一时也找不出什么理由说不去。

初秋的山沟沟，草叶把秃秃的岩石都盖住了，漫天漫地的一片绿。苹果柿子梨桃野酸枣都挂了果，可惜这季节果子大大小小还青涩着，吃不得摘不得的。

百川在前头走，千军跟着，离有七八步远。百川不说话，千军也不说。一气儿到了山腰，百川歇下脚，指着山洼里一株一人合抱的栗子树说，那就是。千军走过去，拍了拍树干，连声说好树，又自言自语地说，这树遇上大年，一年能结个百十斤栗子，够爹妈的零花钱了。百川仍不说话。千军在石头上坐下，掏出烟抽，也给百川一根，百川把烟抽到一半就掐了，扔在千军脚边。

千军抬头望着山顶羊群似的云彩，问百川说你那院墙的官司办得咋样呢？我知你是回家办这事儿了，不催你回。听爹说到现在没办下来，我想，等哪天，我去找县上的朋友给你疏通，找一家够档次的饭店请他们喝酒，里外我全管了。

百川有些吃惊，起身往山下走。其实他不信哥的话，哥许下的愿太多，像城里的空头支票。哥往家给父母拿钱，从来每个整数，每回都是二百三百的，像是撒鱼食。

这回百川更不懂了，精打细算的千军，为啥要给他管酒钱？心里纳闷，在头里走得飞快。到山脚，路过别人家的鱼塘，千军喊他停下，说要看看里头的鱼苗长得咋样。百川站在塘堤上，看千军走到鱼塘边上，凑过脑袋去观察水面，又绕到塘堤下，用手去提那闸门上的铁环，像是要放出些水来试试。千军打小就是这脾气，根本不干他的事，他也得弄个门清。千军费了些力气，把铁环提溜下来，一股水流急急地从鱼塘的底部涌了出来，往沟里流去。千军忽就啊了一声，提着闸门的手，悬在半空，喊说百川你看坏事了呢，那闸不灵了。他又使劲地晃荡，想让闸门落下去，闸门只是不动。百川也有些心慌，赶紧滑到塘堤下,帮千军去关闸。这闸再合不上,人家一池的鱼苗,就全都跑完。两个人合力奋斗了一会,还是不行。千军精疲力竭地甩着汗,叹气说:倒是不常干活,胳膊没劲儿了,我看,咱俩还是赶紧走人,要让人看见,就不好办了。百川瞪一眼千军,回答说,这山上有人放羊打草的,你当人不长眼睛,跑了也会有人知道是谁干的,都是一个村的人,以后咋见面?千军说,那你说怎么办?百川说:我回家去拿大锤来,好歹得把闸砸下去,把水关上啊。千军犹豫一会说,我看还是我回去拿吧,你在这守着。要是那家来了人,你就承认是你弄坏的,你在村里比我有人缘,不会要你的命;可我要在这儿,谁都知我有钱,弄不好讹上我了,我吃不了兜着走,你咋就不明白哩?

百川恍然大悟,眼看着千军一溜烟地跑回村里去了,心里有一点发酸。回头望着那咕嘟嘟淌水的闸门,只觉得一池的鱼苗,分分秒秒都在往外逃窜,也顾不上多想,脱了鞋蹚下水去,站在沟里,用脊背和胳膊抵着那闸门的缺口,心想堵一点儿算一点儿少钻出去几条算几条吧。初秋时节,鱼塘的水冰凉,衣裤全湿透了,身上一阵阵哆嗦,等到千军扛着大锤气喘吁吁地赶来,百川的手脚都冻木了。千军把个水淋淋的百川从沟里拽上来,抓住他的手,当时哽咽得说不出话。

两个人又忙乱一阵,总算用大锤把闸落下了。

太阳落下山去,暮色苍茫的山林里,百川只听见自己的湿衣裤,走一步咕叽响一下,像归窝的山雀,在林子深处诉说着谁也听不懂的心事。

走了一会,千军忽然站下身,回头对百川说,今天的事太让他感动,亲兄弟毕竟是亲兄弟,无论到城里哪怕到月亮上,也是一根绳上的两个蚂蚱。千军诚恳地说让百川还回城里去,一个队几十号人,谁谁偷懒耍滑,百川走了,他管不了。他说以前对百川太严厉了,其实也是无奈，外国那些资本家，对亲生儿子都和工人一样，就怕弄成个家族公司。百川莫非还理解不了么？他还说，自己一直在考虑让百川当工程队的副经理，再过上几年，就让百川分一摊出去单挑，百川自己当头，包上一个队干。要是百川运气好，接上一个油水大的工程，让工人好好干，半年的活儿，三个月拿下，他挣的钱，够在县城里买一套商品房了……

百川的心动了动。西山晚霞红透了半个天空，像城里街上夜晚的霓虹灯。

快到家的时候，千军又一次停下等他，同他并肩走着，低声说：还生我的气啊？我借钱给谁也不能借给响泉，你想他上了远洋轮，满世界乱转，要是不还钱，上哪找他？

百川刚刚焐热的胸口，簌地又凉下去。

回家换上了干净衣服，百川一边和月儿吃饭，一边就把今天下午的事对月儿说了，说哥想让他回城里去干。月儿放下筷子，走到他跟前，轻轻搂住他的脖子，贴着他的耳朵说：你想回就回吧，今儿我上卫生院了，大夫说——我有啦！说着，月儿的脸也唰地红成了一片彩云。

5

百川驮着初秋干爽的艳阳，重新回到了城里。

两个小时的长途汽车，百川从未觉得大山如此之厚，出山的路如此之长。车在山里绕了一圈又一圈，周围还是一模一样的峰峦和谷地；

百川有一刻甚至感到了绝望,好像遇到了"鬼打墙"似的,任你怎么转也转不出这山去了。

人说好马不吃回头草。百川重新回队,自我感觉就矮了一截。

但千军这回算把支票兑现了,是打折的兑现。虽然他把大大小小具体的人事管理,都交给百川了,可是在名义上,仍然没给百川副经理的衔。百川只是不用干体力活了,还有了一些小权,比如记工、派活,工资也涨了一百块。队友背后管百川叫工头。百川不喜欢这名,他觉得工头和工贼汉奸差不了多少。可是实事求是想一想,自己确实是个工头,再是个头儿,也是工人的头。

再细究下去,就更没啥可高兴的了。事实上,整一个队的人,就连正式的工人还不是呢。只不过是一群农民工罢了。什么是农民工呢?百川早就同千军探讨过,但千军总是含糊其词。后来百川只好独自研究,研究出一个绕口令一样的结果——说农民不是农民,说工人不是工人;说农民还是农民,说工人也是工人;工人刨去劳保住房,等于农民工;农民加上包工头再加最低工资,等于农民工;若要了解农民工,到哪里去寻找呢?到锅炉房、到工地、到厕所化粪池边、到下水井旁,总之,你如果到城市最肮脏最艰苦最丑陋最危险的地方去——准能在那里找到农民工。

因此百川的研究有了副产品,他发现真正的城里人,好像已经死光光了。这样说当然有点恶毒,但城里一切需要人的地方——卖菜的理发的拾垃圾的当保姆的,甚至当保安的开出租汽车的还有研究院总机的接线员商店的售货员,统统不是城里人,他们虽然不全是农民工,但这么多的乡下人待在城里,城里人都干什么去了呢?难道是城里人特意当了下岗工人,把工作让给了农民工?

有一点百川可以肯定,自从农民工进了研究院以后,原来这个国营单位干重体力劳动的正式工人，都变得不那么像工人了。至于像什么，百川说不上来。那个不像个工人的工人，若是对你挑点儿毛病，你还只能乖乖听着，连个屁都不敢放。百川有时不服，嘴上不说，脸上却不是个颜色，逮着机会，乘机搞点儿小动作报复。偶尔让千军看见了，千军就像塌了天一样，拉下脸训斥他：你看他不是个东西，我能不明白？咱队的人干活，哪个也不比他们次，哪个也不比他们笨，哪个都比他们聪明。可人家哪个头皮都比你硬，哪个的脑袋都比你值钱，你要是惹了人家，哪个人都能到上头告状，最后倒霉的还是咱自个，要是把包工队搅黄了，你那臭脾气顶啥吃？

百川觉得自己这个工头当得窝囊。

一日又挖沟，挖在院子里的交通干线上。早上派工时，千军突然露了面。他在路上画了道白线，然后迈开大步朝前走，他人虽矮，那步子迈得却是出奇地大。他使劲迈步，等把步子停下时，说那正好十米远，每人就按这个距离挖。百川估摸起码是有十二米多了，也不好当面纠正。等他走了，又重新用米尺量过，算准了才开工。那土梆硬，十个有八个手上出了血泡。到傍晚下工时，一个个都累得东歪西倒了，勉强挖成了形。那时千军陪着一位穿中山装的老头过来，像视察的样子。后来千军就对大伙宣布说，吃了晚饭就开始加班，连夜把管线埋上再填上土，必须在第二天早晨上班以前，全部恢复原样。大伙耷拉着脑袋说不出话，心里都不想再挣那加班费了；百川也不忍让大伙拼命，可是千军下达的指示，他即使不理解也得坚决执行。百川心想到时候给大伙多记点工吧，就吩咐大伙开干；千军照例去"修长城了"，只由百川监工。大伙一气儿干到后半夜，个个都面无人色的，连铁锹都扶不住了。百川打着呵欠，望着天上的星星，只觉得天空模模糊糊一大片，像是布满窟窿眼的破背心。到了天亮前，道路如期恢复原状，连路面都扫得干干净净。大伙回屋睡了三小时,迷迷瞪瞪地又被打发去卸砖头了……

第二天中午,百川问千军,昨晚加班共七个小时,该按几个工记?千军不假思索地回答,算半个工吧。百川的血涌到脖子上了——半个工五块钱,还把不把人当人呢?他忍不住对哥说,半个工少了点,要不是大伙顾着咱队的信誉,谁玩命要这五块钱呀?千军说不少了,一天挣双份呢,扭头就走了。百川的泪一下子就冲到了鼻腔里,使劲咬住了嘴唇,不让它往嘴里灌。那会儿百川忽然觉得,千军是比城里人更城里了;城市里所有的恶行与邪气,已经附在了千军身上,同千军那个农民的魂灵搅拌在一起,把千军弄成了一个农村和城市所有的坏毛病杂交出来的怪物。百川当着这个工头,岂不是在工人和头儿之间受夹板气么?

百川琢磨了几日,悄悄把加班那夜记的半个工,改成了一个整数。

却不知让谁看见了,为了讨好老板,竟偷着报告了千军,千军逼着让他改了回去。

百川心想,自己这工头,不过少了个"包"字,差别怎么就那么大呢?

千军闭口不提曾许愿让百川当副经理的事。但周末时千军开车回了趟县城,回来告诉百川,他已经请法院的人在皇家大饭店喝了酒,法院答应按照"排除妨碍法",尽快处理。百川不知该怎么谢千军,只好继续把工头当下去。

又过了一个星期,百川收到月儿的来信,说法院的人已经到豆庄来过了,找了村里好些人作调查研究。那天李家女人一直追着法院的人,在他们身后骂骂咧咧,弄得法院的人连百川爹递的烟都不敢接,水都没喝一口就回了县城。

院墙的官司，看来是遥遥无期了。

有一阵，嫂子到城里来探亲，每天晚上都炒几个菜，让哥喝酒。

嫂子给哥沏了茶水，要是那杯子的上面还浮了茶叶，嫂子就用嘴轻轻吹着，一直到茶叶都沉了，才给哥端上去。嫂子是吹习惯了，自觉自愿、自然而然的。每当嫂子给哥吹茶叶的时候，百川就会想起书上的一句话："世上最可敬的是女人，最可怜的也是女人。"嫂子从不对哥说个不字，事事都顺着哥的意思。

嫂子炒好了菜，满走廊飘香，就来招呼百川过去同他们一起吃饭。百川总找个理由推托。其实百川闻着饭菜的香味，就不停地咽着嘴里的唾液。但他不愿上千军那儿喝酒，千军那种颐指气使的样子，实在影响食欲。

嫂子不在时，千军每晚也喝酒，常去一家牛肉面馆，据说那儿煮牛肉放了罂粟壳，吃得人上瘾。有时是哥请人，有时是人请哥，反正哥从不在队里伙房吃饭。

这天晚上过了九点，百川想着千军的酒应该是喝得差不多了，就去敲千军的门。他刚看了报纸，有一个想法，要跟千军说说。

嫂子开了门，百川发现千军还捏着筷子坐在那张小圆桌跟前，屋里酒气熏人。千军见是他，举起酒杯说来来来一块儿喝吧。百川一时走也不是坐也不是。嫂子立马就把杯子放上了酒也满上了，是"红星御酒"。百川盯着酒瓶发愣，不知"红星"和"御酒"之间有什么联系。百川其实有点儿酒量，只是不馋酒，喝不喝都行。

两个人闷着头喝了一会，千军晃着脑袋，眯着眼睛，瞥一眼百川，喃喃说：

我知道……我知道你不满意我。我当着包工头，可你啥也不是，啥也没有,你想当副经理,想自己拉一支队伍。其实呢,你不明白,你是我亲弟,我是你哥,在乡下是分了家,进了城就得一致对外,哥兄弟得一鼻孔出气,才能成气候。只要我有钱,啥时候还不都有你的一份?我当哥的能不护着你么?只要你全心全意地帮我干,等我的实力再强些,资金更雄厚些,我就不在这受气了,将来回县城搞公司做生意,当个名副其实的老板,白玩儿!我在城里待这么些年,什么没见过,就算是免费培训吧。以后等我生意做大了,你想要什么没有?上回我不跟你说了么,到那时,给你在城里买个房,你和月儿在城里找上工作,就是城里人了。

百川的脑子很清醒,他想说:你的钱是你的钱,我想拥有我自己的一份产业。但话到嘴边,他只是说:我不想变成城里人。

你不想变成城里人?千军似乎很惊讶。那你想咋样?你能咋样?

百川仰面喝了一大口酒。他心里知道自己应该咋样,但他一下子说不出来。何况他也不想同千军说。

千军无可奈何地笑了笑,放下杯子,点着一根烟,那口气很是语重心长。千军说,其实人都是有命的,不信命也不行。小时候就有神婆给他算过,他长大了是必定要发的。在豆庄,他是第一个进城打工的人,当时谁也没有这样的远见。到了研究院以后,顺顺当当就成了包工头,谁也没有他走运……

嫂子在屋角织着毛衣,插话说:可不是么,前些时有人给你哥算命,说哪天哪天,是他的交运日,那天必须找上一个属鼠的人,和他一块吃饺子。嗨,可也真神,到了那天,他早把这事忘了,偏就有个远房亲戚来找他,中午你哥就领着他上饭馆吃了饺子。这事过了以后,他回县城去,我想起来问他,他寻思半晌,想起来那天真是有个人来找,和他吃了饺子。等我赶紧打电话去问那亲戚,一打听,他真就属鼠呢……

千军一边说巧合巧合，一边很豪爽地把杯中酒一饮而尽。

隔着弥漫的烟雾和酒气，百川修正了前几日自己对千军的看法。他感到千军其实还是豆庄那个千军，千军在骨子里仍是个不折不扣的农民。

百川把酒杯在唇边沾了沾，忽地冒出一句，说：我看过一本书，那上有一句话认为：极度自信其实是自卑的另一种表现。

千军的身子顿时就从座位上弹了起来，他把酒杯往桌上重重一摔，大声说：

少给我扯这些，我没上过大学，我还没看过书么？柳树镇方圆几十里，有几个能干到我这分上？！我得让别人来适应我！

百川站了起来，但百川不能就这样退出去，他要想和哥说的事儿还没开口呢，他本是为这个事情来的。他担心到了明天，自己也许就没了勇气。

百川用很快的速度说：哥，我想去考个本儿！

考本儿？你还想考了本儿给我当司机呀。

不是，是土建工长的本儿。报纸上登了招生启事了，我想去学，六个月结业，学的是大专两年的课程，给发证书。

千军好一会儿没吭声。他瞥了一眼百川，像不认识他似的。后来千军哼了一声说：那好吧，知道你打小就有主意，不让你去也没用。我早就明白，你看着蔫巴，心里鬼着呢。

停了一停，千军又补了一句：学费我可以先替你交上，不过，你要考不下来，上课耽误的工，我可一个子儿也不给。你这初中文化，小心白给人送钱！

那个秋天，百川觉得自己好像在跑马拉松。

他跑过街道、穿过马路、经过一家家商店学校、绕过一个个警察岗亭；他从研究院的大门跑出来，又跑向另一个研究院附设的课堂。他揣着课本和钢笔，跑得汗流满面、上气不接下气；他的衣角随着自行车轮卷起的风，翅膀一样的扇动；他的头发在城市污浊而干燥的空气中，像无数根旗杆迎风而立；他听见自己因来不及吃饭而空空的肚子，发出一阵阵悦耳的欢歌；他闻到书包里讲义上浓重的油墨味，如同满街飘扬的煎饼果子羊肉串糖炒栗子一样香得叫人咽口水……

整整六个月，百川一次也没有迟到和缺过课。他不停地换圆珠笔，不停地买眼药水和清凉油，不停地给自行车打气，不停地吃方便面。他已经把除了讲义以外所有的书都给忘了，把月儿也给忘了；有时偶尔想起豆庄的院墙，依稀如梦的很是陌生，那些红砖一块块地从墙上脱落下来，像薄薄的纸片一样被装订成册，变成了一本本厚厚的书，再重新码到墙上去……

百川像一匹勒不住缰绳的马儿，天天在城里和汽车竞赛。

他发现城市原来很深奥。透过玻璃橱窗、玻璃幕墙、汽车玻璃，隔着大酒店商场迪厅酒吧，城市朝着人们看不见的地方，一直延伸下去。城市的空气中除了香水和废气，还像幽灵一样游荡着飞舞着各种各样的字码和符号。只要他学会识别那些力学结构施工技术建筑识图的符号，他就能找到通往城市深处的钥匙。

百川那么跑着的时候，常常想起在榆树镇上念初中的日子。每个星期六下午，他都是这样沿着公路，翻过一座大山梁，一步步走回家去的。他的衣兜里连买张汽车票的两毛钱也没有，到了星期天下午，他紧紧抱着一兜子窝头和咸菜，再一步步从公路上走回学校去。那时他如果能一直往前走下去就好了，百川就不是现在的百川了，百川会考上大学，考上大学的百川，一辈子就是另一番光景了。

可是就算没上大学，自己哪点也不比城里人次啊，百川愤愤地想。说是六个月的学习课程，加起来统共才等于上了一个整月的课。从初中文化一家伙蹦到大专，坐火箭似的，要比别人多付多少力气？同桌那个城里人，还高中生呢，刚上了两星期人就没影了。

一天天冷了，百川跑过长街，看见自己嘴里哈出的热气，像个火车头似的。

终于到了考试那一日。傍晚时，百川精疲力竭地从考场出来，一仰脸，望见漫天的雪花，帘子似的从天顶垂下来，像是天底下都撒满了白色的考卷。他推着自行车，哭丧着脸，在雪地上慢慢走回去。自己究竟考得啥样，心里一点底没有，他不知该怎么对千军报告。百川心想，整个柳树镇的人，谁考不上都没说的，唯独他百川考不上就成了笑话。他在心里骂那老师站着说话不腰疼。那一天上下午，一口气考了四门课，他前座那人，刚考了两门就再也没进教室。百川估摸自己一定也考不上了，去年千军考电气工长的本儿，不也没考下来么？要是真那么容易考上，这满街的人不都成了工程师了？！

雪花密密匝匝的，如烟如雾，把百川罩在里头。城里的雪也脏，刚落下就成了一摊泥浆，再踩上千人万人的脚印。百川一步步挪着，心想这城里其实根本没有自己的位置，甭说是当工长，能当个直腰挺胸的农民工就不错了。他真想跟谁说说自己的心里话，可他却连能打个电话的人都没有。等他走到研究院大院里的简易楼前，才发现自己浑身上下都已精湿，额前的头发像雨后的房檐瓦一条条滴水……

那个春节百川都没过好，天天算计着学校发榜的日子。月儿说管它呢，考上本儿，哥也不一定让你当工长。除夕那天，千军一家三口回豆庄来过年，大年初五，他到镇上请人吃了饭，告诉百川说院墙的地界快有结果了,百川却无动于衷。百川和月儿逗乐说,别惦着院墙的事了,等哪天我成了鲁迅或是茅盾,国家还得主动给咱修故居呢。千军在家住了七天,出来进去的,偏不和百川提考本的事,那眼神分明有些幸灾乐祸的。百川惦记发榜的事,过了正月十五就回了城。

到了通知发榜的那天,百川却忽地没了勇气。他说活儿忙,不去看了吧,管它呢。哥突然来了劲,说我今儿给你放半天假,你去学校看个究竟,心里就踏实了。百川觉得千军比自己更想知道考试结果,磨蹭了一会,只好顶风骑车去了。到了学校,见办公室门口贴着一张大白纸,上头密密麻麻写着学员的名字。有人嚷嚷说,这是全市统考,考上的只占总数的48%,那蓝字的是及格,红字的是不及格。一个个都伸长了脖子挤着。百川打定主意,先从那红字里头找起。红字的人多,映山红似的一大片。从头看到尾,也没见着梁百川三个字。心里咯噔噔跳得发慌,只怕是学校给漏了。再从蓝字里头找,眼睛挨排溜过去,竟然看见自己的名字竟在白纸上竖着,像只灰喜鹊,川字那一撇,喜鹊尾巴似的翘翘着。他眨了眨眼,又揉了揉眼,定定神,再看了一遍,确信是自己的名字。却还是不踏实,挤出人群到办公室,愣愣地问老师:那名儿不会搞错吧?老师问:红的蓝的?他说当然是蓝的。老师问了他的名,拿出一本厚册子,查了一会,笑呵呵说:小伙子,恭喜你啦!

梁百川弯下腰,给老师深深作了个揖。

回去的路上他把车骑得飞快。大风中浑黄的城市像一块巨大的飞毯,驮着百川穿云破雾飞沙走石。他心里想到哪里去,闭上眼,飞毯就把他送到了地方。

可是百川把自己千辛万苦考下来的"建筑施工技术员证书"递给千军,千军根本都不用正眼瞧上一瞧。千军的语气酸不溜溜的,他说即便拿下了证书,技术也不一定过硬,等眼前这个工程完了再说别的吧。哥的意思是说,百川为考本耽误了不少工,现在是该加倍偿还了。千军满脸堆笑地拉他去喝酒,那天千军喝了大半斤酒,百川却不知为什么,一口酒都喝不下去。满脸通红的千军拿出一份商学院的录取通知书,说他要去读管理专业了,毕了业就是中级职称,然后把那瓶酒喝了个底儿朝天。百川去队里叫了两个人来,才把他扶了回去。

后来百川就揣着他的证书上了工地。

那是一栋刚盖成个壳的架子楼,大风穿过黑洞洞的门窗,狼一般嗥叫。百川走上水泥楼梯,背着手,悠悠哉哉地在预制板的楼面上巡视。怀里有了证书,感觉就是不一样。那叫工长,不再是工头。城里的事情,一个字都不能差。

百川觉得脚下的楼板吱吱扭扭地响动,他低头,发现自己踩在一块木头上。他听见那木头发出咔嚓一声巨响,眼前一黑,身子便直直地坠落下去。他重重地摔在地面上,腰部一阵剧烈的疼痛,随后就什么都不知道了。

百川醒过来时,已经躺在医院的病床上,山子正趴在床沿上打盹。百川的身子一动就钻心刻骨地疼,脑子有点昏,却还能想事。他记起那座空空的架子楼和木板,心里很是懊丧,把山子喊醒了,问他千军在哪里,正说着,千军和医生一起来了,有护士推着移动床,等在门口。医生说马上去拍片,拍了片才能做诊断。拍完片子,千军对百川说,我已交了五千块押金,你放心住着吧,让山子陪你,队上给记工。今天晚上徐主任找我有事,他最近刚升了处长呢……那一夜,百川睁大了眼,一分钟都没睡着,他想怎么就偏偏伤着腰了呢,一个人若是直不起腰,还能干啥?他刚要挺直腰板扬眉吐气做一回工长,莫非这世道真要逼着他把腰弯下去么？……

过了几天，诊断出来了，说是腰椎损伤，既不用手术也不必打针，只须在硬板床上卧床三个月，护理得当，可以自愈。百川听得仔细，长长松了口气，千军的脸色也和缓了不少。到第三天中午，月儿突然来了，眼睛红红的像只兔子，往百川床头一站，眼泪又扑簌簌滚下来。月儿哭哭唧唧地告诉百川，是千军给镇上打了电话，镇上派人去豆庄通知她的。爹妈急得都上了火，牙疼腮肿，连口水都喝不了。百川说你看这不没事么，我要是光荣牺牲了，一个农民工，你连个烈属也当不上，不值。

月儿扑哧乐了，一直腰，那隆起的腹部已很是显山露水了。

月儿一来，百川就让山子去上班。为了护理自己，还得记队里的工，百川过意不去。山子不肯走，说哪怕队上不给记工，他也愿意伺候百川。百川一摔伤，大伙都想起了百川的好处。若不是百川办事公平，队上的人一年下来，还不知少拿多少钱呢。山子嘟嘟囔囔地说，千军之所以不能让百川单干，就怕人都跟着百川走了……

又过了三天，千军不知从哪儿借了一辆带斗的小货车，在车厢里铺上一块木板，再垫上褥子，然后把百川小心地抬到车上，躺好了，盖好被子，让月儿坐在旁边，千军对司机叮嘱了几句，就把百川送回豆庄去了。

百川被人抬出病房的时候，那个中年医生笑着对他说：回去好好养着，你还年轻，自愈力强，恢复得快。乡下空气好，食物又新鲜，就当是疗养吧。在城里挣着钱，农村还有别墅，连我都羡慕着呢……

百川想这医生真能安慰人，一路上把医生的话又想了想，心里舒坦了许多。

6

那是百川一生中最漫长的一段日子。

除了吃和睡，暂时再没有别的事可做了。若要看电视或是看书，身子就得坐起来一半，那是月儿绝对不许的。月儿把卧床的规矩定得死死，像是三大纪律八项注意似的，违反了就不给饭吃。香椿又发芽了，月儿给他做香椿炒鸡蛋；榆树开花了，月儿用榆钱和上面，给他烙饼吃；月儿的胃口也一天天大得惊人，只要百川受了罚，月儿能把他那份饭统统包圆了，她有两个人的食量呢，百川不生气。

百川只好身子不动，把脑袋侧过来，目光成抛物线投向电视屏幕。那些日子，他看的故事片专题片，人物全都横卧侧立飞檐走壁，看得自己惊心动魄。

月儿说他快成斜眼了，建议他改听广播。在收录机上旋转了几个来回，他发现文艺台经济台交通台都有很好听的节目，只是以前没注意到。百川一时成了电台的忠实听众，如果床头有电话，他一定要打热线电话给那些个主持人，和她们探讨一些问题。他还喜欢听流行歌曲，在城里的时候，就给月儿买过好几盒磁带，都是走红的歌星。现在他有了足够的时间，来反复欣赏或是模仿这些歌曲了，在嗓子里哼哼，伤不了腰部。他常常翻来覆去地听一盒磁带，直到把每一句歌词都背得滚瓜烂熟，再唱给月儿听。有一首歌唱道：我的心在颤抖。可那女歌手把颤抖的颤字念成了占，听起来就像是我的心在战斗——百川心想那些所谓歌星的文化水平其实还不及自己呢，就很有些自得其乐。

歌听烦了,电视看腻了,百川只好两眼呆呆地望着天花板。

开始那些天,村里总有人来看望他,问的说的都是同样的话,百川也烦。他们最关心的,是百川这次在工地上摔伤、药费和病假,队里究竟管不管?没看谁谁谁给村上打井砸死了,遗下一堆孤儿寡母,连一分钱抚恤金都拿不着。没看谁谁得了癌症,家里三个儿谁都不愿给钱,最后活活疼死在炕上……

百川说他不知道,是真的不知道。当时哥送他走,临走时忘了问。但住院费是哥也是队里给掏的钱,还能咋样呢?

人都散去,院里屋里突然静了。静得百川能听见自己腕上脉搏的跳动。

许多许多的事、许多许多的想法,从百川的脑子里慢慢爬过,像春天涨水的河床,淹没了两边宽阔的河滩地;又像漫天飞舞的柳絮,蛾子似的扑腾,缠得人睁不开眼。天渐渐黑下来,能看见窗角上影影绰绰闪烁的星星。豆庄的星星多透亮啊,近得一伸手就够着了,哪像城里天空的星星,永远没睡醒似的眯着眼打哈欠。不知为什么,百川忽然觉得心里很乱,理不出个头绪。脊背躺得酸麻,又不能翻身,那思路就一条道直直地僵持下去。

百川想起爹的一辈子,爹在豆庄当了几十年村干部。百川小的时候,爹在村里喝五吆六的很威风;可是那几十年间,豆庄的人过年,一顿饺子一顿面就打发完了,爹的辛苦全都白费。到老了,爹叹着气说分田到户责任承包,可比人民公社强多了;百川又想起娘的一辈子,娘十二岁就跟着大人在山里躲日本鬼子,大冬天挤在羊群里取暖。十八岁那年抗战胜利了,娘嫁给了爹,一口气生下五个闺女之后,才盼来了哥和百川。娘是用什么养活那七个孩子的呢?百川至今不愿喝棒子面粥，他觉得自己的哈气都是一股棒子面味儿……百川还想起了燕儿。他有一次在桥头看见燕儿来回娘家，燕儿臂弯里抱着个娃，脸上没精打采，一点亮光都没有。他喊了燕儿一声，想着该跟燕儿说说话。可燕儿瞪了他一眼，不理不睬地就走过去了，弄得他好狼狈。听说燕儿的男人守着燕儿种地，镇上城里哪也不去打工，燕儿身上的衣服式样都过时了，哪像月儿的衣裳，城里时兴什么式样，她总也落不下……

豆庄的人啥时候才能全都富起来呢？豆庄的人非得外出打工，才能富起来么？但是豆庄的人即使走遍天下，最后还得回到豆庄来。豆庄人的身份证上写着豆庄，豆庄人的祖坟都在豆庄四周的山上，豆庄人娶的媳妇来自豆庄、嫁的女儿大多也留在豆庄；除了你考上大学分配在城里或是当兵转干再或是祖坟的风水好，碰上一个机遇让你农转非了，豆庄的人世世代代祖祖辈辈只能在豆庄苟且下去。豆庄人真正的根不是祖坟，而是那张薄薄的户口卡片。那户口啥也不当，却把豆庄人死心塌地地拴在豆庄的土地上。如今闯世界不用粮票了，但豆庄外出做工的男人，到了农时一定会按时回到豆庄来，柳树镇一带的库区从不用交公粮，他们种地，只因自家种出来的粮食白吃到肚里，才算是真的粮食。他们在城里风餐露宿哪怕活得像狗一样，春节前几日，他们仍然喜气洋洋背着在城里买下的年货，像狗一样直奔他们永远的家园而去——只有豆庄的土地，才生长着他们永远的根。

百川忽地感到了一种极度的悲哀。普天之下，唯有豆庄是属于他们自己的，可是他们所有的青春年华，都献给了同他们毫无关系的城市。

豆庄什么时候才能变得像城市一样富裕、清洁、美丽呢？百川不知道。

难道他就一辈子这样打工打下去么?假如豆庄的男人一辈子在城里打工,他们挣下的钱,能不能让他们的妻儿老小过上城市的生活呢?百川也不知道。

百川就那么直直地躺着,不知道想了多少天,想得头疼头晕头昏。忽然有一天,他发现腰竟然奇迹般地不疼了,他能坐起来了,还能下地撒尿了。

现在他可以靠在被垛上看书读报了。自从他能坐起来,月儿常常到村委会去为他找报纸,或者让到镇上办事的人给捎。月儿已是"大腹便便"了,百川可不敢让她骑车。百川只盼自己的病能快些利落,到时候好帮月儿一把,别弄得他和月儿一块躺在床上坐月子。

有一次百川在一份青年报上,看到一则征文启事,眼睛很是亮了一亮。那征文专为农民打工仔而设,每篇一千字,说让农民工写出自己的真情实感。

这回百川没怎么费神,在床上半躺半坐的,提笔就唰唰写了起来,一晚上就写完了。末了他在文头写上了题目,叫作《我们都是芨芨花》,就是田野上到处生长的那种野花,又按报上说的写好地址,让月儿贴上邮票寄了出去。那几日,百川已经能自己扶着墙,直腰站起来,每天在院子里蹓几个来回了。

百川几乎已经忘了院墙的诉讼一事,法院的判决书倒是突然就下来了。虽然全家人都欢天喜地地拥护那份判决书,可百川却认为法院判得不够公正——尽管法院把院墙那一角理直气壮地判给了梁家,允许梁家把院墙垒直,并要求李家付给法院诉讼费。但是,法院没让李家赔偿百川精神损失费。哥那次请人吃饭,人家就露过口风,说因为李家骂人,百川就让人付精神损失费,这在农村的案例中是头一回也是独一份,恐怕不符合农村的"村情",这一条就免了。百川泄了气。

若是在城里，骂人就算犯法，这农村和城市，怎么不是同一个法呢？

愣怔着，沉默已几个月的李家女人的叫骂声又破墙而来：

……我就骂你，骂你咋啦？我骂你，你听了响，还想找法院跟我要钱？让人笑掉大牙了，要脸不要啊？还想让我拿诉讼费？门儿没有！给你个鸡巴毛吧！

百川把脸埋在掌心，苦笑，继而又觉得自己可笑。农村妇女骂大街，本是她们生活中不可缺少的娱乐活动，说不定，还应该让你给人家拿钱呢。月儿说别理她，法院都判了，咱占着理不怕。再过些天儿，等你腰再好利索些，咱就动工。

过了一星期，百川娘发话说，再过个把月，月儿就该生了，这墙得在孩子生下来前整完了，百川腰不好，请个帮工，能砌就砌吧。

月儿请了她弟，先清理了那篱笆，又挖了沟，拉了砖，就等砌墙了。

可那墙基的沟里，第二天早起就发现被人填上了石头，砖也被人砸碎了。

李家女人也不避讳，干脆就亲自睡在了那窝棚里，夜夜守着，看谁还敢动土。

百川急得冒火。法院明明不是已经判了么？这个法怎么就不管用呢？去同他家论理是白搭，更不能动手去揍那女人。一个爷们，也不能整天同月儿絮叨这事，心里怪委屈，憋得难受，又去翻书，把法律书从头捋到尾，总算找到一条依据。便一步步蹭到村委会，去给县法院打电话，法院的人说，交五十块钱，可以请求强制执行。就让人送了五十块钱去，又耐心等了一星期，执行庭也没下来个人影。

百川的腰不疼了，可整天抓耳挠腮的心神不定，在屋里团团转。这天中午，月儿给百川炒了两个菜，说你喝点酒消消气儿，好好睡一觉吧，执行庭的人说来就来，你攒点精神好办事儿。月儿说完就到前院娘那儿去了，百川一个人喝起了闷酒，把一瓶二锅头一气儿干下去半瓶。正喝着，有人来串门，说李家女人又在场院上骂你呢，那女人说，他家要真敢砌墙，我就同他拼命，人就活这一口气，我倒要看看，是他的命值钱，还是我的命值钱！

百川的脑袋，当时嗡地一下就炸了。他想自己为了这院墙，已足足等了两年多，受了两年多的窝囊气。他一个大男人，活活就让一个乡下女人给挡了道，他的脸面往哪搁呢？他在豆庄还有个立足之地么？百川觉得自己的一腔热血在使劲地往上拱，立马就要从脑顶上射出来了；他的脑袋像一颗点着了引信的地雷，即刻就要爆炸了；他的脚下轻飘飘，身子像是在腾云驾雾，不由自主地就往外飞出去了。

百川顺手在桌上抓起一把水果刀，几步冲进李家院子，一脚踹开了李家房门。

李家男人一下从炕上仰起，说：你来干啥？百川杀气腾腾地答道：你女人呢，我宰了她！李家男人挤出笑容说：兄弟你回去，这事好说，法院都判你家了，不是早晚的嘛……百川拿着刀子的手直晃悠，四下搜寻那女人，却只是不见。

事后百川想，幸亏那女人当时在场院没回，她如果真在家，他这一刀子浑不论地扎下去，那么被"执行"的就该是他百川了，谁的命都一样不值钱了。

百川高高举着刀子，同李家男人对峙着，有点骑虎难下的意思。

忽然间月儿就一阵风似的刮了进来。她一把托住了百川的胳膊，然后用另一只手去夺百川手里的刀子。百川犟着不让，月儿的手心捂在了刀刃上，用力一甩，愣是把百川的刀子给掰了下来。那刀子也真不结实，一掰就折了。百川丢了武器，一时有点发懵，大概是刚才传话的那人，去给月儿通风报信了。又看见外面涌进来一大群人，把他死死抱住。他拼命挣扎着，再次向李家男人扑去，一拳打在村里一个哑巴的胸口。哑巴当时疼得眼泪都下来了，呜呜叫唤也说不出话，却不还手。百川借着酒劲，还想继续同李家拼命，忽见自己西服的领子上红通通洇开去一大片，连袖子都变红了，用手一摸，摸一巴掌红，定睛一看，竟然是血。脑子一激灵，顿时清醒了不少，低头看看自己身上，哪儿都没伤着，再往人群中一看，吓得一哆嗦，月儿站在一边，正龇牙咧嘴地抱着自己的手，手掌还在往下滴血，娘抓起一件白褂子要给她包扎，她却还死命地拽着百川，不让他靠近李家男人……

娘厉声呵斥百川：你一个工作人，咋能和他们一般见识！给我回去！

百川的勇气一下子散失殆尽，再无心恋战，拉着月儿就往自己家走。

刚进院子，听见一声巨响，厨房的窗玻璃被一块大石头击中，玻璃碎片四处迸裂，像玉米馇子哗哗淌了一地，在阳光下发出凛冽的寒光。李家女人重开战事，叫骂声冰雹一般袭来，老鸹似的聒噪着，在房檐屋顶下徘徊不去……

当天下午执行庭就来了人。据说是村长给法院打了电话。

百川后来听说，执行庭的人让李家人到法院去讲理，李家三口人一窝蜂气汹汹地跟着去了。到了法院，人家就不让回了，说他们损坏他人财物，赔偿费加诉讼费，这回得一块儿交。李家男人女人和儿子三人被送到看守所蹲了一夜，第二天，法院执行庭让李家女人回来取钱，说是一天不让梁家砌墙，就一天不放人。李家女人蔫蔫地走进自家院子，再也没了先前的精气神儿……

月儿当天就让她弟动工砌墙，到了这天傍晚，墙基就结结实实地垒起来了。

很多天以后，百川走在村里的"街"上，还有人拍着他肩膀，说他是好样的！人说村上最浑的女人，到底让他给治住了，还是法律这玩意厉害，亏得没动刀子呢。那哑巴见了百川，直跟他跷大拇指，倒叫百川满心惭愧，低个头就悄悄走开了。

院墙终于是砌成了，方方正正一个院子，坐南朝北，棱是棱、角是角，那西角上新垒的红砖颜色明显深些，像百川小时候穿的那种接了一截袖的衣服。大门的门楼下铺出一条水泥小道，通到正房的屋檐下，挨着四米宽的水泥平台，晒粮食晾衣服干啥都方便。

百川呆呆地望着自家院子，心里空落落的，感觉不到多少喜悦。院墙总算是垒完整了，但他的心里却像是缺了一角，四处撒气漏风。有一种难言的悲哀，从院里的水井深处蹿上来，化作一股苦涩的艾蒿味，贴着墙基若有若无地飘忽。百川回想起自己以前在城里的种种窘迫，又面对着豆庄的种种无奈，他觉得自己真是走投无路了。城里没法待，乡下其实也没法待了。城里虽有他的一张铺，但城里没他说话的地方；城市只需要他的一双手，却不理会他的心。他的心本是留给豆庄的，可这荒僻残破的豆庄，除了月儿谁也不懂他的心……

有一会，百川觉得自己的躯壳在城里的街上游走，而他的灵魂却依然守候在豆庄的苹果树下；又有一会，他觉得自己的躯壳留在这四方的院墙内，而他的灵魂，却早已归属于城市。他在这城乡交接的边缘地带，已经被切割分裂成了两半，然后把它们分置在自家的院墙内外，院墙是一道界，任他的游魂来去。他憎恨城市讨厌城市，但他已经离不开城市。他热爱家乡依恋豆庄，但却难以同它相处。他想自己是无法改变农村的。他能改变的，只有自己。人说伤筋动骨一百天，百川到受伤满三个整月时，除了偶尔觉得腰部有些僵硬之外，基本上已没有什么不舒服的感觉了。

那天有人来通知他，让他到村委会去一趟，有一份外国来的邮件，邮递员等着本人签字才能给。百川好生奇怪，他想一定是弄错了，他又没申请到外国去留学。

他拿到那只长长的白信封，上面盖着椭圆形的外国图章。信是从新加坡寄来的，确实是用中文写着他的名字。打开看，里头有一张淡蓝色的大票子，全是外文字母，第一格像是他的外文名字，他能结结巴巴拼出来。他越发地纳闷，给人签完了字，再去掏那信封，竟然被他掏出一封信来。信是用中文写的，他一看就乐了，原来是响泉那兔崽子，到了外国，倒没忘了给他写信啊。百川一目十行地把信扫了一遍，才知道那张淡蓝色的大票子，是响泉寄给他的外国支票，上头写着100$，响泉信上说那是一百美元，折合成人民币就是八百块，算是他归还临走前向百川借的那五百块加利息。信上还说了他在新加坡是如何如何地好，百川也没顾上细看，心里一高兴，当时就掏钱在小卖店买了一盒"红塔山"散发给围观的村民。然后夸张地扬着那只信封，一路很招摇地走回家去。

响泉那家伙还把利息都算上了，中国人一到外国，也变得像外国人似的了。百川兴奋地摇了摇头。哥要是知道响泉还钱还付了利息，不定有多后悔呢。

百川正这么想着，走过桥头，忽见公路上扬起一阵烟尘，一辆深蓝色的"捷达"正往村里驶来。刚想到千军，千军就来了。他卧床三个月，哥还没回来看过他。这几天，真是好事儿都赶一块儿来了。

千军给百川带了一条"三五"烟和两大包"龙牡壮骨冲剂"。还有一摞杂志，花花绿绿的封面，都是千军自己消遣过了的刊物，算是废物利用。千军给爹带了两瓶"孔府家酒"，给娘带了一条"神功元气袋"。千军到百川砌成的院墙下去视察了一番，顺便把过年那会请法院人喝酒的事又提了一下，百川脸上的喜气就剩下不多了。百川把千军让到屋里坐，千军看看表，说我下午就回县城呢，只坐一小会吧。百川就把响泉那信和支票拿出来给哥看。百川本没显摆的意思，他想千军见多识广的，能告诉他怎样才能把支票上的钱给取出来。结果千军看了信和支票，脸上就沉沉地严肃起来像是蒙上了一层灰。千军只字不提响泉，说那支票麻烦着呢，你得拿上身份证到县银行去办手续，再等上三个月才能取出钱来，还得扣下去好几十块手续费，你以为哪！百川有些扫兴，闷下头抽烟不再说话。

　　后来千军简单过问了一下他腰的情况。千军说：看你的样，也知道你好利索了，要没什么问题，你打算什么时候回队里去上班呢？

　　百川边想边回答说：再歇个十天半个月吧，总得再巩固巩固。月儿的预产期还有一个星期了，我想等月儿把孩子生下来，就到城里去把腰复查一下……

　　千军打断他说：你的病假已经到期了，要是再超，就得算事假了，我就不能再给你开支了。

　　百川问：那病假……按啥算的呢？身体刚好个大概啊。

　　千军从兜里掏出一张纸，扬一扬说：你看，我有医生诊断书嘛，上头写着，卧床三个月。

　　百川结结巴巴说：那也不是假条，只是个诊断。医生可没说，到了三个月我立马就能下地干活了。我还没复查，现在说啥都早……

　　千军站起来，把那张纸小心揣回兜里，沉下脸说：

　　你是我弟，你要是开了这个头，以后我在队里不好办。又付医药费又发工资，这么惯下去，将来我还得给办医疗保险和养老保险啦？

　　百川说：可我是工伤啊。

千军说：稀罕，几百年几千年，听说过农民生老病死有人管的么？

百川涨红了脸说：可现在九十年代了，农民工，好歹也算是个工作人哪！

我还是个包工头呢，可谁管我啊？千军把门一甩，走了出去。

百川在屋里闷坐了一会，拿起杯子咕嘟咕嘟灌了一肚子凉白开，猛地站起身，冲出小院，快步往爹妈住的前院走去。

千军和爹正在炕上坐着抽烟，屋里烟雾弥漫，像城里的工地。

百川站在屋地中央，咽下一口唾沫，不紧不慢地说：

千军，你可知道，如今农民工也有劳动保护法。

千军把脑袋背过去，哼了一声，不言语。

百川又说：你要是不执行劳动法，你是我哥，我也可以去告你！

千军撇了撇嘴，喷出一口烟，鄙夷地瞧了一眼百川，说：

你告我，我不怕。别忘了，你那院墙，还是我托了法院的人，才完事儿的！

一股凉气像条蛇一样，忽地蹿上百川的脚背，狠狠咬上一口，又冷冷地箍上他的腰部，使他动弹不得，跌入冰窖似的寒彻骨髓。百川觉得自己站在悬崖边上，无法往前再走一步，更没有丝毫退路。他想如果自己的腰真的折了就好了，一辈子再也不用害怕弯腰了。其实早就应该明白，他和千军的关系，早晚是要走到这一步的。谁让他是棵黄瓜秧，非缠在千军这根架子上，才能开花结果呢。他为啥不是山上的松树柏树，谁要是敢砍伐一棵都得去坐牢。这么多年，他跟着千军，得了许多也失了许多，他不知究竟是得的多还是失的多。但是，即使他得的再多，他好像仍是没有得到自己想要的东西。他到底想要什么呢？那东西就在嘴边，却说不出来。他只知道，千军虽然有钱，但自己其实比千军更富有。他拥有许多千军没有也不想要的东西。就为了这些,其他所有的好处,他都宁可放弃的。

于是百川就对千军说了那句话,他说得很平静就像早已想过一百回似的。

他说:我不在你那队干了,我不信找不着别的地儿。

说完这话,他连自己也有些吃惊。难道他忘了上次辞工的事了?他不在千军的队干,他能上哪去呢?

千军冷笑了一声,抓起柜上的汽车钥匙,抬屁股起身就往院外走。

百川听见大门外汽车发动的声音,像一群老母猪哼哼。

爹妈都追着千军出去了。爹妈绝不为了他,去说千军一句不是。千军不回家时,爹妈都拿百川当梁柱子;千军一回来,爹妈干啥都看着千军的眼色,千军恼谁,爹妈就跟着轰谁;百川给爹妈的钱,不如千军那么多,百川还能对爹妈提啥要求呢?

百川慢吞吞地走出去,望见小汽车后尾的那溜尘土,已卷到山梁上了。

爹站在当院,冲着娘吼道:那年亏得没给百川起名叫万马,看他这回翅膀硬了,可得了!

娘从厨房端着泔水瓢出来,一边嚷嚷说:老头子你这话可不在理,要我看,既是做了工作人,就得按工作人的规矩办,要不,咱上城里去干啥?

百川夺过娘手里的瓢,噔噔就往猪圈跑,眼里一片模糊。百川回到自家小院时,太阳正偏西,月儿坐在平台的小凳上,见他进来,扬着手里的一张报纸,欢喜地叫道:你跑哪儿去了,快来瞧瞧这个!刚才我上小卖店,学校的杨老师给我的……

百川接过报纸瞄一眼,报纸已有些脏了,沾着些汤渍,上头啥啥也没有。

你瞧这！这呢！月儿急得直拽他衣角。

百川拖过一只小凳，挨着月儿坐下了，随着月儿手指的位置凑近去，终于看见一排极小的黑字，写着"我们都是苂苂花"。题目下的空当里，蚂蚁一样趴着梁百川三个字。

百川目不转睛地看着那三个字，顿觉眼珠子都不会动了。

那是豆腐干大小的一块，不注意看，根本没有人会发现它。它嵌在一整版横排竖卧的黑字里头，就像自家院墙后砌上去的那段新砖。百川把那短短的几百字默念了一遍，脸上有灿烂的笑容漾开去，他想自己头一回投稿，怎么真能发表了呢。

月儿把报纸拿过去看了又看，埋着头问：发表了有钱么？

他说：也就十来块吧，当不了饭吃。

月儿忽就嗳了一声，脸上抽搐着，捂住了肚子。

百川慌慌地问她咋了，他想月儿会不会就要生了呢？

月儿又嘻嘻地乐，脸上转眼就晴了，笑着说：踢我哪，准是个男孩。

百川纠正说：我想要女孩。人家城里都愿意要女孩呢。

月儿说：一直让你给孩子想个名字，最好男孩女孩都用得上……

百川说：我早准备好了，本想等你生下了再告诉你的。

月儿说：这会儿就说吧，要是不说，这报纸我还给杨老师去……

百川飘忽的眼神掠过院子里葱翠的菜畦，又跃上墙外那株油绿的枣树。屋檐下，那对年年归来的燕子，又筑起了新巢，像一只剖开的干葫芦，悬在半空中。

百川拧开机井的泵，往菜畦里灌了半池子水。清水瞬息就被土吸干了，那菜地便油汪汪地发亮。百川撅一根树枝，猫下腰在那黑土上，一笔一画地写了两个字。

蓬——勃,是蓬勃么?月儿问。

蓬勃。就是蓬勃。这名儿好么?

月儿使劲点头,一边说不过还得有个小名儿,叫着才顺嘴。百川暗暗决定先不告诉月儿,等她生下蓬勃那天,自己就在这一笔一画的土沟里,撒上些花籽儿,像城里过节时候街心公园的花坛。等月儿满月了,满院子都是用叶子写成的"蓬勃"两个绿色的大字,也让村里祖祖辈辈种地的人,开一回眼。

那孩子将来的日子,会是什么样呢?孩子长大了,会有一份好工作,但不是百川这样的"工作人"。

写于1997年　北京

请带我走

1

二十八年后,杜仲才第一次回国,那已经是世纪末的最后几天了。回到故乡的那个城市后,他发现自己几乎不认识什么人,也没人认识他了。他在H城陌生的街道上游走,茫然四顾地站在十字路口,必须不停地问路,才能去往下一个并不确定的目的地。他觉得这种感觉有点像以往很多次在世界各地旅行——那些擦肩而过的面孔中,既没有朋友,也不再有仇人。

没有朋友的日子,杜仲已经习惯了。许多年来,那种经历和感觉,对他来说,像俄罗斯的冬天一样漫长。但没有仇人的感觉,却使他感到失望与空落,觉得自己像一片被风刮掉的树叶,偶尔飘落到这里,不会有人对他多看一眼。杜仲第一次发觉,在这个世界上,一个人如果既没有朋友也没有仇人,就像在一个空荡荡的房间里,找不到地方坐下来。

于是,杜仲无聊地漫步在这座城市喧嚣的街市上。少年时代曾经居住过的老房子，那个秋天时飘着桂花香的大院子，那栋褐色的尖顶英式小楼，已经消失得无影无踪。昔日幽静的小巷，已被拓宽成一条六车道的马路，汽车如两股湍急的河水，朝着相反的方向流逝。他像一只小小的黑蚂蚁，围着一座蓝色玻璃幕墙的大厦转了好几圈，判断出大厦底座的范围，应该恰好是三十年前旧居的位置。它犹如一座拔地而起的大山，沉沉地压在了当年绿茵如毡的草坪上；在傍晚灰蓝色的暮霭中，大厦更像是一座巨大而豪华的坟墓，把他少年时代所有的生活都埋葬了。他不知道当年那些曾经鞭打过他父母的人、那些逼着他交出红色袖章的人，如今都躲藏在这座城市的哪个角落。城市脱下了旧时破烂的衣衫，换上了世界的流行样式，看上去那么崭新光鲜。过去已不复存在，眼前的城市像一个无辜的婴儿，没有思维也没有记忆。所有的人都好像搬了家，旧日的地址已毫无用处。但杜仲知道那些人就苟活在街道的缝隙里，或是隐匿在楼房灯光的暗处。他找不到他们也不想找到他们。既然大多数朋友都已经失散或是音讯全无，对于他来说，没有仇人同没有朋友相比，终是一样地无趣。

杜仲漫不经心地走着，极力把自己想象成一个与这座城市了无干系的观赏者。他在这个城市没有留下任何痕迹，就像在他身上也没有留下这座城市的任何痕迹一样。但事情并没有那么简单，几天下来，当令人困倦而眩晕的时差过去之后，他很快就发现，自己其实正置于一个十分尴尬的境地之中：他从那个遥远的F国，并非仅仅携带了自己的双眼回来，同时回来的还有他整个完整的身体——除了腿脚双臂五脏六腑，还有他的鼻子和耳朵。

他似乎闻到了一种异常的气味，如同幽灵一般，无形无色、似有似无地飘散在空气中。有点类似花香，比如春天的含笑花，或是百雀灵牌子的雪花膏，带着一丝人体的汗味儿，然后渐渐变得苦涩，混杂着街巷里油炸臭豆腐或是煎带鱼的气味，落在他的衣袖和领口上，拂之不去。那些气味好像留有时间的刻度，它们跟踪或是跟随着他，在这个城市里走来走去，他在那些气味中闻到了很久以前的自己。

他开始听见了一些极其细微而又杂乱的声音，搓擦着他的耳膜。那些声音在夜深人静时，会突然数倍地放大，就像台风袭来的夏季，巨大的香樟树在风中摇撼，树叶拍打着屋顶发出的哗响。那个雨夜，粗壮的树干上绑着一个瘦弱的男人，他的哀号在雨声中传来，像一个冤屈的鬼魂。天亮的时候，雨声与哭叫嘎然而止，那个男人死了。但他的泣诉却留在了这个城市的上空，使得杜仲总是觉得外面淅淅沥沥地在下雨……

这些气味与声音，此刻竟然都和杜仲一起回来了。杜仲不由得感到毛骨悚然。

还有，他的心脏也好像出了问题。有一种隐约的疼痛会冷不防地蹿出来，在他的胸口短暂停留而后迅速消遁。就像一把钝刀，无声无息地磨砺着，却又不见流血。一阵阵的疼痛如同毫无规律的偷袭，弄得他疲惫不堪。

他相信自己无论走遍天下，都可以扮演一个路人的角色，但唯独在这座他出生长大的城市，他不可能是一个无忧无无虑的观光客。

去国二十八年，算得上一个人的半生了。回来时，父母早已相继过世，只留下一个妹妹。从机场出来时，他朝着那个举着名字牌的中年妇女走去，他拥抱她，两个人都是涕泪满面。尽管他和妹妹已通了好几年信，也多次交换了照片，但他在眼前这个女人身上仍然找不到小妹当年的一丝踪影。她对他说了许多有关父母平反以后的事情，还有父母临终前，对他这个失踪多年的儿子死不瞑目的牵挂。杜仲回到H城的第二天就去为父母扫墓，他在父母的墓前长跪不起失声痛哭，然后与妹妹在父母墓前补种了两棵柏树。树根入土之时，他忽然想到，自己在H城的所谓根性，从今以后便是以这样的方式存在了。

杜仲F国定居后，经过好几年锲而不舍的搜寻，几经周折，总算通过江苏老家的亲戚，找到了妹妹这个唯一的亲人，已属十分侥幸。亲人是一根剪不断的脐带，连接着他的来历与去处。但小妹并非是他真正想要找的人。这么多天来他一直住在H城的妹妹家里，暗自希望着，通过妹妹的社会关系，也许能找到当年的一些同学和荒友的联络方式。有些事情应该在这个世纪内做完，杜仲正是为此而下决心回来的。

杜仲不知道妹妹是用什么办法，为他找到了孟迪。他对妹妹提起孟迪的时候，似乎并不抱有太大的希望。他担心那个叫孟迪的男人，也许早就不记得曾有过杜仲这个人。但这些年中，杜仲却从来没有忘记过孟迪这个名字。他记住孟迪并不是由于孟迪本人，而是另一个叫楚小溪的女孩。那个寒冷的冬夜，他去万山农场的一个连队看望楚小溪，分手时楚小溪把他领到了男生宿舍，让他和那个叫孟迪的男生合睡一个被窝。他猜想孟迪和楚小溪的关系应该很不一般。既然在今天的H城，楚小溪已经消失得杳无踪影，通往小溪的路径，就只有孟迪一个人了。

他和孟迪约在一个名叫"柳荫"的茶室见面。从电话里的声音听起来，孟迪对他会面的请求，答应得十分勉强，并且毫无热情。

从孟迪平静的叙述中，杜仲才第一次知道后来发生的事情。这个"后来"，指的是1971年冬天，他离开万山农场之后。那天早晨他在男生宿舍醒来时，孟迪和楚小溪都已经出工去刨粪了，他独自一人走上公路，搭一辆运粮的"热特"到了火车站，火车再转汽车，回到呼玛他插队的那个村子，然后按照事先早已周密设计好的路线，在一个风雪之夜越过黑龙江边境，到达苏联境内。"后来"的那一切，都是他当初绝然无法预料的，二十八年之中，他对此一无所知。

杜仲已经很多年没在 H 城过冬了。他觉得有一股彻骨的寒气，侵入脊背，令他一阵阵战栗。手边茶杯的热气很快就凉下去了，十指渐渐有些冻得麻木。他听完了孟迪的讲述，过了很久，他用结结巴巴的 H 城方言说：

孟迪，如果那时我能想到……一个无意中接触过越境者的人，会，会变成一个危险的同谋犯……我走前不去万山农场看望楚小溪……就好了。

孟迪喝了一口茶，说：看来你已经不会讲 H 城话了，你还是讲普通话好了。

杜仲改用普通话说：可在当时，我无法对楚小溪说出我去看望她的真正原因，我只能用这种方式，同她告别。对于她，我不能不辞而别的。

孟迪冷冷地笑了笑。

杜仲把杯子放在桌上，茶杯抖了一下，茶水晃出来。他觉得自己的普通话也说得同样难听，混杂着俄语、法语和英语的尾音，像一杯蹩脚的鸡尾酒。他一边用纸巾吸水，一边问：你是说，在我走后，楚小溪被作为同案犯隔离审查了好几个月，撤销了她预备党员的资格和其它所有的职务，以至于断送了她的前程。可是我仍然不明白，在我插队的地方，有谁会知道，我在离境之前曾经到过万山农场、见过楚小溪呢？

孟迪说：这个问题，恐怕得问你自己。也许你无意中告诉过别人？也许在你走前扔下的东西里头，留下了什么蛛丝马迹？再说，那个时候，到处都是密探。

孟迪嚼着嘴里的茶叶，面无表情地接着说：你在临走之前，难道真的不知道过江那种事情，即便侥幸成功了，也会牵连很多人，造成严重后果的么？

我……我当时顾不了那么多了……我满脑子想的都是怎样才能过江……

杜仲喃喃说着，颓然垂下头去。他觉得脑子里有一枚炮弹正在爆炸，身体迸裂成无数的碎片，血肉横飞地弹开去了。

只有经历过1971年隆冬的那个漆黑的风雪之夜，才会知道世上的地狱究竟是什么样子。但二十岁的杜仲已经懂得，比地狱更恐怖的地方是人间。他知道自己的面前，只剩下地狱那一条通道了，他唯有从地狱中穿过去，才会到达有一丝亮光的地方。若是在地狱里坠落，只是坠落在地狱的深处，他看不出来地狱与地狱深处有什么区别。

那天半夜，杜仲临出发前，抱定了从容赴死的决心。与其生不如死，死亡何惧之有？他甚至希望在穿越那片茫茫雪原的无人地带时，能挨上一粒不知何方射来的枪弹，使他的生命在瞬间结束，也将他的痛苦彻底终止。他承认自己是一个对痛苦过于敏感的人，所以他才会无法忍受眼前的生活。而选择这样的方式去死，正符合他他内心对于自由与尊严的渴望。那种凛然与高傲的性格植根于他的少年时代，更准确地说，来自于他所读过的十八九世纪的欧洲文学作品。遗憾的是，决斗只能确定一个对手，而在他面前，似乎人人都是对手又都不是，太多的对手恰恰意味着没有对手，没有对手就意味着他的"敌人"是"大象无形"或是微缩胶卷。经过长达几个月的反复思虑，杜仲最后把"对手"这个位置，毅然留给了自己。

孟迪如果了解自己当时的真实处境，他就应该该明白，那个冬天，杜仲是非走不可了。

那是杜仲父母被隔离审查的第四个年头，杜仲仍然看不到双亲有一天能获释回家的可能。他写给一位朋友的信，又带来了意想不到的麻烦。冬闲时节，他以去北安看病的借口请了几天假，从黑龙江边一路逃票扒车回了一趟 H 城。他下乡前，已将妹妹送往江苏老家的亲戚家抚养。杜仲借住在一个要好的同学家，一连在城里转了好些天，却得不到有关父母的任何音信。曾给他的童年少年时代带来欢乐的那栋小楼，底层已搬进了新的人家，他们一家所居住的二楼，每个房间门上都贴着封条，封条已变得破烂不堪，在阴冷的穿堂风中，如同一只只黑色的蝙蝠扇动着翅膀……

1967 年，是少年杜仲厄运的起始。一夜之间风云逆转，不断往纵深发展的运动终于波及到了杜仲的家庭。父母留苏期间与"苏修"的关系，还有许多杜仲所无法确切得知的"历史疑点"，都被红卫兵视为如获至宝的辉煌战果。父母曾在抗战胜利后被派往苏联学习与工作，1953 年回国，带回了留苏的成果之一——在莫斯科市出生的杜仲，小名德鲁卡。父母回国后即被派往 H 城工作，均任省厅局领导干部。"文革"开始之前，杜仲一家的生活风平浪静，即便父母的头上早已有阴影笼罩，快乐的小德鲁卡也是感觉不到的。但如今那一切都已随着父母的消失而不复存在，杜仲被迫摘下红卫兵袖章，赶出那栋小楼的时候，觉得自己像一只被啄光了羽毛从高空坠落的麻雀。

杜仲选择了逃离 H 城作为唯一的出路，走得越远越好。他已经不记得自己当初为什么如此坚定地选择去黑龙江。时隔几十年，他仍然要辩解说自己后来的过江，绝非预谋，只能说是一种宿命。事实上，他报名去边境上那个叫呼玛的地方，很费了一番周折，在当时他那样

"出身"的人，本是没有资格去"反修前线"的。他为此写了三次血书。幸而有一个从小一起长大的高一"战友"，时任奔赴三江的知青头头。火车开动的时候，杜仲看着伸出车窗外挥动的那一只只草绿色的胳膊，心想自己也许是这一列长长的火车中，一条政审不合格的漏网之鱼。

辽阔而丰饶的北大荒，以纯净的雪原和碧绿的田野，抚慰着他受伤的心灵。汗水无法洗刷耻辱，但至少能够证明改造的决心。大雪一场接着一场，阻断了通往外界的道路。杜仲一次次顶着风雪，步行几十公里到公社邮局去，企盼着会有一封H城的来信，带来有关父母的消息。也许在他的心底，更希望收到的是楚小溪的回信。他自从到达呼玛后，就开始不间断地给楚小溪写信。开始是寄往H城，后来楚小溪也到了北大荒，他的信就寄往万山农场的那个连队。他的信总是写得很长，至今他还记得，刚到呼玛的时候，他在信中怎样给楚小溪描绘黑龙江边的生活。他告诉她，"呼玛"是达斡尔语中，高山峡谷不见阳光的激流的意思，这地方冬天最冷时可达到零下52度；二十世纪五十年代，边民可以到江中心的岛上去放牧，开了春儿把牛羊往岛上一赶，岛上草肥水美，到了秋天再那牛羊赶回来，就增加了好几十只了。这儿的边民大多是当年闯关东的山东人，所以从江那边嫁过来的俄国女人，个个都会说山东话。喝了黑龙江的水，头发黄鼻子大，所以这里的人长得都像混血儿。那些混血儿因为长着一副修正主义面孔，所以不准入党参军不准当民兵。黑龙江里有许多种江鱼，俗称三花五罗，据说肉质鲜美细嫩，不过他至今还未吃到；鳇鱼籽号称黑珍珠，金红色的大马哈鱼籽每一粒都像玛瑙。在一个叫西岗子的地方，埋了几千名牺牲的苏联红军，附近有一座冒烟的活火山，夜里有红色的火星闪烁……可惜这些都是听人说的，他什么也没有亲眼见过。他每天的生活除了劳动还是劳动,除了学习就是学习,他很想到江边去看看,到了夏天,据说连江对岸钓鱼人的草帽,还有斑点狗身上漂亮的斑点,都能看得一清二楚……

刚开始的时候,楚小溪还常给他回信。奇怪的是,小溪对他讲的那些好玩的事,好像一点都不感兴趣。她的回信总是在讲学大寨和大会战什么的,讲她们连队火热的生活,开荒、除草、麦收,怎样一次又一次胜利完成了任务。杜仲觉得小溪的信写得空洞无物,她的信上甚至出现了这样的句子:"农业劳动使我从一个小资产阶级知识分子,变成了脚踏实地的劳动者,但世界观的改造还不够彻底。""我们种的是普通庄稼,收获的将是反修硕果"……杜仲心想,一个"文革"开始时刚念完初一的女孩,也敢称自己是小资产阶级知识分子么?他盼她的信又怕收到她的信。他若是在信上流露出一点儿低沉的情绪,小溪的回信就会用严肃的口气"批判"他,要他回到正确的路线上来,于是他只能在回信中据理力争。"猫冬"的农闲时节,他将大量的业余时间用来写信,他希望能说服楚小溪懂得自己。信写得越来越长也越来越激烈,这样做的结果,楚小溪的回信间隔时间越来越长,信也越来越短了……

但是杜仲还是盼着楚小溪的信。同去的知青中,那个唯一的哥们已调到整建党工作组,周围没有一个亲近的人,他需要有一个人能听他说话。何况楚小溪是那么单纯无邪,曾经在他最艰难的日子里,给予过他温暖与友情的人。

杜仲一次次往返于村子和公社之间。茫茫雪原,一根细弱的蒿草在雪地上摇晃,随时都会被风雪折断。公社的高音喇叭在寂静的旷野上尖叫,但整个世界都好像已经死去了。

等待是如此漫长,他没有等来父母和楚小溪的音信,却得知那个高一"战友"即将去当兵的"喜讯"。在这个遥远的边地,他这个唯一的哥们离开后,杜仲开始变得烦躁和焦虑。下乡时从H城带来的一箱书,看了一遍又一遍,书皮已经翻烂,那本普希金的长诗《叶甫盖尼·奥涅金》,他几乎已把第一章全背下来了:

> ……不,他的情感早就冷却,他厌倦了上流社会的喧嚣……谁曾经生活,谁曾经思考,内心就不能不轻蔑世人;谁曾经感受,那逝去的岁月,就会用幻象来搅扰他们……我徘徊在海岸,等待晴天,招手向过往的船帆致意。迎着风暴,冲破波涛,沿着海上自由的通道,何时能开始我自由的航程……

六十年代中苏交恶,他一九六四年进中学,学的是英语。学俄语纯粹是由于兴趣,自学加上父母辅导,到父母隔离审查之前,他已经可用简单的俄语对话。杜仲试着偷偷把那些诗翻译成俄文,以此来打发时间,到后来,他自己所译的俄文诗句,也能倒背如流了……

草绿了,草又黄了;下雪了,雪又化了。杜仲觉得自己的耐心已经到了尽头。

他开始给军队的那个朋友写信,诉说自己的郁闷,还有一些幼稚的质疑。那些质疑不可能像后来他的军人哥们认为的那样,是受到了旁人的"教唆"和"影响"。那仅仅是杜仲本人自发的不满情绪,是与他自身命运相关的牢骚,还有书本和文学作品在他体内残存的那些,与现实格格不入的情感。他在信中提出了许多难以解答的问题,求教于那位当年敢作敢为将他塞进车厢、带去反修前线的哥们。他完全没有想到,进入军队后的哥们已是今非昔比,正在迅速成长与成熟。他在阅读了杜仲的来信后,产生了极大的担忧,他感到杜仲的想法很危险简直是太危险了，他有责任挽救他，拯救这位在自己走后迷失了方向的战友。杜仲的信被果断地退回到公社，还附有军人要求公社党组织帮助杜仲的长信，言辞恳切，希望杜仲迷途知返。这封信对杜仲的打击几乎是毁灭性的——不是因为公社与生产大队为此事召开的一系列批判会、也不是因为杜仲被迫写下的无数检讨书；而是因为，经历了几年来在险风恶浪中的颠簸，杜仲曾以为前方有岸，至少还有一条大船一直在与他同行。但此时他举目四望，茫茫的海面上，只剩下了他一个人。风高浪急，视线之内没有飞鸟没有岛屿，他的呼救没有回应；小船已经漏水，再来一个浪头船就会倾覆了。

杜仲第一次真正感到了孤独。还有绝望。

杜仲明白自己是走投无路了。这封被退回的信，足以断送他原本就已经十分渺茫的前途，他绝不会再有转机和出路可言。

尽管如此，他仍是认真而痛心地对自己信中的妄言，一遍一遍作出了深刻的自我检讨，颤抖的钢笔在他的中指上嵌下了硬币样的茧子。元旦即将来临时，他的脊背上发出了一个通红的痈疽，然后是持续的发烧。那时知青们都已准备回 H 城探家，大家都没心思再对他穷追猛打，公社革委会批准他去北安看病，他搭乘了一辆牛车再是热特再是长途汽车，在北安医院做了一个门诊手术，拿到病假条后，他跳上了开往 H 城方向的火车。

1971 年年初的一日，杜仲在 H 城旧居门口的封条前站了很久，他忍不住轻轻地晃动房门，发现尘封已久的门锁已经不那么结实。他转身而去，在一家僻静的杂货店买到了一把钳子和一个手电筒。那天晚上，他蹑手蹑脚地接近了自己曾经的家，然后顺利地破门而入。久无人居的房间里，浓重的霉味与灰尘的气息险些令他窒息。他并不知道自己要干什么，他只是想来看看，看一眼而已。残破的家具中，也许还能找到一点什么有用的东西。手电筒微弱的亮光下,他的影子如鬼魂无声地挪移,歪倒的衣架倾斜的柜子和满地的纸片,再次提醒着他的孤独与绝望。他在地板上疲倦地坐下来,一仰头,看见了墙上的那个镜框。

很多年中,杜仲一直认为,那个晚上他无意之中的一瞥,好像有人从微光中伸来一只手,亲自将那个地方指点给他的。他始终无法解释,当时他为什么一下子就对那只镜框发生了强烈的好奇心。镜框如书本大小,浅灰色像是镀银的窄边框架,是父母当年从苏联带回来的,一直就挂在那里。也许由于其中镶嵌着一幅列宁的炭笔素描画像,镜框毫发无损,竟然未被人掳走。杜仲用衣袖擦去了玻璃上的浮灰,心想这也许是父母留给他的一件遗物了,将镜框揣进怀里,然后悄然离去。

第二天上午,在他借住的地方,同学的家人都已上班。他把镜框拿出来细细端详,觉得里面的画像有点歪斜。闲来无事,他用钳子将镜框背后的小钉子拔了,揭开背后薄薄的盖板,想把那张画像正一正——那一刻他的呼吸突然急促起来,他在画像与盖板之间,发现了一张有些泛黄的硬纸,翻过来看,像是一份表格,上面有铅印的俄文。杜仲摒住了气,睁大了眼,开始阅读那些模糊不清的俄文字句。他出了一头大汗,心都快要跳出来了,他简直不敢相信,这是一份与他有关的文件——1951年,杜仲(俄文名字德鲁卡)在莫斯科某医院的出生证。

他的父母为什么要把这份证明,放在如此隐蔽的地方呢?

这张保存完好的证明,恰恰在他走投无路的时候出现,对于他来说,莫非是一种暗示与指引?它究竟意味着自投罗网还是绝路逢生?

杜仲傻呆呆地坐着,苦思冥想了整整一天。傍晚时分,当同学一家人回来时,他已经把镜框恢复原样,用一件棉毛衫将它包裹严实,塞在了自己简单的行李里。一个重大的决定在他绝望而混乱的脑子里大胆萌生,他甚至被自己的想法吓了一大跳,但他已经别无选择,他觉得除了这条路之外,自己再没有别的路可走了。没有退路就意味着只能勇往直前,无论前面是断崖还是陷阱,他都要用自己年轻的生命作为抵押,不顾一切地去试一试。

接下来的日子,杜仲在H城的短暂逗留,开始为自己的计划进行了周密的准备。他又一次潜入封闭的旧居,竟然在杂物堆里找到了一只苏联生产的望远镜。也许是运气和天助,他在一个留城进了工厂的老同学家里,发现了在批"四旧"时,抄家得来的一只夜光指南针。他以身处边疆、自然条件恶劣经常迷路为借口,费尽口舌,向那人讨得了指南指。他不需要更多的东西了,只需要勇气和胆量,他相信自己那一口熟练的俄语,将会帮上大忙。

很多年以后,他回想当初近于疯狂的行动,觉得那次行动的原动力,仅仅是一种狗急跳墙的动物生存本能,是年少气盛的血液中自以为是的冒险精神,还有他希望亲自去考察一番"一声炮响"发祥地之真实面貌的狂妄之念。如果说其中混杂了少许诗意的憧憬与浪漫,那么也是由于静静的顿河、伏尔加纤夫、白净草原还有悲怆的天鹅湖……

也许就是为了这个缘故,他在从H城返回呼玛的途中,特地绕道松花江边的万山农场,去看望楚小溪。那是一次只能在心里进行的悲壮诀别,只有他自己明白——他若是能成功过江,他从此再也不能回来;如果他被打死在边境线上,他当然更回不来了。所以,无论成功与否,此一去,他都将与楚小溪永别。

回到呼玛之后,他的劳动表现异常出色。他多次偷偷揣着望远镜,到很远的草甸子去打柴火,江边瞭望哨的位置都已烂熟于心。如此地广人稀的边境，两岸间终会有被疏忽的隐蔽通道，就看你能否发现它了。

他终于等来了一个刮着大烟泡的风雪之夜，风声怒吼，雪片横飞，他拧断了生产队马棚门上的铁条，把十几匹马都轰了出去。马在旷野上四散狂奔开去，那将是他行动的最好掩护。厚厚的羊皮袄翻了面紧裹在身上，他想自己如果被冻死在旷野上，天亮以后，看上去就像一只被埋在雪地里的羊。

生与死之间其实只有一步，这一步的距离却是如此之长。对于二十岁的杜仲来说，那已不是国境线，而是死亡的界碑。天地混沌，面孔上结了一层冰壳，眼球似乎已经被冻住了，他一次次用手套揩擦着眼睫毛上的白霜，远方隐约有一线光亮，如同沙漠中的海市蜃楼。

他听见了从黑暗中传来的一声俄语，喝令他站住。几个大兵迅速地将他捆绑起来。当他被带到了一所暖和的小屋，他没有开口说话，而是用几乎冻僵的手，伸进贴着胸口的内衣，掏出了那份证明自己出生地的文件，还有写着他名字的边防证。

孟迪把一粒白瓜子轻轻磕开了，放进嘴里，慢慢地嚼着，说：

跟你说句实话，其实，我根本没有想到，此生还能在 H 城见到你。听说你后来一直没有被遣送回来，大家都认为你在过江的时候，不是被打死了，就是冻死了。你能被他们留下，简直是一个神话，或是一个谜。不过我并不想知道，你没有被送回来的具体原因。到了我们今天这个年龄不会不懂，你能留下来，当然是因为对他们有用。可是你妹妹的一个朋友转告我说，你是从 F 国回来的，我倒很想知道，你这一次，究竟是途经 F 国呢，还是早已定居在 F 国了呢？

杜仲回答说：八十年代中期，我从当时的苏联到了 F 国；我的妻子是俄国人，懂法语，但她一直到九十年代才有机会离开俄国，到F国与我团聚。现在我们一起定居在F国南部，我在一所大学的图书馆工作。你也许能听懂，前二十几年中，我根本不可能拿到从苏联回国探亲的签证。

孟迪沉吟了一会，又问：杜仲，恕我冒昧，你既然冒着生命危险，到达了自己的目的地，后来为什么又一次离开那里去F国呢？孟迪在"又一次"三个字上，加重了语气。

杜仲很快回答：是因为失望。

是什么让你失望？

你应该知道是什么让我失望。

难道每一次失望都会导致——导致放弃么？

是这样。我没有别的反抗方式，我所能选择的，只是放弃。

就像当初你放弃楚小溪那样？

……不，我和楚小溪之间，只是朋友，她不是我所要反抗的，当然就不存在放弃。

那么，如果说，当你有一天放弃到再没有什么可放弃的时候，你会怎么办？

事实上，现在，我已经就只剩下我自己了。这是坚守的底线。

很久的沉默。杜仲伸手从孟迪的烟盒里，抽出了一支烟。他戒烟已经好多年了。

杜仲并不想把自己这些年在海外的经历，一一从头道来。毕竟他与孟迪不熟。假如有一天他能见到楚小溪，而她也仍然有兴趣听他讲述，那么他会告诉楚小溪，这二十八年他是怎样过来的。那场暴风雪过去之后，他被押送到布拉戈维申斯克，然后送到赤塔。在经历了无数次的审查与等待之后，他终于被允许留在了远东地区，先是被送到一所大学学习国际政治,然后在一个研究所从事中苏关系研究。孟迪说得不错,以他那样特殊的身世和家庭背景,他是一个有用的人。但孟迪并不懂得,他有用却没有更多可用的价值。有关方面曾希望他到国际广播电台工作,担任对华广播,被他拒绝了。几年后他被送往莫斯科的另一个研究所,那时他已开始自学英语和法语。但几乎与此同时,漫长而缺少阳光的冬季,压抑而神经紧张的日常生活以及长期的思乡之情,使他患上了轻度忧郁症。他突然感到了厌倦,对自己所谓庄严而神秘的工作失去了兴致。有时他甚至会发生幻觉,觉得在这里和当年在江对岸,除了食物和语言之外,并没有什么根本的区别。他怀疑自己在若干年前,是否真的曾有过一次逃离?他是否还有必要重新逃离?

那年夏天,借着去 F 国治疗忧郁症的机会,他没有再回到莫斯科。他的妻子在 F 国的亲友为他提供了最初的生活费。忧郁症断断续续搅扰了他好几年时间,一直到前苏联解体,他的妻子终于也来到 F 国,他才渐渐恢复了健康。当他重新振作起来,安顿好家人,找到了一份合适的工作,几年下来略有积蓄之后,他才第一次有了回中国的可能性。

二十八年。半个地球的周旋,多么曲折漫长的一条弧线。

孟迪说:可我始终还是不明白,你明知过江是会带来严重后果的,走之前你为什么还非要去看望楚小溪?你知道你在万山农场住的那一夜,牵连了多少人吗?凡是和你说过话的人,每一个人都被反复盘问。我因为留你住宿,与你合睡了一条被子,团籍都被开除掉了。楚小溪的处境就不用说了,如果不是因为这件事,第二年招收工农兵学员上大学,她是完全可能被推荐的,但她却从此被打入冷宫。一直到知青大返城的 1978 年,才离开北大荒。有一段时间,连队的女生都不敢同她说话，我想了很多办法安慰她也没用，因为她总是觉得对不住我，一次次不断地向我道歉。那么沉重的心理压力之下，我真害怕她会神经错乱……

是啊，听你讲了这些，我觉得自己真是罪孽深重。杜仲长长地叹了口气。那口气一直压得他胸口憋闷，经过喉咙时，像一股腥黏的血流喷出来。他连续地咳嗽，每说一个字都用尽了全身的力气：有生之年，我若是还能见楚小溪一面，我会请求她的原谅。今天在这里，请你先接受我的歉意，可是，我却无法偿还当年给你造成的损失了……

杜仲的眼睛发涩，呼吸也愈发滞重。他真的不愿意回想那一次见到楚小溪的情形，他也无法告诉孟迪，那一次付出了如此之大代价的会面，其实是很不愉快的。非但不愉快，甚至如同一把利剑，在他心里划下了一道不可愈合的印痕，由此更坚定了他逃离的决心。当年他和楚小溪曾因她的天真可爱而彼此走近，却也因她的纯真无知而分手。他是带着心灵与情感上难以述说的失落与迷惘，走向黑夜里冰封的江面。他在雪地里一次次摔倒又一次次爬起来，他觉得只有自己的两条腿还在拼死行走，而心早已冻僵了……

杜仲在离开"柳荫"茶室之前，犹豫再三，还是向孟迪提了一个问题。他说对自己过江以后发生的那些事情，仍有些疑问。比如说，有关方面对楚小溪的处分，为什么会如此严厉？按说，楚小溪是把杜仲当作一个探访者和友人接待的，对他的逃离完全不知情，一旦交代清楚，应该可以脱身，却怎么会搞成那个样子？是不是楚小溪对他的逃离，表示了同情和理解呢？他说得小心翼翼，他知道自己的内心深处依然在渴望得到某种安慰。

孟迪很快回答说不是，以楚小溪当时积极向上的精神面貌，她怎么可能同情一个……她对审查是很配合的。孟迪的口气陡然变得不太友好，反问杜仲说：你是真不明白还是装糊涂呢？

你指的是什么？杜仲真的糊涂了。

我指的是，你应该知道，问题的关键在于，楚小溪她根本说不清楚。

什么说不清楚？

那张纸片。

什么纸片？

你真的不记得那张纸片了么？一张有蓝色横条条的纸片，好像是从笔记本上撕下来的，上面有中文和俄文两种文字，一句在上，一句在下，中俄文对照的，实际是同一句话。

同一句什么话？

"请带我走！"

请带我走？

是的，时隔二十多年，我都不会忘记，就是这一句："请带我走"。

杜仲的脑子一片空白，思维已经完全停顿与混乱。他觉得这句话有点儿好像同自己有关。但他却实在想不起来，这句话在什么情况下同自己有关。

孟迪冷笑着说：你自己写下的纸片，怎么会不记得了呢？那天晚上你和楚小溪在她科研排种子站的小屋谈天，你在匆忙中把纸片遗落在那里了。纸片上有俄文，这在当时显然是令人警惕的，所以第二天有人捡到了它之后，就把这张纸片悄悄收起来，交给了领导。你过江后，大规模的调查开始，这张纸片就成了铁的证据。问题在于，没有人愿意相信那张纸片是你遗落的；连队的 H 城知青中有人说，楚小溪在六十年代中期就认识你，所以她的俄文肯定是你教的。专案组还让小溪对了笔迹，最后竟然断定，那张纸片就是出自楚小溪之手，"请带我走"那句话,是楚小溪早就写好了,想当面交给你的。也就是说,楚小溪本想跟你一起走,但你怕她碍事而没有答应。当时,只有我相信楚小溪是无辜的,可惜,楚小溪根本就无法证明,那张纸条不是她写的……

杜仲的记忆在刹那间复活。他隐约记起,在从H城回北大荒的路上,换车等车的中途,为打发时间,他写过一些中俄文对照的纸片,意在练习自己的俄文。其中当然会有"请带我走"这样过江后必须使用的句子,是的,他随手在笔记本上写过这句话,后又撕下来想扔掉,不知为什么没扔,后来他再也找不到这张纸片了。好在他已经把"请带我走"那句话完全背熟,也就把纸片的事情丢在脑后了。当年的这一疏忽,竟然惹下如此大祸,他怎么就会在无意中伤害了自己曾经最珍惜的人?

杜仲苦笑着,他觉得事情变得越来越荒唐了,甚至极其荒诞。面对那张遥远的纸片,他觉得自己任何悔恨与歉疚的语言都是何等无力,他对孟迪已是无话可说。

杜仲付了茶钱,与孟迪一同默默地往外走。

杜仲在一棵粗大的梧桐树下站住了。他觉得自己无论如何还得对孟迪再说最后一句话,这句话若是不说,他也许就永远没有机会了。希望尽管渺茫,他还是要试一试。

我听人说了……听说楚小溪在八十年代初去了美国。杜仲说得有些紧张。孟迪,无论你怎样看待我都没关系,但你能告诉我楚小溪在美国的地址么?

不,我和她很少联络。孟迪一口回绝了他。

你就不能想办法帮我去问问看么?杜仲的口气已近于哀求,他觉得自己有点可怜。孟迪你住在H城,你想找她的话,是一定能找到的,而我再过几天就要回 F 国去了。我只是想……希望给我一个机会,向她致歉请她原谅,你哪怕给我一个她的电话号码也行……

孟迪不置可否,慢吞吞跨上了自行车,没有同他握手说再见。

杜仲从孟迪无法掩饰的眼神中看到,孟迪是有楚小溪的联系方式的。

2

但杜仲万万不会想到:楚小溪此时就在 H 城。

她几乎每年都会从美国飞回 H 城一两次,像一只没有季节规律的候鸟。

楚小溪在一次次漫长而孤单的飞行途中,总是选择靠窗的位置。她会久久地凝望着窗外悬浮的云海,在心里惊叹时空变幻的不可思议。那种宁静至无限的蓝、那样纯洁到透明的白,就像是从当年北大荒的上空飘来。很多年以前,楚小溪穿着被汗水湿透的衬衫,坐在田垄尽头的锄把上看云;云朵重重叠叠,穿过云还是云,它们静默无语,不容易被看穿,就像楚小溪的心事。旷野的视线之内,地球是一个圆圆的平面,弧形的蓝天如一顶巨大的帐篷,把孤独的楚小溪温柔地包裹起来……蓝天不变,白云依旧,但楚小溪却到了地球的另一端。

楚小溪喜欢这种不受打扰的旅行。天气晴朗的日子,从机舱的窗外能望见高空下苍茫无际的海面,银光灼灼如雪浪翻滚,风在水上逐起幽蓝的波纹,烟尘雪末壮阔辽远,却又透着渺无人迹的凄冷,令人想起冰雪覆盖的北大荒原野。厚厚的积雪封存了许多往事,只在风中露出衰弱的草尖。融雪的日子，那些已被埋葬的记忆，会如同保存完好的尸体或是腐蚀的骨骸，在阳光下渐渐显形。它们虽然失去了生命鲜活的血色，但是永远不会消失。楚小溪若是偶尔绕道从欧洲飞回中国，万米晴空下是延绵不绝的莽莽群山。她能清晰地看见阳光下高耸的喜马拉雅雪山山巅。有一刻她忽然觉得那些起伏的皱褶与沟壑，很像人的大脑，从空中无法看清的岩石树木和洞穴，犹如人的思绪，深藏于那些曲折而隐蔽的皱褶之中。

逝去的岁月已如此遥远，却又似乎触手可及。

1978年恢复高考时，楚小溪从北大荒病退回到H城，在一家街道小厂当铣工，一边自学英语。1979年她考上了省里的一所大学，在大学里她才开始恋爱，毕业后结婚生子，丈夫是自动化专业的同届校友，从本省农村插队回来，同代人相似的阅历，一切都自然而然。八十年代明媚的阳光，驱散了多年来笼罩着她的阴影，修复着她内心深处的创伤。她开始变得活跃而开朗，常给校刊写些诗歌和短文。有人说她的文笔优美，何不往文学方面发展，楚小溪只是一笑。二十一世纪是生物的世纪，她痴迷于自己的专业，渴望出国深造，也渴望去看看外面的世界。八十年代中期，她和丈夫先后分别被美国的大学录取，然后是很多年的努力与拼搏，读完了硕士和博士学位。留在美国芝加哥一家生物制品公司工作。等到生活安定下来，再把孩子接到了美国。这个过程就像大多数通过自我奋斗而实现人生价值的老知青留学普及版，听上去大同小异波澜不惊。

近年来，她所在的公司在中国开设了办事处，凡是有关中国方面的业务，公司都会派她前往中国处理。她已经习惯了在天空中来来去去，有一次，她乘坐泛美航空公司飞往上海的航班，只半天就把事情办完，当天晚上就又乘坐那架航班飞回了芝加哥。航班上的空姐还是来时那几位，认出了她之后，友好地笑着对她说：您的工作效率具有飞机的航速。

那当然是比较极端的一个例子。其实，每次来中国出差，只要时间允许，她都会尽可能抽空回一趟 H 城。过去的老同学和荒友们都已很少联络，她回 H 城主要是为了看望年迈的父母，在家里住上两三天，又匆匆飞走。

楚小溪每次回 H 城，多半很少出门，在家里陪父母说话，或是打理一些家事。偶尔她会给孟迪打个电话，约他出来喝茶或是喝咖啡，给他的孩子带些巧克力或是维生素之类的东西。孟迪很少问起她在美国的生活，她也并不想知道当年的老同学老朋友目前的情形。闲谈之中，也没有太多可说的事情，坐一坐也就散了。

她这些年在大洋两岸飞来飞去，对于 H 城的变化已是习以为常。每一次回来，就会有一条小巷消失得无影无踪；下次回来，一条大街堂皇地穿城而过。眨眼间就看着 H 城的大厦，像春笋似的钻出地面巍然耸立；高架路立交桥，像电影外景地的布景一般迅速搭建起来。H 城是一部正在公映的影片，整个中国是一部巨资制作的大片。猛一眼看去，楚小溪会觉得 H 城变得陌生，再细细勘察，又分明是熟悉的——一座城市无论怎样改变，那种充斥流散在空气中的味道，就像老字号馄饨的百年老汤，依然点点滴滴地融在碗里。偶尔地，她会冒出一些古怪的念头，希望 H 城能像一堆庞大的积木，统统推倒重来。未来 H 城的街道，将从宽大的绿草坪中穿过，一栋栋房屋都盖在浓密的树荫下，每一家商店都建在鲜花盛开的花坛上，音乐会或是戏剧节就设在河岸边，夜的河面上是灯光的倒影，乐声从水上传来……楚小溪这样遐想过后，会觉得自己十分可笑。她早已不再是一个浪漫的理想主义者了，这十几年来她严谨务实兢兢业业，不再会为那些无法实现的事情伤神费心……

楚小溪恍然觉得自己关于积木的那些想法，也许是出于她个人的原因。在她的潜意识中，抑或是企盼着一切能够从头开始么？或是希望那种溃散后的重建，能帮她删除头脑中堆积的记忆么？尽管后来的故事，并不是发生在这座城市，但几乎所有的事情，都与 H 城有着千丝万缕的关联，就像织完了网之后逃之夭夭的那只蜘蛛。她虽然已经离开了 H 城十几年，但这座城市仍然以残砖碎瓦、化整为零的方式，在不同的时间地点，冷不防地一次次袭击她。每次一入 H 城，路边的香樟树扑面而来，从那些釉质的绿叶上，散发出一种难以驱除的气息，总是令她头晕目眩。

那个人一直就站在一棵巨大的香樟树下，他的脸被浓密的树荫遮住了。

楚小溪知道，只要 H 城还在，那个人就不会从 H 城消失。虽然她根本无从知道，如今他是否还活在这个世上。

那个夏天的傍晚，香樟树上的蝉鸣悄然止息。从隔壁的小院子里，传来匆忙的脚步声、杂乱的人声，随着一些东西被推倒的破碎声，一声声响亮的口号，像知了一样尖叫起来。

那家院里的香樟树有两人合抱那么粗。前一天晚上，有个老头被绑在树干上，一群人用皮带鞭打着他，那人凄厉的哭叫声响了一夜。

楚小溪趴在厨房的窗子上，从铁栏杆里偷偷地观看着隔壁院子的情形。她看见许多戴红袖箍的男生和女生，把那个老头从树上解下来按倒在地上；她看见白色的纸帽子、白色的面孔上白色的牙齿、帽子上黑色的毛笔字和字上黑色的××；许多东西从房子里被搬出来，装上了卡车。一个女生走到门外，把一只锦缎的小盒子塞进了自己的裤兜。许多厚厚的书还有卷起来的画轴散落在地上,被许多人踩在脚下。有个男生弯着腰在捡拾那些书本。楚小溪看不清他的面孔,他的脸被浓密的树荫遮住了。他走路的样子很奇怪,踮着脚尖,从散落在地上那些书本里小心地穿过去,好像生怕踩坏了它们。楚小溪差点忍不住笑起来,这个动作实在有点像女生啊。他把那些零散的书画堆在一起后,就坐在门槛上守着那些东西。有一会他摘下了眼镜擦汗,楚小溪觉得这个人脸上的表情很漠然。起初她猜想这人是不是被抄家那户人的子弟,但很快她就否定了自己的猜想,天黑下来的时候,他和其他戴红箍的男生一起走了,走到门口还回头看了看那堆东西。这时楚小溪发现他有一个很宽很亮的额头。

那天晚上,楚小溪一个人待在厨房里,等着自家的大猫。大猫不辞而别好几天了,小溪特意在窗台上放了一条它最爱吃的小鱼,希望它闻到腥味儿能回心转意。小溪没有开灯,她想也许这样大猫会回来得体面些。过了一会,她听见了隔壁漆黑的院子里有响动,一条黑影翻墙而入,直奔那所房子门口的书堆而去。小溪在黑暗中拼命地睁大眼睛,心怦怦直跳。那人打开了一只手电筒,在微弱的手电光下,开始翻动那些书。就在这个时候,又有一个黑影悄然无声地跳到了窗台上,柔软的尾巴扫到了小溪的面颊。小溪忍不住喊了一声,一把抱住了自家的猫。猫急着去抢鱼,小溪连声哄着它。那个黑影闻声站了起来,他朝着这个窗口看了一会,朝着楚小溪走过来。

喂,小姑娘,你都看见了吗?他轻声说。我可不是坏人啊。

我看见了什么啦?我什么也没看见。楚小溪嘟哝着,啪地把厨房的灯打开了。一线光亮正好照在窗外他的脸上,小溪惊讶地发现,这人原来就是白天那个弯腰捡书的男生。

他把手里的一本书扬了扬,压低了声音说:就是几本书嘛,我只拿了几本书，你可千万别告诉别人啊？

楚小溪瞪大了眼睛说：什么书那么神秘呀？你给我看看啊？

他犹豫了一会，后退一步，举着书说：喏，你看好了，这不是坏书。

楚小溪一眼就看清了封面上的几个字《静静的顿河》，板着脸说：谁知道那是不是封资修的书啊，你半夜里来偷书，肯定不是好人。

那个男生宽宽的额头上渗出了汗珠子。他结结巴巴地说：你怎么能……这……这样说呢？这样说……太武断了？不看一看，你怎么知道它是不是封资修啊？

好了好了。楚小溪没有耐心再同他扯下去。她说：嗳，这样好不好，假如你看完后，肯借给我看看，这就是我们两个人共同的秘密了，我肯定就不会告诉别人了。

可是……他犹豫着说。你……你看这样的书，还太早啊……

我已经上完初一了。我看过很多书啊，不骗你的。

他站在原地想了一会，勉强点了点头。又叮嘱一句：那你千万不能给别人看，连家里的人都不能让他们知道，好不好？楚小溪赶紧告诉了他自己家的门牌号码，并叮嘱说，从他站着的这个小院，得绕一个大圈儿，才能到达楚小溪家住的那栋楼房。

很久以后，杜仲告诉楚小溪，那天晚上回去后，他想来想去，觉得这个女孩要么是出于好奇；要么就是由于无知，竟然自愿成为他的同谋；她几乎不假思索，就想出个好主意把他从尴尬的情境下解脱了。换了他自己，肯定就不知道该怎么办了。那么她至少应该还算得聪明。无知而又聪明的女孩儿，对那些自以为是的男孩，会有一些吸引力。

学校已经停课，楚小溪整天待在家里无所事事，小溪的父母都是普通职员，没有历史问题也没有现行问题，她的生活太平静了，心里特别希望发生一些不平静的事情。那以后差不多有一年时间,时断时续地借书还书、再借再还,始终在秘密的情况下进行。她至今还记得,杜仲借给她的书,有《马克思的青年时代》《九三年》《巴黎圣母院》《约翰·克利斯朵夫》还有《战争与和平》什么的。杜仲通常都是白天来送书,拎一只菜篮子,面上放着几棵青菜,书就放在青菜底下。杜仲送书来的日子,小溪家就会吃青菜。其实那些书小溪基本都看不懂,人名太长了记不住,书里的故事离眼前的生活更是天差地远,她通常只是翻一翻也就放下了。不过她真是喜欢这种"地下工作者"似的感觉,敲门要对暗号,紧张令她兴奋,读什么书倒不重要了。只有一本《鲁滨逊漂流记》,小溪反反复复看了十几遍,看得晨昏颠倒就像吃了过多的酒酿一样。有一次杜仲对她说起,其实他家里有一套俄文版的《静静的顿河》,一直到他搞到了中文版之后,才明白父母为什么不让他看《静静的顿河》了。杜仲告诉楚小溪说,葛里高利这个人一生都在追求自由,而真正自由的心灵注定是没有归属的。当时他激情澎湃地说了有大半个小时,可惜当年十四岁的楚小溪只记住了这一句话。

　　1967年猝不及防的转折,对于杜仲来说是一次致命的打击。他的父母几乎同时被隔离审查,那时候楚小溪才知道杜仲的家世。那几天杜仲的脸一下子变得苍白瘦削,明亮的额头像是罩上了一层灰土,从眼睛到眼镜片,整个人都变得灰蒙蒙的。小溪的父母禁止她再与杜仲来往,小溪只能寻找各种借口偷偷跑出来与杜仲在公园见面。小溪知道,那些日子,几乎所有的亲戚朋友和同学,都不敢同杜仲来往了。那样孤独无助的时候,天性傲慢的杜仲尤其需要安慰。在小溪看来,杜仲那一副拒绝同情的样子,多半是硬装出来的,其实他心里比谁都更渴望同情。不过小溪对杜仲并没有太多的同情,她对杜仲的好,是纯粹的喜欢，和原来对他的好没有什么区别。杜仲会给他讲许多她从来没听说过的事情，她喜欢杜仲，多少是有钦佩的因素在里头。虽然杜仲的家里倒霉了，但杜仲还是那个杜仲，跟他在一起，小溪总是觉得自己的眼睛会一次次发亮。一直到小溪去了北大荒之后，有一次杜仲在给她的信里说了一句话，让小溪明白了杜仲对她好的原因。杜仲说：在我最困难的日子，你从不让我感到你的友爱是一种施舍。小溪感动过后，又觉得这句话是不算太对，其实女孩儿天生是热衷于安慰别人的。那时小溪常常从家里"偷"来几个橘子，或是粽子和荸荠给杜仲吃，他像一只饿狼一样大嚼的时候，小溪就搜肠刮肚地给他讲笑话，想让杜仲高兴起来。

楚小溪至今还记得那个"笑话"，忽然引得杜仲大发雷霆。

小溪说：嗳嗳，你听说化工厂发生爆炸的事情了么？他们说有特务破坏，就把历史反革命沈阿三给揪出来了。许多人轮流打他，说他有定时炸弹，他被打得受不了，只好承认了。开批斗会的时候，革命群众都跳到台上，审问他究竟是怎么引爆炸弹的。哪里晓得，这些具体的问题，造反派事先忘记教他了，他回答不出，大家就打他。群众逼着他问：那个定时炸弹到底有多大？沈阿三连炸弹都没见过，想了想，臂膀朝两边一伸，说：这么大。差不多像自行车那么长了。群众不满意，横眉竖眼说：不对！沈阿三把双手缩回来说：这么大。这次像西瓜那么大。群众又说：不对。沈阿三想来想去，伸出食指和拇指比画说：这么大。就是像柿饼那么大吧，群众才算满意。又有人问他：炸弹是方的还是圆的？他又答不出，忽然想起《国庆十点钟》那个电影中的马蹄表，赶紧回答说：是圆的，圆的。革命群众大吼一声说：又错了！沈阿三连忙改口说：是方的，方的……

够了！杜仲两眼血红地大叫一声。你真觉得很好笑吗？这么荒唐的事情，我一点都笑不出来。那些人到我家搜查时，还问我电台在哪里，我父母是不是每天晚上给柯西金发报……

楚小溪被吓了一跳，泪水哗地涌了上来。杜仲手足无措地围着小溪转了好几个圈圈，掏出一块脏兮兮的眼镜布，要给小溪擦眼泪，倒惹得小溪又笑起来。

匆忙的约会中，他们的手里不再有书，谈论书本是需要心情的。书本里的故事很精彩，但现实却很严峻。杜仲说他们没有今天，因为今天充满了危险；他们也没有明天，明天像一条断流在沙漠的内陆河。从杜仲嘴里越来越多地蹦出来一些不合时宜的话语，让楚小溪心惊胆战。几年以后，当杜仲从她的生活中彻底消失以后，她想起十六岁的杜仲当年的讲演，其实只有她一个听众，蓦然明白杜仲后来的结局，在那时就已经彰显。

很快，就连这样约会也不能再继续了。小溪的父母知道她依然和杜仲来往后，迅速地把小溪送往了外县的奶奶家。十五岁的楚小溪还不懂得怎样拒绝和逃避，再说，她开始发现杜仲这个人变得神经兮兮的，越来越难相处。楚小溪有些害怕和杜仲在一起了，跟杜仲谈天，他总是会把人的心扰乱，让对方觉得自己的头脑不如他的头脑。在小溪那个年纪，既然什么人跟她说什么她都会相信，她为什么偏偏要相信杜仲跟她说的那些话呢？

很多年以后，楚小溪才知道，香樟树活着的时候，是闻不到樟木的香味的，只有把香樟木做成箱子之后，木材的香气才会一年一年经久不衰地散发出来。

她在外县的一个小镇上待了大半年，连猜带懵地看完了厚厚的中国古典四大名著，还学会了踩缝纫机和裁剪衣服。偶尔地，她会想念起杜仲，但她没有给杜仲写过信，写了信他也是收不到的。小溪不知道杜仲后来的那些日子是怎么过来的，当她回到 H 城的时候，已是 1968 年年底，一批一批赴黑龙江反修前线的知识青年正在准备出发。当她想方设法终于打听到杜仲的消息，已是杜仲即将上火车的前一夜了。

她是在杜仲的学校教室里找到他的。一堆乱七八糟的行李，摊开在拼起来的一排课桌上，杜仲正弯腰往一只木箱里装书。她的突然到来，并没有使杜仲感到惊讶，杜仲拍着手上的灰尘笑眯眯地说：

嗳，你怎么才来啊？跟我们一块儿走吧！

你是真的要走啊？

当然是真的。我对 H 城已经烦透了。

那干吗要去那么远的地方呀？

要走，就去远的地方。他说。走得越远越好。

楚小溪坐在空荡荡的教室的凳子上，不知道为什么就哭了起来。她哭得很伤心，一句话也说不出来，那一刻她才发现自己其实是在乎杜仲的。杜仲就像一本借来的书，看完了要去还掉的时候，才发现还有好多页没来得及细看。杜仲一走，这座城市好像塌了一角；往后没有杜仲的日子，这座城市就空了。

她哭了很久，杜仲在一边把行李和书本弄得哗哗响。楚小溪心里也许是在等待杜仲的安慰，比如走过来拉拉她的小辫子、摸摸她的头顶、或是……把她揽在怀里，拍拍她的后背。但杜仲一刻不停地忙碌着，一言不发地走来走去，就是不走到楚小溪的面前来。小溪有些失望了，她抬起头，扯下了手臂上两只劳动布的蓝色新套袖，愤愤地递给他。

我没有什么东西送给你，这副套袖是我自己做的，你带着吧，也许用得着。

杜仲在接过套袖的那一刻，他的手掌碰到了楚小溪的指尖。小溪的手指冰凉，而他的手掌却冒着热汗。他的手掌在小溪的手指上停留了一小会，似乎迟疑了一下，立即就缩回去了。他粗声粗气说了声谢谢，把套袖分别戴在两条手臂上，然后在箱子里翻了一阵，说那我只好把这本书送给你了。说实话我真有点舍不得呢，不过你一定要保管好啊。

那本薄薄的《金蔷薇》，小溪有一次想跟他要，他推三阻四地找了好多借口拖着不给。

小溪捧着书的手掌忽然有些发胀，浑身都热起来了。她说杜仲你到了那里，一定要给我来信啊。你就把信寄到我学校好了，我每天都会到传达室去看信的。她说完就匆匆走出了教室。在昏暗的走廊里，她听见杜仲在身后大声喊：你要给我回信噢——

可连楚小溪自己也没有想到，第二年春天，她也报名去了北大荒的万山农场。那时候整个H城都已是红旗招展锣鼓喧天，她是被那些迎风飘扬的红旗裹挟而去的，是被那些惊天动地的锣鼓驱赶着去的。楚小溪欢欣鼓舞心情激荡，知青专列开动的那一刻，胸前戴着大红花的楚小溪，觉得自己忽然间好像变成了另一个楚小溪，一个崭新的楚小溪，英姿飒爽的女战士楚小溪。车厢里震耳欲聋的歌声中，她忽然想起杜仲说过的话，他说要走就走得越远越好。现在她真的是走向远方了，但不知为什么，杜仲的面孔却变得模糊起来；那个远方离杜仲近了，但杜仲却好像离得她越来越远了……

楚小溪到达万山农场后不久，就给杜仲写了信。杜仲很快回了信。他的信都写得很长，厚厚一大沓，常常把信封都挤破了。他的信字迹很潦草，好像不那么飞快地写，那些话就会卡在他喉咙里。起初他在信里说着呼玛那儿的历史和风俗什么的，就是不谈怎样保卫边疆的事情。过了些日子，那些密密麻麻的小字，开始谈论法国大革命，然后是英国的工业革命，还有日本的明治维新什么的。楚小溪一看到杜仲的来信就喘不过气来，阅读他的来信变成了小溪生活中一件十分艰难和辛苦的工作。楚小溪有时候恍惚觉得那些信不知道从哪里寄来，杜仲好像不是在硝烟弥漫的反修前线，而是在一间与世隔绝的书斋里。小溪的忍耐终于到了头，她委婉地回信告诉杜仲，她所在的农场纪律很严，劳动很艰苦，晚上还得天天读，实在没有那么多时间看信和回信，他能不能把信写得简短一些。那以后杜仲忽然给小溪寄来了一首《知青之歌》，说是一个南京的知青自己写词谱曲，唱起来苍凉悲壮，把他的心情都表达出来了。小溪把那歌词给同去的知青看了，有人悄悄告诉小溪说外头正批判这首歌呢，让她赶紧把歌词撕掉。小溪浑身一凉，此后便多留了心眼儿，给杜仲的回信总是拖了又拖，回信也越来越短。那段时间的楚小溪正在蒸蒸日上，评上了五好战士和场劳模，又提了科研排的排长，连部已经让她填写了入党志愿书。她所在的连队那样火热的朝气蓬勃的生活，同杜仲的来信中那种越来越灰暗、悲观、消沉的情绪相比，简直是牛头不对马嘴。小溪觉得自己和杜仲之间，像是朝着相反方向跑去的马车，扬起的尘土在马车擦身而过的那一刻相会，尔后就各自飘散了。

每次给杜仲回信，都会使楚小溪烦恼而又痛苦，因为她实在想不出有什么话可对杜仲说。有一次杜仲来信，说她的信上一大半都是废话，还说若是把1966年的楚小溪与1970年的楚小溪相比，后者的脑髓正在萎缩。这句话深深地刺伤了楚小溪，她好几个月没有给杜仲回信。直到那年冬天那个寒冷的日子，杜仲突然精神抖擞地出现在她的宿舍门口……

往事不堪回首。这么多年来，楚小溪做成了许多事，然而，她唯独难以做到的，就是忘却。

楚小溪这次回 H 城，只能停留两天时间，就得转道去 B 城办事。回到家里，见过父母，她正在犹豫着要不要给孟迪打电话，电话铃猛地响起来，一接，却是孟迪的声音。楚小溪多少有些意外，因为孟迪从来是不主动给她打电话的。

她说孟迪你真是神了，我刚进门，你怎么会知道我回来了？

孟迪的声音听上去有些怪怪的：我不知道你回来，我只不过想试试看……

楚小溪问孟迪找她有什么事情。孟迪沉吟了一会说，如果她晚上有空，能不能出来坐坐？楚小溪立即就答应了，她不会拒绝孟迪的任何请求，因为孟迪从来没有任何请求。

孟迪的述说十分平静，他提到杜仲那个名字的时候，就好像在说着一个昨天刚刚分手的人。他那种与己无关的语气，明显地拒绝着楚小溪作出任何震惊、怀疑或是惊慌失措的反应。他转述了自己与杜仲见面的情形，还有杜仲最后请求他转告的那些话。他的语速很快，显然不希望被楚小溪的任何提问打断，好像一旦停顿下来，就会再也无法续接上去了。楚小溪渐渐发现，孟迪在叙述的过程中，并未对杜仲加以任何评论，显然他早就打定了主意，要让楚小溪自己来面对这一切。

楚小溪觉得脑子有些发晕，眼前一片混沌。

谈话快结束的时候，孟迪最后的一句话，令她怵然一惊。孟迪说：我给你打电话，其实心里希望你没回国，最好你不在 H 城，这样就等于你根本不知道。但是我又不能不打这个电话，因为我知道，这么多年，在你心里，你和杜仲的事情，并没有了结。

楚小溪的眼圈一下子就红了。

她很快说：不，还是算了吧，我不想同他联络。那么多年过去，许多话都不是一下子能讲清楚的，越讲反而越讲不清楚了。再说，也没必要讲清楚了。她拒绝得很干脆，如果她听出自己口气里有一丝迟疑，她觉得自己就会被这迟疑所动摇了。

……可是，我倒觉得，他的内疚和歉意，是真诚的。孟迪小心地补充了一句。

你不知道，我怕的就是这个。楚小溪轻轻地叹了口气。我不希望他给我道歉，因为他不是故意的。后来我经历过那么多的伤害，倒觉得杜仲是个一心想救我的人。

孟迪笑笑说：也许这就是你们之间的错位。你再好好考虑考虑，杜仲说他再过两天也就回F国了。这一走，不知道什么时候能再相遇的……

楚小溪打断他说：我后天一早头班飞机去B城，明天一整天，家里都有事，时间也排不开啊。

孟迪站起来说：那你自己决定吧，有事给我打电话好了。说完这话，他就告辞了。

楚小溪面对着桌上喝了一半的咖啡，怔怔独坐，一时还没有从孟迪带来的消息中回过味来。她觉得杜仲真是个奇怪的人，每次出现都像个空降兵一样，突如其来神出鬼没的，实在是可气可恨。他杳无音信地失踪了二十几年，却像个转世的灵魂一样重返人间。好像这才是杜仲的方式——突然消失，然后突然出现。

时隔那么多年，但一切都依然清晰得像昨天一样。

那年冬天傍晚的暮色中，杜仲如同一根木头桩子，一动不动地站立在楚小溪的连队宿舍门口，冲着她发出一声粗重的呼唤。当她看清面前这个人是杜仲的时候，楚小溪又惊又喜，心都快跳出来了。她脑子里闪过的第一个念头，是不是杜仲的家里出了什么事。但杜仲说什么事也没出，他刚从H城回来，顺便来看看她而已。近两年没见了，也许是应该见一见的，总是在信上见面，他连楚小溪长得什么样儿都快忘记了。听了这话小溪松了口气，咯咯笑起来。杜仲把她从头到脚细细打量了一番，皱着眉头说：小溪你怎么穿成这样啊？男的女的都分不清，我刚才差点不敢认你了。

小溪的眼睫毛上都是霜花，她揉揉眼睛低头看自己：一身黄不黄绿不绿的棉袄棉裤，臃肿得像一只大狗熊。黑色的棉胶鞋上全是刨粪时溅上的脏东西，一双厚厚的棉手套，像两只巨大的熊掌，指尖上却露着一个破洞，黑灰色的棉絮从洞里钻出来。她去摸自己的头发，小辫儿摸不到了，一顶狗皮帽子严严实实地包裹了整个脑袋，一条红得发黑的围巾缠在脖子上。小溪不高兴地哼了一声说：咋的啦？这有啥不好？男女都一样嘛。你看你，这么冷的天，帽耳朵也不放下来，耳朵冻得通红，臭美呢你。

杜仲被她噎得把话都咽了回去。他好像很饿的样子，问连队几点钟开饭。小溪这才觉得，杜仲的突然到来，是一件麻烦的事。连队刚收工，宿舍里的女生们都要洗洗涮涮，她不能把杜仲带到女生宿舍去，可这么冷的天，也不能让他留在外面挨冻。众目睽睽之下，把他带到连队食堂去吃饭，更是不合适，第二天就会有人问你和他是什么关系，如果被人认为楚小溪交了男朋友，肯定会影响自己进步。小溪有些犯难了，她在心里怪杜仲怎么事先也不打个招呼。想来想去，忽然想到了科研排的种子站，那里正在进行冬季育苗实验，封着炉火不会冷。自己有那屋的钥匙，不如把杜仲带到那里去，给他把饭打来，还可以一边吃饭一边聊天。小溪让他等等,进宿舍去拿了钥匙,就把杜仲带到种子站去了。

小溪开门开灯,杜仲走进去,把手里那只鼓鼓的旅行包放在地上,然后摘下帽子,脱下军大衣,背着手环顾四周,就像检阅似的踱步点头,说你这儿还不错嘛。小溪注意到他身上穿的一件小棉袄,袖口上套着一副劳动布的套袖,已经洗得发白。那是他下乡前小溪送给他的东西,他居然一直戴到现在。小溪心里忽地一热,刚才的怨气也都消了。

杜仲的目光停在墙上,脸上露出了讥讽的神色:哦,什么呀?这些都是什么呀!

小溪正在捅炉子添煤,抬头看,见墙上贴着一张大红纸,上面是连队赛诗会上科研排女生写的诗:齐心协力迎春播,播下种子播下歌,秋来粮食上纲要,革命青年喜心窝。

杜仲严肃地说:这也叫诗吗?开玩笑!这是标语。

小溪有些扫兴,但没工夫和心思跟他争辩,便说:你就先待在这儿休息会儿啊,我去食堂打饭,要是过了点,食堂就该关门了。

你去你去。他挥挥手,开始专心地琢磨小屋桌上的那些瓶子和育苗盒。

小溪打了饭回到小屋,见杜仲正用手扒着育苗盒里的土。她说嗳嗳你干吗呢,我们正在测试冬季出苗率,你别把我的苗碰坏了。杜仲头也不抬地说:哪有苗啊?都还没萌动呢,一点儿动静都没有,我看,这叫作——我自岿然不动啊。

小溪放下饭盒,赶紧用手把土壤拢回来,一边按压着一边说:你看你,把我的土弄松了,这可不行。育苗最初阶段的关键在于镇压,镇压越紧,毛细血管就越畅通,水分就上来得快,发芽也快,没有压力是不行的，懂吧？

杜仲的脸色唰地沉下来，用鼻子哼了一声说：镇压？连科研都用上这个词儿了？

小溪用调羹敲着饭盒说：饭都凉了，快吃吧。杜仲看一眼饭盒说：有菜吗？小溪说：有菜有菜，不过都是咸的。她打开饭盒，里头是几个黑面馒头，一撮没放油的咸菜丝儿，还有两块红腐乳。她笑了一下说：馒头夹腐乳，味道好着呢，我平时都舍不得吃，今天招待你，我也算是借你的光吧。杜仲刚坐下忽然又站起来，四下寻找自己的旅行袋，从里头找出一包皱巴巴的东西递给小溪说：这是我给你带的，差点忘了。

小溪打开纸包，看见了几根生的香肠、一袋虾皮，一袋笋干，还有一堆黑乎乎的东西，灰色的碎壳和黏稠的酱汁压成了一个饼状，散发出一种熟悉又难闻的气味。她说这是什么呀？杜仲盯着那东西看了一会，恍然大悟地回答说：是皮蛋，对，是皮蛋呀，它们怎么变成这个样子了呢？小溪又笑，说咱们就把它吃了吧，用调羹舀着吃，再把壳儿吐出来……

小溪觉得饿了，两个人一时顾不上说话就开饭了。没有酱油和盐，她和杜仲便就着皮蛋吃咸菜，再就着咸菜吃馒头，另一个饭盒里盛着酱油汤，杜仲喝汤的时候抿着嘴，一点响声都没有。吃了一会，杜仲突然哎了一声，站起来就冲到门外去了。过了一会回来，嚷嚷着要找水漱口。说那黑面馒头里有沙子，把他的牙硌着了。

就你那么多臭讲究。小溪不屑地瞪他一眼。我们天天都吃这个。在农场，有黑面馒头就算好的了，我还没给你吃窝头呢。到现在我才发现，你原来有那么多顽固的资产阶级生活习惯，下乡两年多了，你是怎么接受再教育的啊？

杜仲不搭腔，用水桶里浇种子的水漱了口。两眼盯着小溪的脸，仔细研究起来。他说：嗳，小溪，你的眼睛怎么啦？好像……怎么一只眼睛单眼皮，一只眼睛双眼皮了？我记得你原来两只眼睛都是单眼皮啊……

小溪下意识地去揉了揉眼睛，对杜仲解释说，那是去年冬天去苇荡割柳条子的大会战中，拉着满满一车柳条的牛车翻了，她被压在柳条子底下，一只眼睛的眼皮被柳条拉了一个口子，直流血。可当时大会战那么紧张，她坚持轻伤不下火线，简单包扎了一下，没去场部医院治疗。等伤好了以后，这只眼睛就变成双眼皮了。她强调说，其实这个样子，一点都不妨碍劳动。

杜仲用嘲讽的口吻说：好嘛，都成波斯猫了，还名贵品种呢。一边说着，站了起来，从旅行袋里掏出了一只小黑匣子。

差点忘了，吃饭是应该有音乐的。为了庆祝重逢，咱们一起听音乐吧。他的脸上露出了一丝笑容。

音乐？小溪觉得这个词好生疏。在小溪的生活中，如今只有歌曲，没有音乐。这音乐也太奢侈了吧，再说，哪儿说变就能变出音乐来呀？

杜仲摆弄着手里的黑匣子，小溪看清了那是一只小小的半导体。杜仲旋转着开关，来来回回地调试着，半导体发出叽叽嘎嘎的噪声，根本就没有什么音乐。

看来你这儿干扰太大，信号不好。杜仲有些丧气。在我们那儿，什么时候都能听上音乐，清楚极了，就跟中央人民广播电台似的……

小溪当时并没有留意这句话的意思。她急于想问问杜仲H城的情况，还得跟他说说农场的事情，比如农业学大寨的前景、知青运动的历史意义、还有自己的进步和成绩，以前的信上不好意思提，这次可以当面告诉他了。她问起了他父母的情况，问起了他在 H 城有没有去看冬天的蜡梅。杜仲沉吟了一会儿说，他的父母大概这辈子也回不来了，他现在已经不再关心这件事了。他在 H 城也没有去看蜡梅，因为他对蜡梅已经不感兴趣。他三言两语就回答完了小溪的问题，又开始调试那只半导体。

小溪气恼地问：你这也不关心那也不关心，你到底关心什么呀？

杜仲把手里的半导体扬了扬，努嘴说：这个！

小溪说：那你跑那么远来看我干吗？你跟你的半导体待着好了。

杜仲说：那倒是不大一样的。你是个活人啊。

小溪收拾着饭盒，说：那你为什么不跟我好好说话呢？

杜仲连头也不抬：我来看你，就是想看看你，给你写了那么多信也不回，我就想来看看你到底怎么样了？说那么多话干吗？我想让你听半导体，听听你平时听不到的一种声音。

小溪满心委屈地嚷嚷说：没什么可说的，那你走好了。

杜仲总算把手里的半导体放下了，轻声叹了口气说：这只半导体，是我十五岁生日那天，我父母送给我的礼物，抄家那天我正好带在身上，没有被抄走，后来就带着下乡了，想不到还真是派上了大用场。嗳，好啦，那我就跟你说话吧。你想说什么呢？

小溪赌气说：你跟我说说，这两年你到底在想些什么？你信上写的那些乱七八糟的长篇大论，我没时间看也看不懂。

杜仲的声音忽然变得低沉。他斟酌了一会说：我想些什么？你真的想知道吗？我一直在想，既然教科书上说，资本主义是封建主义的天敌，那么为什么还得使用农药呢？

农药？什么是农药？

与天敌相比，社会主义不就成了农药了吗。

你……你这样比喻太不妥当了。

有什么不妥？杜仲振振有词地说：天敌就是克星，具有天然的杀伤力，这是自然规律。而农药是人工合成的……

小溪气愤地打断他说：你怎么可以这样想，你也太……太……她一时想不出合适的词儿。她想说"反动"，觉得太伤人了；说"过分"又太缺乏力量了。她觉得杜仲简直不可理喻，他此行来看望她，莫非就是为了兜售他的农药么？小溪气得说不出话。

突然间电灯就灭了，杜仲和她自己一下子都隐没不见了。在农场，停电是常事。黑夜像浓密的云层一样涌上来，她觉得自己像一艘潜艇似的，沉入到黑暗的水底里去了。她听见杜仲的喘息，杜仲说你别着急啊我有电筒呢。就听见他磕磕绊绊走地动，又窸窸窣窣翻动旅行包的声音，但电筒却迟迟没有出现。小溪摸索着走到屋角的窗台上，用手摸到了火柴和一根细小的蜡烛。她把火柴划着了，蜡烛慢慢亮起来，金黄色的火苗在黑暗中抖动，杜仲惨白的面孔从黑暗中浮出来。小溪忽然觉得，眼前的杜仲犹如一个石膏头像，线条僵硬而呆板。

蜡烛几乎就像一节小鞭那么长短，这儿的人都管它叫"磕头了"，说是磕一个头的工夫就点完了，虽然有些夸张，但能点的时间确实很短。就这样的小蜡烛，还得凭证供应。小溪想，饭也吃过了，又是停电，自己太晚回宿舍会造成坏影响，还不如早些给他安排个地儿住下。她正在琢磨着今晚把杜仲弄到谁那儿去睡觉，桌子上的半导体突然响了起来，把小溪吓得一哆嗦，蜡烛的火苗也晃动起来。

小溪听见了一个柔和低沉的女声，像房梁上悬挂的灰尘丝儿，在空气中轻悠悠地荡来荡去。那普通话的发音有些古怪，该用去声的，她发的是平声；该用上声的，她发的是去声；七高八低七上八下的，和平时收听中央台的广播员完全不一样。那声音尽管模糊而暧昧，小溪终于还是听清了大概的意思。那个女声说：听众朋友，你们一定知道中国那位最优秀的小提琴家的名字，自从"文化大革命"开始以来，他亲眼目睹了中国知识分子遭受的悲惨命运，他本人也被审查被迫害被凌辱。前几年，他终于冒着生命危险，流亡到了西方国家，现在，我们为听众朋友们播放他著名的《思乡曲》……

那一刻小溪的呼吸都停止了。她像是听见了来自黄土高坡上的信天游，苍凉悲怆哀惋得揪人心扉；又如森林中流过的淙淙泉水、蓝天上飘过的朵朵白云；如轻风穿过峡谷，雪花轻盈地舞蹈。她很久很久没有听见如此美妙的琴声了，就像一群精灵似的，在这简陋的小屋子里盘旋，蜡烛微弱的火苗随着旋律舞动，昏暗的小屋忽然变得明亮而温暖……

烛光暗下去，战栗着抖动了几下，灭了。小屋重又一片黑暗。

小溪伸手去摸"磕头了"，摸了一手灰尘。这才记起来科研排就这么一根备用的蜡烛。音乐在暗夜里回旋，旋律渐渐变得沉重而压抑。一线圆柱形的手电筒光线忽然亮起来，穿过乐声投在她的棉袄上，胸前那枚小小的像章，在她眼皮下发出殷红的反光。小溪的头脑一激灵，顿时清醒过来。

杜仲你这是在干什么？她急吼喉地嚷道。你在收听……收听敌……快把你的半导体关掉！她急得捂住了耳朵。我不要听不要听，这太危险了，你难道疯了吗？听见没有，快给我关掉！她差点哭出声来，扑过去抢那只半导体。

杜仲一把将半导体搂在怀里，小溪听见"啪"的一响，声音消失了，屋子里突然静下来，寂灭无声，像一个密不透风的菜窖。

怎么会把你吓成这个样子。杜仲冷冷地说。不至于吧。你可以用批判的眼光欣赏嘛。

小溪已经回过神来。她真的很气愤，她不明白这个两年没见的杜仲，怎么会变得这么怪异了。其实在他的信中，早已透露出了思想大滑坡的种种苗头，由于她的同情和软弱，对他一再姑息纵容。她不能够眼看着他这样下去了，无论他怎样蔑视她嘲笑他，为了两年前那一段难忘的友谊，她一定要伸出手去拉他一把。

小溪觉得自己从来没有这样坚决而坚定过。她站了起来，慷慨激昂地对杜仲说了以下的话。那些话她永远都不会忘记，在后来的那些年里，她在心里一遍又一遍地重温着检省着自己说过的每一个字，每一次回想，她的心都会因此而剧烈地疼痛起来。

她说：杜仲你听着，你现在所有的苦恼和委屈，都来自于你自身处境的改变。"文革"前你的生活太优越了，你根本不懂得人民的疾苦和愿望。你由于父母的政治问题而产生强烈的不满情绪，这是私心杂念在作怪，我理解但不能赞同。你必须悬崖勒马！

手电筒的光一点点暗下去，杜仲的面孔也变得模糊不清。他沉默着，咬住了嘴角。他不断变换着坐姿，木头凳子在他身下嘎嘎作响。时间似乎过去了很久，他仍是一言不发。

你倒是说句话呀。小溪终于忍不住了。你难道真的就想不通这个道理吗？

我想不通。除非一粒子弹从我脑子里穿过去，恐怕才会通吧。杜仲的语气中有一种不容反驳的决绝，小溪不由打了一个寒噤。他站起来，伸了个懒腰，抓起手电筒说：好啦，麻烦你给我找个地方睡一觉，我明天早上就回呼玛去。

临出门前，小溪没忘给炉子添了煤压上火。门吱扭一声关上了，小溪的心里咯噔一下，像是有什么东西被锁在了里头。一个多月以后她才发现，杜仲离去之前，无意中遗落了一颗定时炸弹，炸弹被引爆的那一刻，她曾经拥有的美好理想都被炸成了碎片。

那晚的月光很亮，雪地上笼罩着一层凄迷而圣洁的月色，静寂的原野像一片银色的湖泊，寒风吹起的雪末，雾气迷蒙。小溪觉得自己就要在湖里沉下去，身子一阵阵发冷。在那条通往连队宿舍的小路上，她和杜仲谁也没再说话。她只听见笨重的棉胶鞋踩着雪地咕吱咕吱的响声，两个人一前一后，总也踩不到一个点子上。

她把杜仲送到了男生宿舍门口，敲开门叫出了孟迪。她对孟迪说，她的一个朋友来看他，能不能在孟迪这儿借住一晚，明天就走。孟迪什么也没问，就让杜仲进去了。分手的时候，杜仲神情严肃地伸出手来，很有礼貌地碰了碰小溪的指尖。留在小溪记忆中最后的印象，杜仲的手柔软而冰凉，像一团雪花。

小溪一个人走回女生宿舍去。刀子一般的小风钻进了她的脖颈，她一阵寒战，觉得心都好像被冻透了。那个瞬间她的脑子里忽然跳出了一段话："绝不能把私人友谊和政治问题混为一谈……绝不容许把私人友谊摆在事业的利益之上。"那是她前不久她从一份学习材料上抄下来的斯大林语录，为了以此勉励自己。想不到在这个寒冷的冬夜，这段话真的给了她一丝勇气和安慰。

月光下，她看见自己大步行走的身影。两条粗壮而结实的双臂有力地甩动着，白色的雪地上，身子两侧晃动的黑影，犹如雄鹰黑色的翅膀，从雪地上飞升起来。

可是楚小溪还没等起飞，翅膀就突然折断了。

春节过后不久，上头来了外调人员，加上总场保卫科和连队的保卫干事，差不多坐了满满一屋子人。小溪被叫去谈话的时候，那些人面露凶光，如临大敌，让小溪觉得莫名其妙。他们用审讯犯人的口气，提到了杜仲的名字，并要楚小溪老实交代有关杜仲的一切问题。他们是从杜仲住处的灶坑里，临走前没有被焚烧彻底的一大堆信件残片中，发现他和楚小溪有联系。当楚小溪终于听明白，杜仲这个人已经在春节前夕"过江"去了，并且至今没有被遣送回来——她的脑子嗡的一声炸开了，后背上一层冷汗，像是箍上了一件铁制的盔甲。

杜仲确是来过万山，但他的告别只是一种象征，连一句暗示的话都没有。

假如她真的知道他有过江的念头，小溪即使用自己的生命去阻止他，小溪也舍得。

但小溪连一丁点蛛丝马迹都没有察觉。她什么都不知道、什么也没有发现。在那天晚上他们单独相处的三个小时中，关于这个犯罪计划，他绝没有向她透露一丝一毫。她始终被蒙在鼓里，她真是太幼稚天真、太麻痹大意、太愚钝轻敌了。作为一个革命青年，如此缺乏阶级斗争的警惕性，她深感愧疚、悔恨，甚至万分痛恨自己。

可是没有人相信她的交代和检讨。他们说：那天杜仲突然来到万山农场，你为什么不在连队宿舍公开和他唠嗑？为什么要偷偷摸摸把他带到科研排的种子站，并且，谈话长达几个小时，你们不是在密谋在干什么？小溪结结巴巴回答：怎么是密谋呢，只不过说了点家常事、H城的熟人、下乡后各自的收获什么的。他们说：谈话有证人在场吗？小溪说没有证人。他们说没有证人怎么能证明你不知情？怎么能证明你不是他的同谋？怎么能证明你没有参与并协助他外逃？怎么能证明你没有为他提供帮助呢？否则他来找你干什么？

小溪哑然无语。她无法证明自己。她什么证明都没有。

一连许多天，她被拘禁在连队"小号"里，回忆交代反省自己与杜仲的"历史渊源"以及现行关系。夜深人静时仔细回想，其实那天晚上有许多微妙之处，都已显示出了杜仲决心"过江"的可疑迹象，可惜当时小溪浑然不觉。比如那只该死的半导体、比如农药、比如……但小溪什么也不能说，某种本能告诉她，她说得更多麻烦就会更多。她在拼命检讨、痛心疾首地认错、表示坚决与杜仲划清界限的决心的同时，也坚持一问三不知地守口如瓶。后来的许多年里，小溪时断时续地想起万山农场持续了几个月的审查，当时她那种顽强的缄默不语，其实并非出于良知，而是出于自我保护的基本常识。也许在潜意识中，还有一点对杜仲残留的友情。杜仲曾跟她说了那么多不该说、对一般人不敢说的话，想必杜仲是信任她的。也许在杜仲的生活中，只有她这一个可以信任的人了。她得对得起这种信任。

小溪抱着侥幸的心理，希望能躲过这场厄运。然而她终究还是躲不过。专案组初期劳而无功的审讯，因一张小纸片而突然起死回生。一个深夜他们得意扬扬地出示了那张纸片，纸片已经被揉得皱皱巴巴，但上面的中文字迹依然清晰可见：

请带我走！（此处有一句俄文。）

小溪的心脏狂跳不已呼吸窒息，她感到自己快要晕过去了。她认出那是杜仲的笔迹，杜仲给她写过那么多信，不会有错。这不是栽赃，是杜仲亲手所写。但小溪从来没有见过这张纸片，它从哪里来？又怎么会到了专案组的手里？即使这张纸片是杜仲所写，和她有什么关系？小溪的脑子乱成了一锅粥，她觉得自己浑身上下都是嘴巴，也说不清楚了。

——请带我走！千真万确地明摆着，你是想让杜仲带你一起走，一同过江去！但杜仲狡猾得很，他怕带着你累赘，不愿带你走。你说你从来没有见过这张纸片，这是抵赖和狡辩！纸片是从科研排种子站的小屋里找到的，那天晚上就你和杜仲俩人在那儿，不是你写的是谁写的？我们已经调查过了，杜仲在"文革"前就开始学俄语，想必他在 H 城时就教过你好几年了，可见你俩早就里通外国，预谋叛逃……

可我……我到北大荒以后的表现，是有目共睹的，我已经当了排长了，我是五好战士，我干吗要叛逃啊？小溪满心委屈地为自己辩护。

那是伪装的！正是为了掩盖你真正的目的。

我真要想走，可以当面同他说嘛，干吗要写在纸片上啊？小溪觉得事情简直荒唐到了极点。

那是……那是因为……因为当面说，你怕隔墙有耳，给旁人听见嘛。这张纸条正暴露了你的心虚……

一切的争辩都是那么无力和无用，事情已无可挽回。楚小溪叛逃未遂的罪名正式成立，很快被取消了撤销了排长职务与其它所有的荣誉称号。楚小溪从此一蹶不振心灰意冷。一直到她离开万山农场前夕，她才在无意中得知，对她的"审讯"和处理结果，是由当时正迅速窜红的另一位知青把持的，他必须要除掉楚小溪这个未来可能对自己的成长进步构成威胁的对手，他和楚小溪是你死我活的关系，所以他绝不会心慈手软。

在后来许多年孤寂灰暗的日子里，楚小溪曾无数次回想那个冬夜她与杜仲见面的情形。她的回忆像一把篦子，一遍一遍地梳理着她和杜仲在种子站小屋里的每一个动作。有时候，她觉得那一切也许早就被命运所注定了——由于停电，杜仲在黑暗中翻动着他的旅行袋寻找电筒。他的纸片就是在那时候掉出来的，然而当时，他和她，都没有发现。

曾经有很长一段时间，楚小溪一直恨着杜仲。她觉得在她和杜仲的交往中，杜仲一直把她当成一个无知的倾听者看待。他仅仅只是需要有人倾听，而从不关心倾听者的感受。他不会顾及到自己的悄然离去，会给与他相关的人造成怎样的伤害。楚小溪永远也无法原谅杜仲的原因之一，是杜仲其实从来没有把她当成一个同行者，或是一个共享秘密的朋友。如果是那样，她也许会认为，即便对自己的审讯和处分再严厉再过分，都还算值得。

楚小溪心目中向往的美好前途，在她十九岁那年断然中止。中止得如此迅猛无情，没有丝毫回旋的余地。就像一列高速行驶的列车，被铁轨上突然出现的不明障碍物拦住，不得不强行刹车。那一段被人冷落遭人侧目的日子，楚小溪觉得自己年轻的生命好像裂成了两半，她只能用高强度的劳动来麻痹自己、用沉默和无言来固守自己。她开始疯狂地读书，利用探亲假回 H 城的机会，带回了高中的数理化教材和其他所有能找到的书籍来读。书籍在许多年里抚慰着她枯涩寂寥的心灵，这样的日子一直持续到 1978 年知青大返城。

那件事情发生后，在春节回 H 城探亲的时候，她曾收到过孟迪当面交给自己的一张纸条，让她忘记过去重新开始。孟迪用一种含糊的语气问她，他是否可以成为她最知心的朋友。楚小溪始终避而不答。她不希望这辈子永远生活在对孟迪的歉意之中。孟迪由于留宿杜仲也受到了处分，她觉得自己带给孟迪的牵连，无法用感情来偿还。

十九岁是多么年轻呵。一切都可以重新开始。杜仲的突然离去，使得楚小溪突然长大了。但对于十九岁的楚小溪来说，前行的道路已被阻塞，她还能做什么呢？她唯一能够开始的，只是在内心开始了对自己无休止的追问。

所以小溪不能去见杜仲。追问本来已近尾声，她害怕新的追问又会开始。

3

楚小溪下了出租车,拉着行李箱快步往机场候机厅走去。早晨起得晚了些,离登机的时间已经很近。她匆匆穿过空旷的大厅,走到巨大的电子显示牌下,去看航班的换票柜台号码。那一刻她听见有人轻轻地喊自己的名字。寻着声音低头看去,面前有一位陌生的中年男子,微笑地望着她。她不认识这个人,只觉得那人宽大的额头和眉间,有一种熟悉的神态,隐隐约约地似曾相识。

我是杜仲啊,不认识了吧。

楚小溪茫然睁大了眼。

是孟迪告诉了我你的航班号。我决定赶来见你一面。杜仲彬彬有礼地说。也不完全算是送你吧,因为今天我也要回国了。正好是10点钟的航班去上海,然后转机回F国。昨晚上我想了一夜,如果错过了这个机会,这辈子真不知道什么时候能够再见了。

那个瞬间楚小溪脑子里忽然闪过杜仲站在连队宿舍门口的样子。他总是突然出现然后突然消失,这种方式符合他一贯的风格。

杜仲笑了一笑说:二十多年过去了,差点认不出来了。不过,我还是一眼就认出了你。真的,你好像,没什么太大的变化……至少在我看来,你还是那个样子……

不,我不是原来那样了,其实我的变化很大。楚小溪友好地向杜仲伸出了手。

听说你常回H城?杜仲紧紧地握住了她的手。他觉得那手纤细而光滑，有一种香樟树叶韧性的质感。

是的，这几年回来多一些。小溪轻轻把手挣出来。

但我不可能常回来。所以，这次能见到你，对于我很重要。

没想到你经历了那么多坎坷，还健康活着，我……挺高兴的。小溪又说。

其实，我今天来，只是想对你说一句话：当年由于我的无知莽撞，连累了你并给你造成了无法补救的损失，我真是很后悔。杜仲诚恳地说。我走了以后，你们那儿发生的一切我都不知道。我这一次回来后，孟迪才告诉了我。我之所以一定想要见到你，就是想当面请求你的原谅，否则我的良心到死都会不安。那张纸片……

楚小溪面有愠色地打断了他。

可惜，这么多年过去了，那些本该向我致歉的人，那些内心应该感到惭愧的人，至今却没有一个人来向我表示歉意；唉，你说你……你向我道什么歉呀？望着杜仲尴尬的神情，楚小溪又说，不过，既然是见了面，我倒想借这个机会，当面感谢你呢。

杜仲诧异地摊开了双手问：为什么？

你说呢？小溪微微一笑。

我不知道怎么谈得上感谢我？你不会是用这种方式嘲讽我吧？

我不是在开玩笑。你想想，如果不是因为你过江后给我带来的那些麻烦，当时的我就会继续在原来的轨道上走下去。噢，我想你会明白轨道的意思。楚小溪已经平静多了，她突然觉得有许多话从心里涌上来。那些话已在她脑子里盘桓了数年，一点一滴地沉淀下来，在她胸口积成了厚重的块垒，必得一吐为快：

如果不是因为那年的事，我不知道自己后来会变成什么样子，我也许会成为一件出色的工具、成为那个年代的一个时尚模特儿、或者是一只笨拙学舌的鹦鹉。可是你无意中在那轨道上安放了一块石头,突然翻车了,原来顺畅的运行被强制中断了,把我甩到了轨道之外的角落里。那尽管不是我所情愿和我主动选择的,但我毕竟被推到了一扇新的门口,我不得不走了进去,走进了另一个房间。人说条条道路通罗马,这么多年过去,我们也许是殊途同归了。在美国读博士课程的时候,有一次我偶尔想到,其实是你救了我。你走后,我不得不变成了现在的我。难道我还不该感谢你么?今天能够当面跟你说出这些话,在我也是了却了一件心事。我想,你真的不必再为当年的行为,感到内疚……

杜仲惊愕地怔在那里。小溪的面孔模糊起来,一种飘渺的幻觉之中,他几乎要怀疑眼前的楚小溪,会不会是与楚小溪同名的另一个女人。

其实……其实,当年我们都太幼稚了……杜仲有些语无伦次了。在我过江之前,曾经固执地认为,江对岸的土地原本就是中国的。我心里甚至还暗藏了几分收复失地的英雄情结……

楚小溪朗声大笑起来,杜仲也不好意思地笑出了声。

机场大厅的广播响起来。楚小溪听见了自己那趟航班的号码,正被一次一次播放着。她看了看表,抱歉地对杜仲说,如果再不去换登机牌,她就该误了这趟航班了。而她去 B 城的行程都已经安排好了无法更改。

杜仲点点头说:那我陪你过去吧,也算我送你了。

楚小溪通过安检口之后,还回头向杜仲挥了挥手,然后消失在通道的拐角处。杜仲在那里站了一会儿,长长地吁了口气,这才想起来竟然忘了留下楚小溪在美国的电话号码。他听见了一架架飞机从候机厅上空飞过的隆隆巨响,目光寻着声音追去,他想,他和楚小溪将在空中朝着相反的方向飞行，然后分别降落在东半球和西半球，远隔重洋，相望或是相忘。

杜仲乘坐的航班离开地面的那一刻，他从舷窗口望下去，城郊公路两边新栽的香樟树，已隐约可见新叶嫩芽已经冒出一层淡绿，而去年深色的老叶还没有掉落。他懊悔自己曾对 H 城产生那样的苛责，其实，H 城只是人生旅途上一个驿站和节点——出发、降落；偶尔在此停留、歇息。

恍惚间，杜仲对此次的 H 城之行，产生了一种梦幻般的虚妄感，就连楚小溪也变得朦胧难辨。只有湛蓝的晴空伸手可及。若是朝着弧形的天穹一直往前飞行，无论经由哪条航线，也许他和楚小溪都会在地球的某一处重新相遇。

地球是圆的。多年的旅行经验，使他对这点深信不疑。

写于 2003 年

发表于 2003 年第 4 期《小说界》

把灯光调亮

1

好几个月过去了,卢娜总觉得这个人出现得有些蹊跷。

所谓蹊跷,只是一个说法。让卢娜郁闷的是,这人走后好多天,自己竟会常常想起他来。

这人是书店的一个陌生顾客。讲一口还算标准的普通话,面生,一听一看,就知道不是本地人。本城常来的买书人,卢娜差不多都认识。顾客顾客,是店家的客,光顾之后走人。在本地方言里,"过客"和"顾客",是同一个发音,意思也差不多了。

他进门时,朝卢娜客气地点了点头,算是打过招呼。此后无话,独自一人站在书架前一排排看过去,他蹲下去又站起来,一本本看得仔细,拿出来又小心地放回去,有时还把书翻开,在版权页来回查看,让卢娜疑心是否"打黄扫非"部门来暗中探访?他下午四点多钟进店门,在书店里站了大半个钟头。其实每排书架的角上,都有弧度的低木沿,专门给那些来蹭书看的学生坐的。卢娜很想和他打个招呼:你要看书，爽性坐下来嘛。想了想，又忍住。这种"书痴"，时髦的叫法是"书虫"，卢娜以前也见过几个，随他。

那天下午，到了五点多钟，他的购书筐已经满了，又回身去抱了几本，一起放在收银台上。卢娜一眼看过去，算出有二十多本。等着卢娜清点的辰光，他踱步走到店门口外去，抬头朝着门楣上的招牌看，然后一字一顿念道：明光书店！

又自言自语：明光书店，这个名字，蛮好！

明光——卢娜心里忽然被狠狠地剜了一下。明光？自己有多久没喊这个名字了？

就这一声唤，像招魂一样，另一个人在刹那间就回来了。那个人站在卢娜面前，使她一时乱了方寸。卢娜用手指敲打计算机，一次次敲错，重来，还是错。有人招魂，有人就失魂落魄了。

他站在一边耐心看着卢娜结账，当她拿起那本精装的《宽容》扫码时，他开口问：

明光书店开业有几年了？这本书，你店里前后卖过多少种版本？

卢娜的手指哒哒响，闷头答道：我的书店开了有十多年了，这本《宽容》，除了三联的老版本，起码还有过七八个版本，有中英文双语版、摄影艺术版、还有房龙文集呢，你买下的这一种，是三联去年新版的精装，前面的序言你有空看看，里面都写得蛮清楚……

这人有一刻没说话，卢娜能感觉到他惊讶的目光。然后，他伸出手把这本书抽了出来，把书翻到扉页，摊开在她面前：

请问明光书店有书章吗？就是，那种藏书用的书章，很多书店里都有的。你能不能帮我盖一个？我到这个县城好几天了，就想寻一家像样点的社科书店，我说的不是新华书店，是明光这样的民营书店，还真被我寻到了。我第一次到这里，也算留个纪念。

她摇头：没有，对不起哦。

他显然感到意外，抬眼环顾书店，又说：明光书店，这么好的名字。读书就是给人带来亮光，你为啥不刻个章呢？有些书店，收银台上放一排书章，读者自己就可以敲……

卢娜有些愣神。明光书店开业十几年，她为啥一直没有刻个书章？她问自己。这些年，书店生意越来越难做，为了让那些爱读书的老顾客满意，她去省城进货的频率越来越高，事先还要上网做功课，反复选择图书书目，以便在第一时间让"性价比"最高的图书在"明光"上架。不过，忙不是理由，以前就是再忙，每逢端午，她会亲自到小商品市场去挑选面料，蜡染、丝绸、蕾丝花边，做成各式各样的香袋，散发出好闻的香料气味，就像一只只小巧玲珑的五彩小粽子，送给书友和老顾客，作为明光书店的谢礼。还有中秋节，哪怕是自己设计的一张小小月亮卡片，也代表了"明光"的心意。但这两年，实际上她并不算太忙，甚至可以说越来越不忙了，顾客正在一天天少下去，那些她千挑万选购入的新书，常常被冷落在那里，封面上连个手指印都没留下。

她当然不会告诉这位顾客，她不刻书章，是因为她从一开始就没想过刻书章。她不想让"明光"这个名字，被人盖在书页上，跟着别人走了，然后住在别人的家里，被别人的手指触摸……

不过，这位陌生客人的建议，让卢娜在那个临近黄昏的时刻，不得不面对着另一个人。他不会晓得，明光是一个人的名字，一个很久以前的人，确切说，是她童年的伙伴，消失在她高考落榜那一年。这个陌生顾客身上好似发出了一种超能电波，把那个被她假装忘掉的人，一下子吸出来，像一幅放大一人高的图书封面广告，竖立在她面前。

这个轮廓清瘦、眉眼细长的中年人来过以后，他的身影常常无端从她眼前闪过，渐渐和另一张年轻的面孔叠在一起，难分彼此。卢娜忽然明白，她想的、等的那个人，其实不是面前这个买书人，而是那个当年的那个小男生。尽管"明光"每天都悬在店门的匾额上，漠然望着出出进进的顾客，卢娜却已经和那个"明光"生分了。是这个素不相识的人，把那个走远的人牵回来了？

那天傍晚，面对这个一下子买了二十多本书的人，卢娜拿不出一枚书章给他敲，觉得有点对不住，只好略带歉意地对他说：那我给你办一张优惠卡吧，今天就可以打九折。这几本，都是旧书，封面都被人看脏了，我按七折给你……

他笑着说不用不用，开书店不容易的。我在这里大概要住好几个月，假如不走，下次来，你再打折好了。

卢娜没有遇见过不肯打折的顾客，觉得这人有点好笑。转念一想，办卡是要填写他的名字和手机号的，他大概是不想让人家知道他的名字吧。下次再来？也就是说说罢了，他一下子买这么多书，要看上好几个月呢。真想问问他，为啥不去主街上的新华书店买书，他是从哪里听说明光书店的呢？

话到嘴边，又咽回去。卢娜心里其实还有更多问号，比如，他是做什么工作的？为什么买的都是社科类的书？《李光耀论世界与中国》、秦晖的《南非的启示》、徐贲的《明亮的对话》都是前两年进的货，封面早已被人摸得脏兮兮，每种只剩下了最后一本，她却一直舍不得退货，倒好像是专门给他留的。王蒙的《中国天机》、托克维尔的《法国大革命与旧制度》，早几年也都流行过了。他好像偏爱老书？大概平时没有很多时间看书吧？卢娜有点感激这个人，他好像特地来给明光书店"清仓"呢。县城还有几家小书店，从来不进这种素封面的讲道理书。所以本城的老顾客都有数，要买这种书，只能到明光书店里淘。这样一想，卢娜心里有点高兴，可见明光书店的牌子和名气早已传得很远了？卢娜用眼睛的余光扫他一眼，她卖了十几年书，眼光很刁，你只要看看他买什么样的书，就晓得他是个什么样的人，由此判断此人的学历和职业，十有八九是不会错的。不过，眼前这位顾客，让卢娜有点拿不定主意。县城附近有驻军，那里的军官士官都是书店的常客。可是这个人呢？一副文弱书生的面相，既不像穿便服的军官，更不像医生，也不像工程师；那么，他只能是一位大学教授了？当然是文科教授，理工男一般不读《巨流河》《没有宽恕就没有未来》这种书的。他买的都是历史人文类，连一本小说都没有，可见他也不是文学教授，而且是不会操作网购的那种老派教授？否则，卢娜倒有好几种最近大受欢迎的小说推荐给他：英国作家鲁西迪的长篇《午夜之子》、波兰小说家布鲁诺·舒尔茨的《沙漏做招牌的疗养院》，还有中国科幻作家刘慈欣的《三体》，年轻人都很喜欢。现在县城里大学毕业生研究生多的是，北上广刚开始流行什么好书，这里的读者就来电话催问了……

这么啰唆的问题，面对的又是一个陌生人，卢娜自然不好意思开口。她心想，卢娜你现在真是闲得要死了啊，这个人跟你半点不搭界，管他是教授还是工程师呢？

卢娜没开口，他却开了口。他抽出那本巨厚的《耶路撒冷三千年》，好奇地问她：这部书去年刚上市，你这里怎么能进到货？县城的读者，不容易买到经典书吧？我听说，《耶路撒冷》连县城的新华书店都进不到几本，不要说民营书店了……

卢娜看他一眼，笑着说：卖书人总有办法的，不要小看了县城书店，这本《耶路撒冷三千年》，本店已经卖出去好几十本了……

她不想告诉他，为了让明光书店第一时间进到最新最抢手的书，她曾经动过很多脑筋。有个本城书友的女儿在北大读书，离五道口的"万圣书园"很近。那个女孩春节回来探亲，卢娜一次次叫她来吃饭，亲手做了霉干菜烧肉鱼头炖火腿，就像亲生女儿回来了一样。惹得邻居说闲话：小娜你儿子高中还没毕业呢！那女孩回北京后，每礼拜都会去一趟万圣，把万圣的权威推荐"每周书榜"用手机拍了照，微信给她。卢娜再按图索骥直接去出版社进货，快捷度自然超高。按常规，民营书店只能从去省城的博库书城及县新华书店进货，这一条，也被她七拐八弯地钻空子破了戒……书店书店，有了好书，才会有好顾客！是她的回头客支撑了书店，这个他总应该懂的吧？

在他惊诧的目光里，她亲自为他把书捆好，再套上了一只大号的塑料袋，这样拎起来就稳当了，不会把书角褶皱。现在人工越来越贵，很多琐杂的事情，她常常都是自己做的。书店员工是体力劳动，拆包搬书上架，文弱小姑娘做不动；肯吃苦出力的年轻人，多半是从乡下出来打工的，连书名都记不牢，她哪里敢要呢？她见过网上一张图片，一家书店招聘员工的告示，只写了五个字——要求：女汉子。书店员工的工资低，很难招到合适的人，明光书店目前总算留住了两名职高毕业生，早上九点到夜里九点，两个人轮流倒班，样样要现教现学，她这个老板当得格外吃力。

他拎起那袋书，说了声谢谢，却不走，犹豫了一会，又说：我还想麻烦你一点小事，有一本《我们需要什么样的文化繁荣》，是社会科学文献出版社出版的，作者叫王京生。有人推荐给我，我在省城没买到，刚才找了一会儿，也没有。但我蛮想看这本书，你能不能想办法帮我代购一下？

卢娜有点犹豫。她和省里博库书城批销部门很熟，再是冷门的书都找得到。问题是……这种书一旦进了来，本城没有人会看这种书的，他如果不来买，书就压在她手里了……

他好像看出了她的难处，解释说：这次他从省城来这个县城，是出长差，有一个大项目要完成，大概要蛮长时间。他平时喜欢看书，如今独自一人在外，只要晚上不加班，就可以把拖了好几年没看的书，一本本都补上。他指指书袋，又说：你看这几本老书，我以前早就看过了，还想再看一遍……

她记得他好像提了一句新区。她晓得县城往东的一片沙洲上，正在建一座新的小镇，听说平整土地的基础工程都已经做完了，卢娜还没有抽出时间去看新鲜。老县城三面环山一面临水，像一条狭长的船，搁浅在岸边。不想办法劈山填滩，再不会生出一寸空地。对于一座山区县城，政府举债发展是硬道理，不欠账发展就没有出路。这些消息都是店里买书的老顾客带来的。

卢娜不晓得说什么好，再说就是不相信人家了。一般情况下，她都愿意相信人家的。为了证明自己不是那种一心挣钱的人，她好心建议说：其实呀，你也可以到网上去寻，当当网，亚马逊，网上的图书，品种多，速度快……她奇怪自己怎么突然变成了电商推销员。

他想了想，认真地回答说：我不在网上买书，我一向都在书店里买书。我，想让书店活下去。

卢娜心里一震，一股电流从头顶瞬间传到脚底。我想让书店活下去——除了那几位明光书店的铁杆书友，隔三岔五给她发几条暖心的微信，鼓励她坚持下去，这句话从一个陌生人口里说出来，不由让卢娜一下子对这位顾客增添了几分好感。他到底是个什么人呢？卢娜有点好奇。

书店里暗下来，已经快要六点钟了。卢娜走过去开灯，啪嗒啪嗒，店里所有的灯都亮起来。不过，这几年，为了省电，她早已把所有的灯泡都换成了低瓦的节能灯。

他走到门口，回头看了看天花板，转过身，像是无心地随口说一句：书店的灯光好像暗了点，夜里来买书的人，看不清书名。你看，能不能，把灯光调亮一点？

卢娜心里咯噔一声，好像有个暗角忽然被照亮了。对的呀，自己怎么早早没想到这一层呢？等了他那么多年，挂了一块"明光书店"的牌子，不就是希望他哪一天回老家来探亲扫墓，路过这条小街，一眼就看见了自己的名字，然后，也就看见了她……书店的灯光那么暗，假如他偏偏天黑时经过这里，连个招牌都看不见，她不就全都白费心思了么？说白费心思也不对，她又不是为他开的书店，而是为自己！她没考上大学，不等于没文化，她只不过是借他的名字给自己一点气力罢了……

等卢娜回过味醒过神，眼前还没亮灯的昏暗小街上，这个人已经走远了。

这是不是卢娜后来一直在等他再来的原因呢？卢娜不知道。

第二天，卢娜把墙上的壁灯、天花板上的筒灯，全都换了灯泡，书店好像一下子睁大了眼睛。

2

好几个月过去，每天每天，上午下午，像往常一样，店里客人很少。

不是没有人，而是没有卢娜的顾客。街上的行人多的是，男人女人老人小人，一个一个，从她的店门口疾匆匆路过。看上去，个个都像是赶长途汽车赶火车的人，急得一刻都不能耽误。当然，闲人也是有，慢悠悠的脚步，就从她的店门口，走过来又走过去。眼睛在额头下骨碌碌转圈，看东看西，看天看地，看着街对面的一家家店铺，服装店美容店足浴店手机店烟酒店小吃店，只要看到一家店，一个个的眼睛就像灯泡一样亮起来，只可惜，一线亮光都不肯落在"明光书店"那四个字上。

他们难道都不识字么？官方统计数字公布说，中国的文盲还剩下总人口的百分之八左右……但卢娜知道还有一个数字：中国的人均阅读量，在全世界排在倒数十几名……

那些路人，难道真的看不见"明光书店"的招牌吗？卢娜不相信。门楣上浅褐色的匾额，"明光书店"金黄色的大字，清清爽爽明明白白。只要一抬眼就看得见。那四个字，当年她专门去省城，请美院一位书法家写的，十几年前，三千块的润笔费，可以买一只立式空调了。"明光书店"在县城的这条小街上，老字号不敢当，也算是有年头的"资深书店"了。七八年前，来店里买书看书的人，挤得转不开身，都说这书店好是好，就是小了点。如今，顾客一天天少下去，这个一层九十平方米的店铺显得空落落，倒像是扩建了面积一样。

这些人，为啥就不肯多迈一步，走进书店来看看呢？哪怕不买书，翻一翻书也是好的呀。

记得书友会有个老书友说过：中国人虽有"耕读传家"的传统，但古人读书多半是为了"取仕"。今人谋官另有门道，不再读书取仕，人们也就不肯读书了。此话也许有一点道理的？

那天下午，明光书店的"老板"卢娜，坐在书店临街的一小角窗边，望着街上的行人发呆。她在等什么呢？卢娜当然是在等顾客，就像一个蹲在水边等鱼上钩的垂钓者。这样说也不对,鱼竿是那个陌生的买书人亲手递给她的——他应承过还会来的,他应该知道卢娜在等他拿书。他要的那本《我们需要什么样的文化繁荣》,早就给他准备好了,是特地请人从省城快递来的。

也不一定是等他。卢娜心里知道,自己是在等一个永远不会到来的人。

书架书铺上的书,早已整理了一遍又一遍,没人动过,就没什么可整理的了。以前忙的时候,几个钟头一霎过去,书架又被人翻乱了。那是以前的事了,辰光总归往前走,回是回不来的。卢娜是爱看书的人,如今清闲下来,按说应该把那只看了开头、最多看了一半的书,都接着读下去。那本获得诺贝尔奖的白俄罗斯女作家斯韦特兰娜·阿列克谢耶维奇的《我是女兵,也是女人》,就放在侧身的窗台上,露出一角书签。卢娜很喜欢这个女作家,她的文字背后都是血迹,却又不那么悲伤,而有一种力量。但此时卢娜却不想伸手把书打开。不想看书,是因为没有心思,没有心思,是因为有别的心事。心思和心事是不一样的。她撇开心事问自己:就连开书店的人,都不想看书,还能指望谁看书呢?县城不比省城和首都,喜欢看书买书的人,都是有数的。虽然明光书店办了书友会,每个会员都有打折的购书卡,可是,就这百十个固定的老顾客,如今也来得越来越少了,偶尔来了,也不一定买书。二楼有个茶吧,两圈围拢的小沙发。晚餐前,看书的孩子们都散了,晚饭后来的老顾客,多半是带朋友来这里谈事情的,她多少能挣一点茶水钱,只当补了书店的图书损耗。

卢娜此时没有心情看书,但也不想看手机。她把手机调到振动状态,任凭它在柜台上发出一阵吱吱的颤动声。手机这个小东西,如今变得越来越聪明了:导航、购物、打车、挂号、订票、查询……只要你想让它做的事情，它没有办不到的，像一个忠实的仆人，以最快的速度，为你搞定所有的事情。卢娜每天用手机微信处理所有的书店杂务，包括查询新书信息、订购添货付款、与省城及邻县的书店同行们交换图书信息……使用微信的成本，低廉到几乎可以忽略不计，比聘用一个四体不勤的大学生划算多了，所以，若是从经济的角度看，购买手机的投入，与它的产出相比，实在超值。

但晓娜仍然和手机保持着一定的距离。她与这个服务周到的"贴身秘书"，始终无法建立起亲密无间的友谊。看它二十四小时躲在你的身边，像一个鬼精灵、一个影子一般跟着你，从办公室餐桌厨房卧室一直跟到洗手间，在暗中窥视你的所作所为，无处不在无所不知，简直可以说居心叵测。它看似乖巧驯服顺从，样样事情与你配合默契。然而，你在这个世界上做过的一切，都会在它那里留下痕迹与记录。你点击点击再点击你打开打开再打开你转发转发再转发……你与它朝夕相处形影不离难舍难分生死与共，它就这样渐渐控制了你，让你分分钟记挂它想念它，离开它一歇工夫，就像离开了心爱的人，魂灵都没有了……自从有了智能手机之后，她觉得自己的智商开始直线下降，一有不明白，随时随地去问度娘。度娘姓百，长年累月住在手机里值班值夜，随叫随到百问不厌。从此，天下好像没有卢娜不知道的事情，她再也不需要去动脑筋想事情、记事情。手机像一只平面的卡通小老鼠，鬼头鬼脑尖牙利齿，成天贴着你的耳朵甜言蜜语，或是挡住你的眼睛，只许你看着它盯着它抚摸它，一个个旧日老友看似近在眼前，却又被它阻挡在千里之外。它一寸寸咬噬着你的时间，把你一点点咬成粉末啃成碎屑，然后被它不知不觉地一口口吞进微小的芯片里。卢娜已经感觉到了，好像不是手机在为自己服务，而是自己在为手机服务。不是手机在侍候她，而是她在侍候手机，接电话回短信转发点赞充电交费响铃静音……不敢有一丝怠慢，生怕侍候不周错过了一个可有可无的消息。记得去年报纸上曾经有一场讨论：我们的时间都到哪里去了？问得好蠢，时间都到手机里去了！手机里有娱乐新闻明星结婚离婚出轨生孩子股票房市涨落楼盘开业养生保健新产品环球豪华游轮红海死海地中海冰岛巴尔干半岛巴厘岛济州岛欧洲足球联赛美国竞选伊拉克难民南美七胞胎婴儿……你只要抱着手机不放，就可以在第一时间获悉世界上每时每刻发生的事情。只要拥有一台4G，你即刻变成无所不知无所不能的先知。

然而，卢娜对此始终很疑惑：一个人，真的有必要知道世界上那么多不相干的信息吗？一生如此宝贵有限的生命，难道就这样交付给一台只会发布新闻、查询信息的手机了么？如果一个人终身与手机为伴、患上了手机依赖症，岂不是会变得越来越傻越来越笨、变成一个根本不会用脑子的人？

所以，卢娜除了书店业务联系的朋友圈和书友微信群，通常不去看手机里的其他信息。若是有一点闲空，她还是喜欢泡一杯清茶，在窗边的阳光下抱一本书看。手机屏幕在亮光下通常会有反光，而书籍恰好相反，书页喜欢让阳光照亮，一行行黑字像是在白云间飞翔起伏的大雁……坐在窗前，微风拂过书页，纸面上散发出一种干草的气息；指尖摩挲书页，指肚能感觉到纸张的润泽与温度。卢娜对这种感觉太熟悉，她就是在无数次摩挲书页的感觉中长大的。记得她十二岁那年，母亲不知道从哪里捡来一本《艾丽丝漫游奇境》，书的封面有点破旧，艾丽丝的裙子皱巴巴的，裙带上盖着一个椭圆形的图书馆蓝印。卢娜不知道母亲那时候已经生病了，母亲想让这个名叫艾丽丝的女孩来陪她。后来母亲去世了，父亲很快有了新的女人，就把卢娜送到了外婆家。过了几年，外婆也生病了，卢娜从十四五岁开始，就独自照顾瘫痪的外婆。下课回家、冬夏长夜、星期天、寒暑假,她一个人守着外婆,端茶送水服药喂粥,不敢走远。亲戚们很少来看望外婆,只有那个可爱聪明的艾丽丝,一直留在她家里,和她一起陪伴外婆。每天夜里,艾丽丝就会跑出来,带卢娜去神奇的兔子洞里玩耍,那里有一只会咧嘴微笑的神出鬼没的猫、一只长着鼻子眼睛的鸡蛋、一只伤心流泪的甲鱼、一条抽着东方水烟管的毛毛虫,还有一个凶狠的红心王后……

他就是在卢娜最孤单无助的日子里,像一本新书,出现在卢娜的家门口。卢娜守着煤炉给外婆煎药,被那只会讲干巴故事的老鼠逗得笑个不停,忽然,书页上的阳光,被一条细细的小黑影挡住了。她抬头,看见他伸手递过来半只剥开的橘子:喏,和你换!把这本书给我看看!

后来,他和她常常一起头挨着头,坐在门槛上看同一本书,艾丽丝的奇幻树洞,成了她和他共同的秘密。他曾用大人的口气对她说:小娜,不要怕那个红心王后,她只不过是一副扑克牌……

再后来,他给她带来新的书:《班主任》《青春万岁》《撒哈拉沙漠》《心有千千结》……再再后来,是《人生》《古船》《呼啸山庄》《复活》……自从有了书本以后,卢娜再也不感到孤单了。从那时开始,卢娜知道书本是一个有呼吸有生命的伴侣,假如世界上所有人都抛弃了你,只有书本不会离开你。那些读过的书,会走进你的心里脑子里,和你成为同一个人。从他那里,卢娜知道了天下有那么多好书,可以去学校图书馆、县城文化馆借书,也可以省下自己的零用钱去书店买书。八十年代九十年代那辰光,外国书中国书,多得像大湖里的鱼一样。高中三年,她差不多把所有中国当代作家写的书都看过了,结果离高考分数线差了三分。那年夏末,他收到了北京一所大学八年硕博连读的录取通知书，在他家楼下喜庆的鞭炮声和烟雾气里，卢娜躲在楼上笑一歇哭一歇，当然是为他高兴为自己悲叹，手绢一连湿了好几块。她想，他若不来寻她，她是再也不会和他见面了。临走前他来向她道别，说开学后一定会给她写信，给她寄最新的新书……第二年，他们全家都搬离了这座县城，他和他的家人，从此消失在那些从未降临的新书里。

很长一段时间，卢娜痴痴等待着远方的来信，没有心情翻开他曾经送给她的那些旧书。但卢娜不得不去参加工作养活自己啊，商场邮局电影院好几个岗位招人，她却还是和书有缘，偏偏被县新华书店选上了。新华书店那栋二层楼的老房子，开在城中心最热闹的主街上，房产是国有的，每年卖教材吃饱到肚胀，每月奖金比合资企业都多。卢娜走进新华书店去上班，她忽然发现，没有他的世界里，依然到处都有书。她随手拿起一本书，书上说：书可以把人带到任何地方，人也可以把书带到任何地方。她想：书能够到达的那些地方，人却不一定能够到达。她当然是要去书能够到达的那些地方！当她从童书架上一眼看见了那本新出版的《艾丽丝漫游奇境》，她觉得自己一下子就"复活"了。封面上的艾丽丝，穿上了崭新的漂亮裙子，那是一个新的艾丽丝，艾丽丝重新回来陪伴她，她从此再不寂寞了。

卢娜在新华书店当了四年营业员，后来结婚生孩子。老公是县城对面大湖景区旅游公司的轮船机械师，专管维修游轮船舱里的机器。当初书店的同事介绍卢娜和他认识，见过几次后，卢娜一口答应了这门婚事。原因说起来也好笑，第一次见面，卢娜试探着想和他谈谈小说，这个男人倒是实诚，他说除了技术书科技书，从来没有工夫读闲书的。卢娜心中暗喜：假如未来的老公像她一样喜欢看小说，家里的事情谁管呢？如果没人管家务，有了孩子以后，她肯定就读不成书了。

于是她对这个男人提了一个条件：他不喜欢看闲书不要紧，但不许妨碍她看闲书。老公竟然痛快应承了。老公在一座新建的小区买了一套单元房，把卢娜婚前住的一楼一底的街面房出租了，那是"文革"后退赔给卢娜娘家的私产，外婆临终前，念着卢娜独自照顾她七八年，就把房子留给了卢娜，遗嘱都公证过的。等到卢娜的儿子满月后，老公说他打算把那份陪嫁的店面老房子，用来给卢娜开一家美容店，平时也方便照顾家里和孩子。

老公说到开美容店后的一天晚上，卢娜给老公说了艾丽丝的故事。她说自己十二岁那年，艾丽丝就住进了这间老房子，艾丽丝比老公先到了十年，所以，她要用老房子开一家书店，让艾丽丝回来，在这里长住……老公惊诧地张大嘴巴看着卢娜，好像她变成了另一个人。那一刻，卢娜的老公才明白，这个女人不仅欢喜看书，原来她心里是有梦的。他晓得这个已经晚了，艾丽丝说来就真的来了。

等到老公下个月放假回来，书店已经注册下来了。再下个月，老租客已经搬走，清空的房屋，等着他帮她去装修。老公替她忙里忙外买建材，过了两个月，书店开业那天，老公亲自给她在"明光书店"的招牌下放鞭炮。卢娜每天走进书店，心里欢喜得就像走进艾丽丝的那个兔子洞，有多少奇迹在等着她发现呢？所以卢娜至今喜欢纸本书，因为书本早已和她的生命连在一起了。

说起来，那都是十几年前的事情了。卢娜有过几年卖书的经验，明光书店很快上路。虽说比起在新华书店当营业员，辛苦操心了好多倍，但是店小船小好掉头，自己一个人说了算，还是开心的辰光多。书店附近有个小学校，她就专门为学龄儿童办了个寄托班，小孩下午放学后，家人没大人的，都到书店来。二楼小书屋的小人儿，在窗下排排齐坐一圈免费看童话书，小红帽美人鱼皮皮鲁鲁西西，中国外国一样不缺,还兼卖些酸奶饼干小零食,小孩们来了书店就不肯回家,除非父母把童书买下了带回去看。没过半年,附近居民都成了她的顾客。也是赶上了图书销售的好年头,新书来了就走,很少压货。那时店里请了四个员工,除去工资水电,又不用交房租,一年下来,最好的月份,书店的纯利有好几万。顶要紧的是,卢娜的儿子放学后,就来书店做作业,其他地方从来都不去的。她在后墙的屋檐下搭了煤气灶,让员工小姑娘搭把手,煮饭蒸鱼炖肉炒菜烧汤,解决了大家的晚饭,顺便把自家儿子的教育也一起管了。

那辰光,每天晚上,儿子就乖乖伏在二楼做功课。老公专门为儿子在天花板上凿洞穿线,加了一盏伸缩灯,用的时候拉下来,不用的时候升上去。金黄色的灯光铺满了小桌子,墙上映出个小人的影子,躬身低头,像个专心念经的小沙弥。到了九点,书店打烊关门,卢娜牵着儿子的小手一起回家。四五月间,窗外的广玉兰开花了,藏在浓绿的阔叶里,圆月的晴夜,灼亮的月光洒在硕大的花朵上,树丛里好像挂起了一盏盏小灯,为读书人照亮……月色下,老远望见巷口老公的身影,来接她们母子,然后一手牵一个,三个人脸上的笑容,都像月亮一样亮晃晃……

那些年,卢娜觉得自己是天下最称心如意的女人和妈妈。她心想,自己兴许就是为了儿子才开了这家书店?让儿子从小就欢喜读书,长大了考上北大清华。总有一天,那个日日悬在头顶上的"明光"会晓得,不是只有他才能考上博士,她的儿子一定比他更有出息,不像他那样读了大学读了博士就从此没有音信,儿子将来肯定会记得年年回老家来看看。卢娜卖书一直卖到去年,才读到那本美国人写的《岛上的书店》。当她一眼看到书里那句话:一个小孩,你把他放在什么地方,他就会成为什么样的人。她惊诧得差点叫出声来:哎呀卢娜你好眼光,十几年前你就晓得把儿子放在书店里长大,那个岛上的美国人,难道听你讲过故事?

书店二楼东窗外的天井里,有一棵广玉兰树,高过房顶,宽大的叶片绿得乌亮,像一把把小扇子。广玉兰的叶片肥厚,小扇子看起来就有点重,春风秋风,风来了,满树的小扇子笨笨地摇起来,没有声响。县城的大街小巷,汽车喇叭摩托车自行车大屏幕广告理发店里震耳的音响餐馆门前长声的吆喝……没有一个地方不在发出各种响声。明光书店缩在小街的一个拐角上,就连窗外的广玉兰,都是规规矩矩的。书店书店,除了书店,世界上还有什么地方,会这样安静呢?所以,到书店里来喝茶的人,欢喜的是书店楼上的清静,即使不买书,卢娜也欢迎。她听说北京的锣鼓巷里,有一家砖墙石阶的朴道书堂,后院有个"阅读空间",要买门票才能进去,那个空间里没有宽带没有 Wi-Fi,一点声响都没有,那才是读书人待的地方。

然而,明光书店的好时光一去不复返了,差不多从七八年前开始,书店的销售额就开始下降,像秋分以后的气温,一天天往下落。北京上海广州还有各个省城,时不时传来民营书店倒闭的坏消息。北大校门口曾经很有名的"风入松"书店,当年和"国林风"等几家书店一起被称为"四大天王",据说"风入松"明明前一天晚上还亮着灯,第二天就人去楼空了,真好像应了南宋文人吴文英填的那首"风入松":"听风听雨过清明……"骤然间"幽阶一夜苔生",听说北大学生还给"风入松"开了追悼会。还有北京的"第三极""光合作用"……上千平方米的大书店,说关门就关门了。书店关张,不是因为经营不善,而是因为房租和员工工资一年年上涨,营业额一年年下降,连续亏本经营,哪个老板吃得消呢?这几年明光书店的资金周转不灵,常常拆东墙补西墙,老公交到她手里的月工资,转眼让她垫付了员工的工资。书店一直苦挨到前年，上头总算下了红头文件，对全国所有书店实行了税收优惠政策，明光书店算是柳暗花明了大半年。可惜减税仍然敌不过顾客锐减。从前年开始，书店利润扣除了店员工资和水电开销便所剩无几，去年开始亏损。到了今年下半年，说不定她连倒贴的私房钱都拿不出来，那就真的山穷水尽了。

每年春秋的旅游季节，老公在湖区忙得回不了家，等到放假回来，见她一副愁眉苦脸的样子，只好陪她一同叹气：小娜小娜，书店刚刚开门那辰光，你说书店里看书的人，多得挤坐在瓷砖地上，坐得屁股冰凉都不肯走。前年我帮你装了地板木楼梯，如今冬天不冷了嗳，怎么反倒没人来了？书又不是鸡蛋西瓜猪肉，价格跌上跌落，书不就还是那个书嘛，不会坏掉不会过期，怎么说卖不动就卖不动了呢？幸亏明光书店不交房租，要不然就连你也一道赔进去了。书店书店，命里注定，恐怕只输不赢了……

卢娜苦笑。除了书，书还能叫什么呢？书院书吧书楼，不都是读一个"输"字的音么？若是写成"素"，没有油水；写成"黍"，是杂粮；写成"舒"，也不对，读书那么舒服？为啥现今那些贪图舒服的人，都不肯读书呢！开书店当然只输不赢了。前一段时间，她听人说新华书店的日子也不好过了，书店电脑设备坏了都没钱更新，员工的福利越减越少。卢娜心里有数，新华书店退休员工多，生老病死都要钱，书店也像人走长路，一副担子越挑越重。何况书店的书越卖越少，只出不进，好比胃肠出血的人，输进去的血不及流失的血，血管瘪掉了，命就没了……

老公埋怨归埋怨，却是从来没有逼她关门。卢娜心想，只要老公能容下书，她就能容下他。

卢娜挥了挥手，幅度很大地撩开眼前的一只小飞虫，像在驱赶那些烦心事。还好儿子争气，高中两年下来，考试成绩一直在全年级前三名。可惜县中的教学质量总不如省城，明年要想考上重点大学，还要拼一把。她和老公商量过，万一儿子考得不理想，就让他申请去国外自费读大学。全家拼拼凑凑，头一年的二三十万还是拿得出来。再往后呢，就不好说了。读到博士毕业，学费加生活费，没有百十万恐怕下不来……想起儿子明年读大学的事情，卢娜心里有点纠结。

  街上人来人往，仍然没有人走进书店里来。前几天倒是曾经来过一家三口，男女都穿得时髦，女的拎一只香奈儿包，男的戴一串手指粗的金项链。那个八九岁左右的小孩，一进门直奔童书架去，捧起一本最近刚刚出版的童话《不平凡的约克先生》，坐在楼梯上就看起来。这套书一封五本，卢娜拆成单本，方便孩子们在店里看。那女的走到"家庭实用类"专柜，拿起一本营养食谱翻了翻，顶多三分钟，脖子转过去，大声催小孩快点。小孩说，妈你让我看一歇歇，这本书真好看，我看一歇歇。女的不耐烦起来，说你蹲坑拉屎呀？不是说好买一本就回家吗？孩子噘嘴站起来，拿起那本《伟大的约克先生》，又拿起《傻傻的约克先生》，两本都抱在怀里，空出一只手，又去拿《森林里的约克先生》，小手抱不住，哗啦一下全掉地上了。卢娜走过去帮他捡书，轻声说：这套书一共五本，你想要哪一本呢？小孩吞吞吐吐说：五本我都想要！那男的大步走过来，勾起食指，在小孩脑袋顶上敲了一记，呵斥道：五本？你想要五本？当饭吃啊？你看你看，封面上是一只小猪嘛，小猪有啥好看？越看越笨了喏！他抓起小孩的胳膊就往外拉，女的抓起小孩的另一只胳膊。小孩用求救的眼神看卢娜，卢娜刚开口说一句：童话书都很薄的，加起来也就是大人一本书的价……女的抬头狠狠瞪了卢娜一眼：一只小猪啰要写五本书，你当是动物电视连续剧啊？小孩被拽出门外，手里一本书都没有了，哭喊声从书店门外传来,伴随着小轿车重重关门的声音。卢娜被震得心里一阵疼痛,眼泪都涌上来。其实,这种人她见多了,衣着光鲜珠光宝气,看上去家里一点都不缺钱,可就是不肯花钱买书,好像买了一本书,衣裳就会少一只角;买了一本书,身上就会掉一块肉。他们舍得花钱买进口水果进高档饭店,就是舍不得买书,几十块钱呀,不就是一盒高档烟、一份麦当劳的价钱啊……可他们只晓得问这个物事有啥用场?只关心划算不划算?卢娜每次遇见这种人,有一本书的题目就会自动跳出来——《你无法叫醒一个装睡的人》,哦,看这个书名起得多少聪明!不想花钱买书的人,就是那种赖床的人,床头一排闹钟震天响,假装听不见。这种人,恐怕一辈子都不肯为买书掏腰包。

偶尔,也会有相反的情况。上个月,店里来过一个女人,黑瘦,头发花白。她从一只环保布口袋里,摸出一张皱巴巴的纸片递给卢娜,一边小心问:还没有过期吧?是我女儿给我的优惠券,一张券买几本打折书呢?我骑车从城西赶到城东,路上大半个钟头,今天多买几本,你再打点折给我好不好?卢娜接过优惠券看一眼,是那种不含店家赠送金额的打折券。为了这一张券的优惠价,她跑那么远的路专门来一趟?每次遇上这样的顾客,卢娜也一阵心痛。

那位妇女直奔《红楼梦》去,说自己想买一套精装本,想了好几年。原来的那部书太旧了,字都看不清了。把《红楼梦》买下后,又寻出了一本白岩松的新书《白说》,说是要给女儿……卢娜给她结账时,手一哆嗦,打了个七折。那女人又在店里来回走了一圈,又拿了一本冯骥才的《俗世凡人》,那本书很薄,她坚决不让卢娜打折了……

可惜,像她这样钱包拮据,却喜欢看书的顾客,总是有数的。假如每一位过路客,都像几个月前来过的那个人,一口气买二十多本还不要她打折，明光书店的日子就好过了。卢娜转念到那个人身上，心里有点烦，他要的那本什么《文化繁荣》，已经过了三个月，再不来取，就很难退货，等于死在她手里了。这种书，就算白送给县委宣传部门，人家也不见得识货。政府的人买书，零售也好团购也好，都像钱塘江涨潮一样来得凶猛。前些年，宣传部突然来问有没有《万历十五年》？再有一年，县政府的官员忽然得了什么消息，一窝蜂到新华书店去买《旧制度与法国大革命》。其实，这本书那年刚上市，就有书友来通报卢娜，说它在北京很走俏，让明光书店赶紧进几本。卢娜心想，大革命与小县城有什么相干呢？心里不托底，先试试进了五本，没几天就被抢光了，又赶紧去添货。等到县政府那些官员十万火急寻这本书又到处寻不到的时候，终于想起了明光书店，寻到她这里，竟然还有几本存货。宣传部门就在明光书店团一口气订购了一百本，县委县政府全体科级干部人手一册。书店老板当然喜欢单位团购，生意做得爽快。没想到那段时间，这本书热得在博库书城都脱销了。好像万历皇帝和路易十五马上要从棺材里爬起来，到本县来检查工作？

　　卢娜的图书信息灵通，除了业内的朋友推荐，主要还是靠她自己勤看勤记勤查。每天上午到了书店，先扫一遍京东网北发网博库网云中书城当当榜单开卷榜单，书店开门之前，她早已在网上浏览过一大圈了。所有的图书销售排行榜，动一动她都有数。各大出版社新书上市，凡是业绩好的，第一时间下订单，先买三五本试试，卖好再进，快进快出。所以，不要小看县城的民营书店，信息时代，谁拥有信息谁就拥有读者和顾客。她还订《中国图书出版传媒商报》《中华读书报》《博览群书》这些和图书有关的报刊杂志，只要有时间，短书评也是要浏览一番的。多年来，明光书店在读者里有个好口碑，都是她一本书一本书做出来的。哪怕有一个顾客订购一本薄书，只要说得出书名或是作者，卢娜都会千方百计去帮他寻来。她从不拖欠出版社和经销商的回款，哪怕把自家的钱垫进去。所以，批发商手里凡有好书，总愿意先发货给她。她开书店十几年，该做的、能做的，都做到了。可为什么，书店的营业额还在直线往下落？每天晚上九点，卢娜打烊关门，一盏盏顶灯壁灯筒灯，啪嗒啪嗒全都灭了，最后漆黑一片。书店消失在黑暗的街角，像一艘冰海沉船……

假如有一天，明光书店夜里关了门，第二天上午再也不开门了。那会怎么样呢？卢娜被自己的想法吓了一跳。其实，这个想法已经在她脑子里闪过好几次了，每次她都有一种被撕裂被剜剐的感觉，就像她前些年做过一次人工流产，活生生的一块肉，被搅成一摊肉泥从身体深处吸出来…

卢娜曾经看过一本新书《我们这个时代的爱与怕》，她知道自己爱什么，却不明白自己到底怕什么？越是怕的事情越是会来，谁知道明光书店还能坚持到哪一天？

3

这个平常的下午，书店依然没有什么客人。街上的行人对"明光书店"不肯多看一眼，更不愿多走一步踏进书店来，卢娜对此已经见怪不怪。一般要等到周六周日下午和晚上，书店才会多一点人气、生气与活气。渐渐地，卢娜觉得眼皮发涩，两只眼睛都睁不开了。她靠在收银台的桌面上眯了一歇工夫，梦见了电影里的泰坦尼克号，船头竖起来，立在冰冷的海水里，有人把她推到了一条小舢板上，小船在海浪中一晃一颠，眼看就要靠岸了，又被一个浪头弹开去……

忽然，她听见了轻微的响动，好像是窸窸窣窣的脚步声，警醒地抬起头，见门口进来了几个年轻人。他们在书店里轻手轻脚像影子一样移来移去，总算挑了几本书，然后拿出手机，眼睛一边往她这厢溜，一边速速拍下了书的封面，动作快得像做贼一样。卢娜迅速作出了判断：这几个人虽然不是偷书的，也和偷书差不多。他们在书店选好自己喜欢的书，用手机拍下封面，然后转身回家上网去买。网上买书的价格，比书店差不多便宜了一半，现在的年轻人都把实体书店当成了一个不付费的图书展示店。网上买书不用出门，给你寄到家里，还只须付一半书款，真当叫人想不通。这些年实体书店的销售量急速下降，书店一家家难以为继，就是因为最具购买力的年轻读者，大多转向了网购图书。卢娜到省城去参加民营书店协会的交流会，所有的书店老板都叫苦连天，就连新华书店的老总，在质疑网购图书这一点上，也和民营书店迅速结下了临时同盟，成了同一条战壕的战友。

但卢娜是识时务的人，她知道淘宝网购是大趋势，那个托夫勒应该去写一本《第五次浪潮》。卢娜并不是绝对反对网购，她自己的手机上，也装了支付宝，收银台的角落里，就有一堆从网上买的铁皮书立，价格比文具店便宜一半。只不过，她认为网购也该有个规矩、有个法规条款的约束，不可以随意任意叫价的，尤其是图书。书价就印在书上，是出版社按照图书成本和利润计算出来的，实打实没有一点水分。网上和网下，用行话说，就是"地面店"和"空中店"，天上地下，卖的书，都是一模一样的。（不像网购的衣物日用品，常有以次充好的冒牌货）却为什么同书不同价呢？书还是那个书，网上打那么低的折扣，和实体书店的实价相差那么大，还有多少人愿意去书店买书呢？这样的商业竞争，实在太不公平了！

卢娜硬压着火,把脸扭过去,一边在心里安慰自己:这几个学生来"买书",买的总归还是纸本书,是有油墨书香味道的纸书,不是手机和电脑屏幕上的电子书。学生去网上买书,为了省钱,省了钱就能再多买几本书。这样总比那些不读书的人好许多啊。网购图书折扣低,有利于低收入消费者,她能理解。卢娜之所以默许这些年轻人拿书拍封面,眼开眼闭不计较,为的也是这一点。她最怕年轻人捧着手机和iPad看书,那种光不是自然的亮光也不是灯光,而是蓝幽幽的电子光,X光射线一般,从字面背后透出来,会把人的眼睛灼伤。再说,电子书摸上去冷冰冰硬邦邦的,哪里像纸本读物摸上去那么温暖那么柔软,在她看来,那根本不能称作书,只能说是机器,机器里装的并不是正儿八经的学问,而是玄幻穿越一类的畅销流行的娱乐性读物,就像麦当劳肯德基,偶然吃一顿,或充饥或尝尝无妨,若是顿顿麦当劳,肯定会营养不良。四十岁出头的卢娜,对机器有着本能的排斥,对纸本书怀有一种偏执的热爱。儿子上了高中后,央求她给买一台iPad,她回答说:你考上大学之前,我宁可给你买一辆上万块的山地车,也不会给你买平板电脑,你死心吧!儿子委屈地咬住嘴唇,终于还是忍不住:妈,你真是老土了哦!还用英语说了一声:OUT!这个英语词。店里的年轻人喜欢挂在嘴上,卢娜听得懂。OUT——没想到如今在儿子眼里,她也该出局淘汰了?

她的年纪还轻呢,就老土落伍了?如今人人都在拼命赶潮头,只怕自己赶不上。不过,卢娜却不这样认为:说不定哪天钱塘江的潮头退了,落在最后的那条船,转身一掉头,最先驶入东海也说不定。书友会那些消息灵通的朋友,曾经对她说过,不要绝对排斥平板电脑,现在的电脑都可以下载经典文学作品,有一种叫作"掌阅"的手机阅读器,可以装上几千万字的图书,文史哲经样样都可以输入,出门旅行,再不用带那些又重又厚的纸本书,又便宜又方便的。卢娜点头又摇头。她相信,世界上只要还有造纸厂,就会有纸本书。只要世上还有纸本书,就会有人去书店买书,书店的书,看得见摸得到。一家书店,就像一座城池的瞭望塔,走进书店就是登上塔顶,望得见远处的来路和去路。

去年冬天一个下雪的日子,她独自守着冷清清的书店,望着窗外飘飞的雪片,觉得那一片片白雪就像撕碎的书页,被一双巨手抛甩出去,纷纷扬扬落在湖里河里,雪花淹没在浪花里,不见踪影。天刚擦黑,她就把书店的灯全都打开了,忽然听见有人在门口跺脚,门推开了,有人走进来,身上冒着一股湿重的寒气。那人揭下头上的绒线帽,原来是一位头发花白的老书友,大概有六十多岁了,羽绒服的肩膀后背都湿了一大片。他的手冻得红肿,掏出一块手帕揩去脸上的雪水,然后从塑料袋里拿出一本书,她隐约想起来,这本《民国清流》,好像是不久前他刚从明光书店买去的。

老人把书翻开,书里夹着一张对折的三十二开宣纸。他打开宣纸,点着上面竖写的一行毛笔字说:就要过年了,我给你写了一句话,今天刚好路过这里,拿来送给明光书店。

卢娜看清了那行工整的小楷:是谁在黄昏里亮起一盏灯——祝明光书店新春吉祥。

她晓得这是台湾诗人痖弦多年前的一句诗,黄昏里那一盏灯,是书店。

卢娜的眼泪涌上来,喉咙里被一股热气堵塞了,说不出一个谢字。老人走后,她看着地面上两个拖泥带水的湿鞋印,像两只风雨飘摇的小舢板,航行在茫茫书海里……她的泪水落在水迹上,分不清是雪水还是泪水。她心想,自己之所以能够撑到现在,多一半是为了这些爱书的读者吧。

她想起前几年，有一位常来买书的中年女子，好像是做室内设计的，面容姣好，衣着的款式色调搭配都很讲究。但她买书很挑剔，装帧封面的品相哪怕有一点瑕疵，她也是坚持要换一本的。她不是书友会的人，卢娜不知道她的名字。有一天晚上她来买书，书店这一线的店家，忽然跳闸了。她耐心等着卢娜点亮了蜡烛，一边安慰卢娜说：不要着急，等一歇歇就会来电的，只要线路没有坏掉就不要紧……后来有一段日子，那女人没来店里，过了大半年又忽然出现了，鲁娜差点没认出她，人瘦得脱了形，扶着门框，一条粉红色的长纱巾，把头顶到后脑都裹起来……卢娜不敢问她是不是病了，倒是她自己对卢娜说：我做了手术，正在养病，有很多时间可以看书。但我没有力气寻书了，你帮我推荐几本新出的小说，品相要好，故事不要太悲情……卢娜叫道：你为什么不打电话来？我可以把书给你送到家里去的呀！后来，卢娜常常去给她送书；再后来，那个女人去了省城的大医院；再后来，有一天卢娜收到一只小纸盒，打开了，里面是几本新书，一张印着玫瑰花的粉红色信笺飘下来，上面写着几行娟秀的小字：这些新书，我来不及看完了，寄还给你，也许还有别的人可以看。人生在世，读书是一件多么美好的事情……谢谢明光书店。

这几本书，都是她以前从明光书店买去的，封面还像新的一样。卢娜把她的信笺用一只白色的镜框镶起来，挂在书店一角的墙上。读书是一件多么美好的事情。是的，鲁娜每天抬头看到这句话的时候，心里总是会微微一颤。即便就是为了她的顾客和书友，明光书店也没有理由不硬撑下去的，至少，她要撑到实在撑不下去为止……

所以，几个月前，那个省城的陌生人来买书那天，临走时对卢娜说：最好把灯光调亮一点。当时她下意识地环顾四周，微弱的亮光下，飘过了那个女人粉红色的纱巾……把灯光调亮,说得没有错,但谁能保证电路不出毛病呢?不过,省城陌生人那句话,和那位女顾客留给她的话一样,毕竟是暖热的。也许就是因为这句话,她一直在等待他再来……

卢娜还记得,大概在半年前,她接过一个电话,是县里一家柑橘贸易公司的老板,也是她老公的一位远亲。老板一开口就是20万块的订单,凡是古今中外的名著、历史地理经济军事,统统要豪华包装的精装本,书越厚越贵越好,他见过一套一套带锦缎盒子的那种,一盒就要好几万……卢娜一听就明白,老板是要买书当春节礼品。如今上头查得严,给官员送礼收礼是行贿,只剩下送书不违规,这点小心意,既风雅又安全……面对这笔即将到手的大生意,卢娜却并不领情,心想图书是用来读的,怎么变成装样子的摆设了?不过,老板又补了一句:卢娜,这个订单数目不小,你有得赚了。你卖了那么多年书,晓得什么样的书拿得出手,买什么书,都由你说了算,我十万个放心。但我有一个条件,你听好了:书价嘛,你要按网上进货的价格,加一成给我。如果我让人到网上去买,肯定便宜很多。我把这个单给你做,是为了照顾你的生意,你老公关照过的……卢娜被他噎在那里,半天才换过一口气。她想告诉他,网上卖的那些书,从出版社进价的折扣,都在三折左右,网上书店没有店面房租压力,按五折的价格卖出去,还有赢利空间。何况很多网站也是为了打广告赚人气,常常低价倒赔卖书,属于恶性竞争。而她这样的实体店,一般进货的图书折扣都在六折以上,即使全价卖出去,书店租金、物业管理、图书损耗,加起来占到成本的50%,再加20%的人工成本,一本书的纯利,只剩下一折左右了……她拿着话筒,一时不知该和他怎么说。图书当然是商品,但这个商品的精神价值,恐怕比封底的书价,要高出多少倍呢，算不出来的！她虽然是卖书的，但卖书和卖柑橘，不是同一个生意经。

卢娜想了想，客客气气回答说：你还是到网上去直接进货的好，网上品种齐全，你想要什么都有的……她刚要挂断电话，话筒那边大声喊道：哎哎，好说好说，只要你去帮我买来，价钱好商量，你叫我到网上去买？我又不懂书……卢娜好气又好笑，心里舍不得错过这笔生意，又有老公的情面在里头，便顺势落台，和他讨价还价了一番，柑橘老板知趣地让了价，最后是卢娜五折从网上帮他进货，六折卖给他。礼品书到货，彼此皆大欢喜，这是卢娜去年做成的最大一笔生意了。

春节过后，恰好省城的出版发行业协会举办一个"让城市留住书店"的研讨会，也邀请卢娜去参加。那天细雨霏霏雾气弥漫，从城区和邻县来了几十个书店老板，大家的衣服都是潮乎乎的，寒气阵阵袭来，一个个身子都缩了起来。轮到卢娜发言，她就把柑橘老板买书的事情讲给大家听了，她说没想到如今电商兼了批发商，看样子以后实体店要去网上进货，直接和电商合作算了？

有人打断她说，目前国内电商和实体店的价格竞争，已经危害到整个书业的健康发展，你还说去和电商合作？据说很多发达国家，对实体书店都有严格的价格保护措施，比如说，一本新书上市，半年一年之内，网上买书不可以打折，就像电影院公映大片，三个月内不允许发行影碟一样。……众人纷纷点头，议论说这么好的法规，可惜中国怎么就没有呢？政府有责任保护图书的价格稳定，市场经济也是要讲规矩的，不晓得中国以后会不会出台这个政策？

"纯真年代"书吧的经理盛绣接话：书店书吧书屋，统统姓"书"，凡是姓书的，都是一家人，但现在民营书店好像是被领养的，不是亲生儿子一样……有人附和：书店等于体验店、图书馆，老板花钱开店，读者免费阅读；网上各路神仙打架，网下凡人小民受苦！有人叹气说：现在实体书店不开咖啡吧就活不成，简餐文具，都成了实体店的标配，其实都以非图书的行为在养活书店。这样搞下去，将来书店就快变成美容健身房台球屋棋牌室儿童乐园的"跨界"创意产业了……图书图书，宏伟蓝图变成唯利是图！

省里报刊发行部门的人说：现在社会的整体阅读生态环境不好，这几年城市道路一整改，就把书报亭撤掉。据说书刊的零售额下降了百分之五十，书报亭也赔钱，街上那些报亭一个个都不见了，下班路上想买一份晚报都不晓得到哪里去买……

牢骚话说了一箩筐，大家心里越发惶然。

后来晓风书屋的褚经理发言。他们夫妻搭档经营的晓风书屋，已在全省开了十几家连锁店，每一家都是不同类型的主题书店。晓风在城区有一家分店，兼顾定制手工烘烤的小饼干，读书人与不读书的人，都是欢喜的。小褚慢悠悠说：我觉得实体书店正站在一个十字路口，大家都在摸索方向。政府的职责、书店的经营模式、读者的阅读习惯，这三者缺一个环节，都是水桶的那块短板。政府应当有长远眼光，对图书资源进行整体合理配置，用购买公共服务的方式，来扶持实体书店。年年开"两会"，代表委员年年呼吁建议政府设立"全民阅读日"，阅读方面的具体建议，已经提了很多，我就不重复了。我想说的是书店自身的问题，我倒是不担心没人读书，我想得最多的，是他们到底在读什么？如今书太多，普通读者一走进书店就头晕，不晓得哪一种书买了回去，正是自己需要的？我们卖书人要做的，就是把真正的好书送到读者手里。今后书业的发展趋势，不仅仅看流通效益，还要看书店的文化品位。书店怎么选书？怎样让读者知道什么是好书？我们书店自身的服务方式也要改进，提高书店从业人员对图书的鉴赏能力，假如顾客寻书，售货员一问三不知，读者掉头就走了，以后就会对买书产生排斥心理。我建议政府有关部门，能不能拿出一点资金，定期开办专业训练培训班呢？到了大学生的寒暑假，我们也可以主动招募、选择那些爱书的人，来书店做义工，做图书导购……

卢娜听得心里一阵阵发热，小褚的句句话都和她想到一起去了。晓风书屋进书的门槛高，对每一种书都要设立预期的"目标读者"，新书进货之前，提前做好功课，一本都不含糊，就像打靶射箭，不敢奢望命中十环九环，也不至于飞到靶向之外去。卢娜一向很佩服小褚的，自己什么时候能够做到晓风其中一家分店那么好，她就心满意足了。

最后新华书店的老板发言说：我同意小褚的意见，如今实体店确实是在垂死挣扎，但我们自己也要想办法转型自救，创造更多新的销售模式。比方说，可以用图书馆加书店的模式，为大企业、金融界、电子业的高收入员工，提供图书专项服务；零售书店也可以和新华书店合作，新华书店的品种齐全，小书店网点分布广、经营灵活，双方取其所长，加快流转率，把库存全部盘活……有人打断他，说新华书店当惯了老大，民营书店被"收编"，假如不按照新书书店的路数走，新华动不动就"断粮"，民营书店等于自投罗网，这个办法行不通……又有人抱怨，说一千道一万，归根结底还是房屋租金。依靠书店的自有资金，租不起好地段的街面房，只好搬到房租便宜的背街区位去，买书的人寻不到店面，客源越发减少，书店利润更少，变成恶性循环。有人提议，应该去找一位政协委员，为书店写个提案，建议设立一个全国性的实体书店基金会，政府拨款加民间募集资金，每年对城镇的大小实体书店，统一进行业绩综合评估。那些信誉好的书店，应当给予减免房租作为奖励。各地闲置的军产房、文化系统内部的空房、商业性楼盘的尾房,都可以想办法调剂出来给书店使用,也可以均衡社区的图书网点分布……

大家又七七八八说了很多,说来说去,除了网店电商的书价之外,大家最关心的话题,又回到书店的房租上头。有人说:房租房租,必将成为压垮实体书店的最后一根稻草!危言耸听啊,卢娜的明光书店虽然是私产,但她也赞成这个说法。

窗外的小雨一直不停,天空像大家的心情一样灰暗朦胧。会议结束前,省出版物发行业协会的秘书长,给大家简单介绍了去年年底深圳市人大刚刚通过的阅读立法。卢娜觉得新鲜,阅读立法?难道不读书就是违法吗?往下细听,才渐渐明白,这个立法其实就是"全民阅读促进条例",是为了规范政府行为,也就是说,政府必须为公众提供阅读服务的人才资金以及基本场馆设施,保障市民的文化公共权利,否则就是"不作为"……卢娜早就听说,深圳的读书活动搞得特别好,2013年被联合国教科文组织评为"全球全民阅读典范城市",她在上网查阅过,深圳市有一座设备先进的中心书城,每个区有区一级书城,所有的街道都配备了功能齐全的书吧。全城的图书馆自动借阅系统,已经覆盖了所有的机关企业大专院校……深圳每年都有"读书月",延续整整一个月时间,举办百十种读书活动,图书不夜城、名家讲座、年度好书颁奖活动,最让卢娜感兴趣的是,深圳读书月活动,其中竟然还设了一个"领读者奖",专门奖给那些优秀的图书推荐者、书评家,以及民间自发的各种"读书会"……

卢娜觉得眼前渐渐亮起来,天空好像转晴了,一线橘色的夕阳,穿过厚厚的云层,投射到会议室的窗户上,大家都在兴奋地交头接耳,有人提议,出版发行协会应该组织大家去深圳亲眼看一看,差旅费由各个书店自己承担好了。一时间,弥漫在会场上的愁云惨雾,渐渐飘散开去。

希望,亮光!——卢娜在笔记本上潦草地写。又写:坚持!高贵的坚持!

自己呆呆地看了一会儿,却又飞快地涂掉了。

那天散会后,卢娜本想赶紧时间开车到城西去一趟,她听说,省城有一位作家用自己的工作室,开了一家叫作"理想谷"的书吧,免费为读者提供读书场所。"理想谷"一间大屋,三面墙壁,一格格图书一直顶到天花板上,中间是瀑布一样垂挂的青藤(也许是绿萝或青苔),楼梯呀地板呀,到处都是可以坐下来读书的地方,一伸手就能拿到书。每天都有人从很远的地方专门到"理想谷"来看书,一块钱一杯咖啡,可以坐一天……只要想一想那个场景,就让卢娜激动又感动。她早就打算去一趟,感受一下那里的氛围。但她刚出门,就被晓风书屋的小褚经理叫住了。

褚经理笑吟吟的,好像有什么开心的事情。果然,小褚给她透露了一个消息:刚才大家提的建议里,其中有一项,本省的有关部门已经领先开始了,专门设立了一项文化建设工程,拨出了一笔专款,给书店作为补贴和奖励,民营书店也有少量名额。本省是沿海经济发达地区,才能拿出这一大笔钱。不过,这个补贴是有条件的,书店的固定资产必须要在一百万以上、连续多年信誉良好、还有营业额呀纳税状况呀,有关部门都要对书店一一进行资产评估……卢娜的明光书店,房产是自主产权,县城的中心地段,一楼一底一百多米的房子,起码值个七八十万?加上流动资产,差不多就够百万了,其他条件都应该符合标准的……

面对这个突如其来的"好消息",卢娜有点发懵,好像寒冬腊月里，天上掉下一件厚厚的羽绒大衣，把她暖暖地罩在里头。她结结巴巴对小褚说：我不够的不够的，比我做得好的民营书店有的是，你看盛绣的宝石山"纯真年代"书吧，城市名片、文化客厅，好口碑好业绩好风景人人都欢喜，她的名气大、影响大，要评就应该评她……

小褚轻叹一声：纯真年代是好，但她的书吧房产租期五年，当年装修书吧，她家的积蓄都用光了，平时书吧的收入，也就够维持日常开销而已，哪里来的百万固定资产呢？好多民营书店，都被卡在这一条上了，我不晓得这种规定是个什么道理。如果书店自己有百万资产，政府补贴也就不算是雪中送炭了。不说了不说了，我看你还是回去算算账，有个思想准备，尽量争取争取……

卢娜倒抽一口冷气。想不到她当年用自家房屋开书店，房产所有权在某一天能救她于水火？也是呢，那些租房开书店的小老板，等于月月在替房东打工。明光书店不用交房租，才算苟活到现在。假如明光书店既要交房租又要养员工，恐怕早两年就关门大吉了。感谢外婆！感谢老公啊。

等她回到县城后不久，县文化局果然有人到店里来"视察"了一番，向她简单介绍了情况，还让她填了好几份表格，书友会的人给她写了读者评议，她还去银行开了纳税证明等等。如此折腾一番之后，不仅没有"好消息"传来，连什么消息都没有了。好像云雾里的那件羽绒服，塘边刚刚才开始养鸭子。一春一夏，即使等到鸭子长大，一寸寸绒毛填进大衣壳里，做成了羽绒服，又哪里就刚好披裹在自己身上呢？卢娜每天发愁操心的事情太多，过了一两个月，就把这个"好消息"，连同开会的热闹都忘在脑后了。在江南这个地方，一年四季，阴天下雨的日子，总归比晴天要多的。

这天下午，她望着那几个年轻人匆匆逃出书店的背影，真想对他们喊一声：要拍封面尽管来啊，说不定再过一年半载，明光书店关门了，你们连拍书的地方都没有了呢！

学生们走了以后，书店又冷清下来。卢娜坐在窗口，望着街上来来往往的行人发呆。她等的那个陌生的取书人，也许不会来了，过几天，她要记得把那本《文化繁荣》的书退掉。她等的那个老同学，也是永远不会回来了。她究竟还能撑多久呢？说不定哪一天，卢娜会到马路对面的那家装修公司去借一部梯子，亲自爬到书店门上，把"明光书店"那块木匾，从屋檐下摘掉。当他有一天终于想起回乡扫墓的辰光，这里是一扇紧闭的门，他再也寻不见她了。

4

这天下午，老公从湖区放假回家，亲自烧了几样小菜：春笋烧肉、油爆虾、雪菜蚕豆、清蒸鳊鱼，样样都是卢娜喜欢的。儿子临近高考，天天在县中晚自修很迟才回。但卢娜却没有胃口，吃了几口就放了筷子。她晓得老公是想同自己谈天？至少是问问，书店这个月又亏进去多少？但老公见她不想说话，独自喝了几杯闷酒，什么也没说，早早就睡下了。

晚上卢娜翻来覆去睡不着，到了半夜，她一伸手，触到了老公的后背，顺手摸上去，出手很重地摇晃他的肩膀。黑暗中，她的声音听上去恶狠狠的：嗳嗳，我已经想好了，这样硬撑，越撑亏得越多，儿子要上大学了，家里等着用钱，书店还是早点关门算了！此话既出，她觉得自己的决心已经下定。这话不能让老公说，要由她自己说出来。

这一回不说,等他下次回来,又是一两个月拖过去了。

老公睡得死,翻了一个身,好像还没醒,朦胧中嘟哝一声:开店是你,关店也是你……

卢娜撒娇地蹬了他一脚:你到底管不管嘛?

总算醒了一半,口齿含糊不清:你再想想办法嘛,办法总有的……

卢娜赌气翻身,用脊背顶着他。他又不是不晓得,所有她能想的办法,不但早已想过,而且做过多少次了:节日促销、新书推介、作家讲座对话、签名售书……到了如今,招数用完底牌出尽,已是"黔驴技穷"。在这个县城,就数明光书店的新书周转最快,一般图书上架几周后,假如一本卖不出就退货。只是,从县城到省城,毕竟相隔近百十公里,高速公路的图书运费,都要书店自己承担,进货退货的费用都打入成本,常年来回折腾也是吃不消的。亏得卢娜人缘好,几年来,书友们晓得书店生意清淡,一听书店进了好书,常常故意多买几本拿去送人。有一个中年人,好像是个中学语文老师,一到寒暑假就来买书,后来卢娜终于忍不住好奇问他:寒暑假人家老师都在忙着做家教,你倒有闲工夫看书啊?他这才说了实话:其实我也看不了那么多书,买回去都叠床架屋摞起来,家里堆满了,老婆有意见,我对她说:藏书可以保值升值啊,你看宁波的天一阁,以后传给子孙……他一边说着,一边笑起来:我也不全是为了帮你,家有书香,孩子也受熏陶的……

卢娜晓得,多年的老书友们,都在暗中帮她。但以人情来维持书店,总归不是长远之计。如今的书店,所剩无几的优势,大概也就是人们对纸本书的旧日感情了。老公毕竟不是这个行当的人,他不知道那些大城市的书店,也是各有各的难处。听说只有北京的"万圣书园",只赚不赔生意笃定。那个老板自己就是个博学的读书人,凡有新书出版，他都要自己一本本先看过。万圣书园的咖啡吧赚的钱，还不如卖书的利润高，那是因为万圣就在北大清华附近，书店里进进出出的人，都是正儿八经的学者教授。全国有几个北大清华呢？万圣是个唯一，学也学不来的。就说北京的"三联书店"，半个世纪多的老牌书店，首创了"二十四小时营业"制，留住了读者和顾客，赚足了人气。然而，通宵长明的电费，还有夜夜加班的员工工资，算算账，要增加多少经营成本？若没有三联那样殷实的家底，绝对做不下来。又听说贵阳有个"西西弗"书店，在广州遵义等地开了十几家连锁，每一家都是同豪华大商城合作的，空间宽敞、装潢精美、分类精细……像卢娜这样的小书店，想都不敢想。再比如北京的"字里行间"书店，开张七八年，已经陆续开了十几家连锁。省出版发行协会有人去北京，见过"字里行间"的老板。说"字里行间"采用年度会员制，为会员提供高端阅读服务，所以它有充足的财力，把每一家分店都设计得各具特色：这一家主打书法字画、那一家主题是童书玩具、再一家主营陶瓷工艺，家家都是个性化的书店风格，开在京城最好的黄金地段。这种精品书店模式，特别适合大都市的白领金领阶层。"字里行间"多年来和一家资金雄厚的书业集团联手做出版，出书与发行配套，内循环加外循环，与"西西弗"是不同的路数，真可谓是"八仙过海、各显神通"了。其中一家"字里行间"，外墙是弧形的大玻璃墙面，内墙隔出一大圈书架，靠窗是雅致精美的文房四宝茶艺茶道，就好像一步踏进了高级会馆，进去就不想出来了。书店的中央空间，摆一张张小方桌，铺着豆绿色的餐布，经营纯正素餐，闻不到一丝油烟气味，正合书店的品位。来买书的人，想品尝素餐；专门来就餐的人，也会顺便买了书带回去……真是各得其所。据说市政府有规定，豪华商圈必须配备文化产业设施，所以那座商贸大厦，给予"字里行间"这种品牌书店的房租价格，显然相当优惠……

可是明光呢？百十米的一家民营小书店，简陋寒碜，无依无靠，靠的是卢娜十几年的死缠烂打不离不弃，她还能有什么绝路逢生的好办法？县城小书店的书，和那些大城市书店的书，除了书店规模不一样，但所有的书和读者，都是一样的啊。为什么卢娜救不了自己的书店，只能眼睁睁看着它在冰海中慢慢沉下去，自生自灭？前几天她看到一条网上留言：这个喜新厌旧、崇尚更新换代的年月，一家老书店倒下去，还有千百家新书店会站起来……看得卢娜从头到脚透心凉。

老公又睡着了，耳边是汽笛一般的呼噜声。卢娜在黑暗中睁大了眼睛，周围看不到一丝亮光。黑沉沉的海面上，风暴骤起，吞没了原来那一线微弱的航标灯。

卢娜没敢告诉老公，今天她的心情特别沮丧，是因为下午书店里，来过一个人。

此人不是那个陌生的买书人，当然更不是她等了多年的那个老同学，而是明光书友会的老会员，下班经过书店，给卢娜带来了一个新消息。老县城的居民，或许对这个消息会有一点兴奋，但是对于卢娜，却如灭顶之灾雪上加霜，她好像跌落在一潭冰水里，浑身瞬间冻僵，只有脑子被冷水刺激得异常清醒：县城东边的那个新区扩建规划中，政府将要把很多大单位搬迁过去，比如县中心医院、县中、农科所、文化局、县人大、政协办公楼、广播电视台、长途汽车站……总之，原先条件不好的那些部门，全都要陆陆续续搬进新区新楼去，新区将逐渐发展成未来的县城中心……

这个消息千真万确，县人大昨天刚刚通过的……说不定明天就登报上电视了！

卢娜差一点就要哭出来了：医院？学校？政府机关？电视台？这些单位都是目前支撑着明光书店最主要的客源。一旦搬走，等于釜底抽薪人气散尽，没有了稳定的老客户，书店还怎么开得下去？新区建成之后，老县城必然会逐渐萎缩、凋敝，那么，明光书店还有什么前景可言？

那人又说：新区大发展，老城肯定人心惶惶，我看你还是早做打算的好……

那人走后，卢娜半天没缓过神，在椅子上傻坐了一会，心里焦灼如焚。她飞快地算了一笔账：假如这个消息是真的，最晚捱到明年，新区落定之后，书店的老顾客就将走得差不多了，书店亏空肯定越来越多，但亏损还是小数目，要命的是，新区投入使用之后，老县城的房价就会快速下跌，那么，自家这座老房子，那时再想出手转让，恐怕都卖不出好价钱了……

眼看已是山穷水尽，前头死路一条，她再也没有什么锦囊妙计了。将来县城老房子跌了价，弄不好连儿子出国留学的保底钱都搭进去——这才是促使卢娜今天突然下决心关闭书店的真正原因。

夜那么长那么黑，窗外连一丝月光都没有。卢娜翻过身，把脸贴在老公热烘烘的脊背上，绝望地抓住了他的手，那只手软绵绵松松垮垮，她觉得自己无奈又无助，想哭却哭不出来。

第二天卢娜早早起床，没有心思做早餐，到街上去给老公和儿子买了两杯豆浆四根油条，放在餐桌上，便早早离家去了书店。她想让自己一个人静一静，仔细再仔细地盘点一番：店里现有的库存书、书柜书架沙发桌椅灯具电脑等所有的家当，总共能折算多少钱？上半年流水收入总共是多少？还要支付多少即将到货的新书款？……她必须抓紧时间，趁着老城的人都还不知底细，尽快把书店的房产转让脱手，越早越好，然后速速把明光书店的"后事"料理完毕。书店关张后，她的工作不用发愁，新华书店那边早有人三番五次来探过虚实，明光一旦关门，新华欢迎她回去当部门主管，她肯不肯去还难说呢……

辰光还早，她开锁进店，觉得光线有点暗，顺手开了灯，一时灯光亮得晃眼。她抬头，看见了天花板上前些天刚刚新换的灯泡，心里突然一阵刺痛：把灯光调亮？——把灯光调亮，不是愈加费电了么？她气呼呼地顺手把灯关掉了，省点电吧，能省一点是一点。这家昏暗的书店里，只剩下她的心里，还有一朵小火苗，那么小，那么弱，忽闪忽闪，飘摇不定，而今，这朵风里雨里挣扎太久的小火苗，也终于快要熄灭了……不怪我不怪我，她对自己说，我实在是已经尽力了哦……

就在这时，卢娜听见了手机铃声在响，她走到窗口去拿包取手机，发现原来书店东窗的窗帘还拉着，怪不得书店这么暗。她用手指划开屏幕的接听键，然后把窗帘唰地拉开了。

顷刻间，书店里洒满了亮晃晃的阳光，一格格在书架上跳跃，把书店染得一片金黄。还是开太阳好啊，她对自己说。把灯光调亮，就算再亮，也是夜里。她自嘲地笑了笑。

清晨的阳光下，手机里传来一个爽快的声音。电话是文化局的人打来的，就是上次让她填申请表的那个干部，让她赶紧到局里去一趟，要办手续——什么手续？——你来了就晓得了——你还是说一下吧，我店里忙，走不开呢！——是好事情，你中了头彩了，恭喜恭喜——对不起我从来不买彩票的，不要拿我开心哦——哎呀，你真当拎不清，就是省政府的那笔书店奖励基金，明光书店评上了！——我哪里评得上？你骗我——是真的，不是个小数目，你变百万富翁了，快点过来，上头还要核实几个数据呢……

卢娜终于听清楚听明白了，她的手抖了一抖，手机从掌心滑出去，落在一堆高高码起的书上。她站在窗口一动不动，整个人都好像傻了，然后肩膀轻轻地抖动起来，身子开始战栗。她伸出双手捂住了自己的脸，手心很热很烫，忽然又变得凉湿，泪水透过指缝，从脸颊上哗哗淌下来。她似乎意识到什么，往前挪移了一步。是的，她想躲开那堆书，怕自己的泪水把书弄湿了……她终于哭出了声，惊喜的啜泣，在晴天的阳光里，如急骤的阵雨一样砸下来……

天上云间飘荡的那件羽绒服，在寒风中落下来，终于披在了她的身上？一百万是多大的一笔钱啊？这么说，明光书店就要起死回生了？可以把这几年累计的债务亏空都补上了，早就想添置的新书柜，也有了着落。老公的工资不用再贴补书店了，积攒起来给儿子上大学交学费。退一万步说，假若书店继续赔钱，一年赔几万块，这笔补贴的钱，也够她再亏损十几年了……她一直想着能把隔壁老房子那个闲置的晒台买下来，和自家书店打通，在二楼的咖啡吧旁边，再扩建一个儿童书屋，就叫"艾丽丝奇境"，墙上都是艾丽丝那本童话的插图，天花板上全是艾丽丝那个奇幻王国的花草和小动物，孩子们放学了，尽管可以到这里来读书嬉戏做梦……卢娜已经完全忘记了老县城和新区的事情，思绪纷乱，忽喜忽忧，她仍然不敢相信，这样的好运气会降临到她头上。也不知道过了多久，她听见有人推门的声音，是员工来上班了。她赶紧用纸巾揩净泪水，换了一副喜气洋洋的笑脸，对员工简单吩咐了几句，顶着阳光去了文化局。

卢娜从文化局回到店里，已近中午。她在街上的灯具店里，顺便又买了一盒40瓦的飞利浦灯泡——把灯光再调亮一点！她要让明光书店的老顾客们，老远就看到书店的灯光，无论夏夜冬晚，每天每天，天刚刚黑下来，明光书店的灯光就唰地亮了。如果她的资金宽裕，最好把书店临街的窗户也扩大一倍，宽敞明亮的一长排玻璃，等到夜幕降临，玻璃窗内的灯光雪亮雪亮，明光书店就像一座透明的水晶宫，所有的书都在闪闪发光……

总有那么一天，明光回老家来，一眼看到了和他同名的这家明光书店。卢娜会告诉他：当年你说过，知识才能改变命运，是的，你做到了。你苦学的知识，改变了你的命运。但我不是，书本并没有改变我的命运，但是改变了我的头脑。我办了明光书店，我的书店给人送去知识，知识可以帮别人改变命运……

这么一想，卢娜的眼泪又流下来了——不对！不是知识改变命运，是文化！不对，文化也不一定能改变命运，但可以改变人！我不再是那个高考落榜的自卑女孩，我活得对人有用，我充实、我知足……我一点都不比你差！

傍晚时分，卢娜和员工简单用过晚餐，正抬头欣赏着白天刚换上的新灯泡，她觉得明光书店从来没有这么亮堂这么美妙，灯光简直可以用"璀璨"这个词来形容。她看过很多国外书店的图片，高低错落的书架、精致素雅的装潢，再配上明暗适度的灯光，那种弥漫着书卷气息的宁静氛围，充满了世界上所有其它场所都没有的神奇魅力。

就在这天晚上，明亮的灯光下，出现了一个人影。卢娜眯起眼，打量这个有点面熟的生客，忽然想起他就是几个月前那个要盖书章、要她代购《文化繁荣》那本书的省城顾客。他快步朝她走过来，身后还跟着另一个人。他抬起头环顾天花板的灯池，笑容满面地说：嗬，灯光调过了？书店亮了许多哦！我老远就看见了。

他终于想起来取书了？他会不会再一口气买二十多本书呢？

接下来的事情，完全出乎卢娜的意料。好像所有奇怪的新鲜的事情，都集中到今天来发生了？这个人对卢娜说了很多话，后来，同他一起来的那个人，也对卢娜说了很多话。卢娜的头脑不够用了，一时反应不过来，几乎无法判断这究竟是好事情还是坏事情。她好像听见他说，县城新区的整体规划中，需要有一家书店，中等规模的书店。但是老县城的新华书店，由于种种原因，暂时无法搬迁。他想到了明光书店，他推荐了明光书店，明光书店的信誉度和知名度，开在新区再恰当不过了。新区将为书店预留五百平方米门面房，作为公益书店，房租优惠到可以忽略不计。他今天就是和有关部门的人先来征求意见，也算考察调研，事情一旦列入规划，就按正规程序进行……

他还提到了城市发展战略、提到了公民的文化权利、提到了热爱、尊重、介入什么的，卢娜的脑子嗡嗡响，下意识嗯嗯地点头。只觉得他的话音一声声落下，头顶的灯光一盏盏变得闪闪发光。卢娜忽然莫名其妙地觉得有点紧张，假如一旦停电，眼前的一切是否会重新陷入黑暗中去？

卢娜渐渐冷静下来，望着灯光下地板上人与书堆的一条条暗影，心里有了些许疑惑。她暗自思衬：假如明光书店真的搬到新区去，那么县城书店的老顾客怎么办呢？新区那么远，总不能让那些书迷书虫书痴，为买一本书专门跑到新区去……再说，开了新书店，老书店还开不开呢？让她同时打理两家书店，哪里来那么人力和精力？开张一家五百平方米的新书店，装修就需要一大笔钱。这笔费用怎么出？政府有没有补贴？新区建成后，一年半载的，顾客肯定不会太多，书店十有八九会亏损，这笔亏空她背得起背不起呢？假如亏损都要她自己承担，她是不敢应承下来的。这个新区未来的新书店，就像那笔天上掉下来的补贴一样，把她刚刚想好的老书店发展计划，全都打乱了……

再说了，面前这个人，晓得不晓得卢娜很快就要领到一百万补助的事情呢？他不会是和文化局串通一气的吧？因为卢娜得到了政府的奖励，他们才会选中明光去开新店？她心里一点底也没有。

卢娜定了定神，故意把话题岔开去，对那个人说：对了，你要的那本《文化繁荣》的书，我早就帮你买来了，你还要不要？

那人连连谢过卢娜，摸出钱包，用现金把书买下了。他说：你先考虑考虑吧，文化建设的事情，急不来，一个好项目，从创意到最后完成，需要反复论证，我们还要继续沟通的。又有几分抱歉地加了一句：上次买的那些书，还没看完，今天就不买书了。你把好书给我留着，过些天我们再来。

临走前，他给卢娜留下了一沓表格，请卢娜有时间填写一下。

又是表格，卢娜看了一眼，接过来。又飞速地看了一眼那个人。他到底是做什么的呢？看样子，他不是教授，而是个文化官员？至少是主管新城的规划师？现在的人，身份都比较复杂，不像从前那么一目了然。她在心里懊恼自己的眼光不灵，上次他连个跟班都没带，卢娜到底还是看走眼了。像他这样欢喜读书的"规划师"，莫非就是书友们闲谈中提到过的那种"体制内的清流"么？卢娜吃不准。

那天晚上，卢娜回到家，和老公一五一十地说了今天书店里发生的一连串怪事。说了天上掉下来的大额补贴、说了那个神秘的顾客、又说了新区未来的书店、说来说去，说得她自己也绕进去了。卢娜索性摊开了两只手，上下颠着手掌说：喏，给你简单打个比方吧，假如去新区再开一家明光分店，就好比我一只手拿进了一百万补贴，又从另一只手里赔出去了。

老公闷声不响。卢娜又说：这一进一出，不是等于还同原来一样嘛。

卢娜大声说：你听见没有啊？我昨天夜里和你说过的那些话，你听清爽了吗？

听见了，不过没听清爽。老公说。我当你是在说梦话。

卢娜有点恼，嗔怪地提高了声音：我想来想去，明光书店还是关门的好。老店没开好，再去开新店，找死啊！那笔补贴，我给他们退回去！我不去新区开店，我要和老书店同归于尽！

老公嘿嘿笑起来，笑得卢娜心里发慌。结婚二十多年，老公从来不和她吵嘴。他是一块牛皮糖，咬起来蛮吃力，经咬。

老公开口说：好了好了，我听懂了。反正你每天不是说梦话，就是说气话。卢娜，我晓得你开书店十多年，没一天好日子过。但是，假如你从此不开书店，恐怕就活不成了。

卢娜心里一紧。那个叫明光的博士，就算此刻站在她面前，也说不出这句话来。

命总比钞票要紧，你年纪还轻呢，我要你活着！

卢娜鼻子一酸，眼圈就红了。心里那朵奄奄一息的小火苗，呼地一下蹿上来，燃成了一蓬金红色的火焰。

那么，到底要不要去新区开分店呢？

我反正不欢喜看闲书的。老公慢吞吞说。你的书店，你自家作主！我只晓得，秦始皇焚书，后世的骂名都留在书里。嬴政也没赢过书去，他是输在书里头的，最后还是书赢了……

卢娜慢慢伸出双臂，环住了老公的腰，把脸贴在老公的胸前，他胸口散着热气，像一件厚厚的羽绒服，把她包裹起来。能坚持到哪天算哪天吧，她劝慰自己。心里那朵小火苗微微颤了颤，"噗"地蹿起了一团火焰。

隔着一条街、隔着几道墙，卢娜看见"明光书店"的四个字，在夜空里通体透亮。

水电火电风电核电，只要线路没有坏掉，灯光总归会重新亮起来的吧？

"把灯光调亮"，发表于《上海文学》
《小说月报》2016年第十期2016年第十一期转载
《北京文学》中篇小说月报2016年第十二期转载
《中篇小说选刊》2016年第六期转载
《新华文摘》2017年第三期转载